La proie du chat

DU MÊME AUTEUR

chez le même éditeur

L'INCONNU DU NORD-EXPRESS
PLEIN SOLEIL
(Mr. Ripley)
EAUX PROFONDES
LE MEURTRIER
JEU POUR LES VIVANTS
LE CRI DU HIBOU
DITES-LUI QUE JE L'AIME
(Ce mal étrange)
CEUX QUI PRENNENT LE LARGE
L'EMPREINTE DU FAUX
RIPLEY ET LES OMBRES
LA RANÇON DU CHIEN
L'AMI AMÉRICAIN
(Ripley s'amuse)
L'AMATEUR D'ESCARGOTS
LE RAT DE VENISE
ET AUTRES HISTOIRES DE CRIMINALITÉ
ANIMALE À L'INTENTION DES AMIS DES BÊTES.
LE JOURNAL D'EDITH
L'ÉPOUVANTAIL
SUR LES PAS DE RIPLEY

chez d'autres éditeurs

LA CELLULE DE VERRE
L'HOMME QUI RACONTAIT DES HISTOIRES
LES DEUX VISAGES DE JANVIER
TOUTES À TUER

PATRICIA HIGHSMITH

La proie du chat

nouvelles
traduites de l'américain

CALMANN-LÉVY

ISBN 2-7021-0409-6

Imprimé en France

A Charles Latimer

La proie du chat

Titre original de la nouvelle :
SOMETHING THE CAT DRAGGED IN
Traduite par ALAIN DELAHAYE

LES quelques secondes de silence méditatif qui ponctuaient une fois de plus la partie de Scrabble furent interrompues par un bruissement de lanières en plastique. Portland Bill, le chat entrait à nouveau dans la maison, grâce à l'ouverture pratiquée au bas de la porte à son intention. Personne ne lui accorda le moindre intérêt. Michael et Gladys Herbert étaient en train de gagner, et Gladys se débrouillait même encore un peu mieux que son mari. Les Herbert jouaient fréquemment au Scrabble ; ils y avaient acquis une indéniable maîtrise. Le colonel Edward Phelps, un voisin et ami de longue date, suivait péniblement, et Phyllis, sa nièce américaine, âgée de dix-neuf ans, s'était montrée fort brillante au début, mais avait cessé de se passionner pour le jeu depuis dix minutes. L'heure du thé n'allait plus tarder. Le colonel semblait avoir sommeil et attendait ce moment avec une impatience mal dissimulée.

« Voilà, j'ai la possibilité de faire CANE, dit-il rêveusement, passant un index sur sa moustache à la Kipling. Dommage, j'aurais aimé aboutir à CANARDER...

« Mais si tu fais CANE, oncle Eddie, intervint Phyllis, comment peux-tu espérer écrire même CANARD ? »

Le chat émit un autre son prolongé : à présent, laissant voir sa queue et son arrière-train tacheté, il avançait à reculons entre les lanières en plastique de la chatière, et tirait quelque chose avec sa bouche. Quand il eut terminé, ce qu'il avait apporté devint visible : une vague forme blanchâtre, longue d'une quinzaine de centimètres.

« Encore attrapé un oiseau, dit Michael, qui avait hâte de voir Eddie se décider à jouer, car il s'apprêtait lui-même à un coup superbe.

— On dirait plutôt une autre patte d'oie, fit Gladys après avoir jeté un coup d'œil. Pouah ! »

Le colonel joua enfin, ajoutant un N à VA. Aussitôt après, Michael arracha un soupir d'admiration à Phyllis en accolant les trois lettres RIE à SINGE, pour ensuite former RAIDE à partir du R de RIE.

D'une secousse, Portland Bill envoya valser en l'air son trophée, qui retomba sur le tapis avec un bruit mat.

« Si c'est un pigeon, il est mort et bien mort, observa le colonel, qui se trouvait le plus près du chat, mais dont la vue n'était pas des plus perçantes. Ou bien c'est un navet, reprit-il, se tournant vers Phyllis. Un chou-rave. Ou encore une carotte un peu bizarre, ajouta-t-il avec un petit rire. Les carottes prennent parfois des formes très inattendues. Un jour j'en ai vu une qui ressemblait...

— Mais ce truc-là est blanc ! » s'exclama Phyllis, qui se leva pour aller examiner la chose, puisque Gladys devait encore jouer avant elle. A l'aise dans son pantalon et son pull, elle se pencha en avant, les mains sur les genoux. « Bon Dieu de... Oh ! Oncle Eddie ! » Elle se redressa vivement et mit une main sur la bouche, comme si elle venait d'apercevoir une horreur innommable.

Michael Herbert s'était à demi levé de sa chaise. « Que se passe-t-il ?

— Ce sont *des doigts d'homme !* dit Phyllis. Regardez ! »

Ils quittèrent tous la table de jeu et s'approchèrent, l'air incrédule. Le chat gardait fièrement les yeux levés vers les visages de ces quatre humains qui contemplaient sa proie. Gladys prit une profonde inspiration.

Les deux doigts, inertes, étaient blancs et boursouflés ; même à leur base, qui comprenait aussi une partie de la main sectionnée, on ne distinguait aucune trace de sang. Le doute n'était plus possible : il s'agissait effectivement du majeur et de l'annulaire d'une main humaine, ce que confirmaient les ongles jaunâtres, racornis et d'apparence minuscule à cause des chairs gonflées.

« Que devons-nous faire, à ton avis, Michael ? » Gladys avait l'esprit pratique, mais elle aimait laisser son mari prendre les décisions.

« Je puis vous affirmer que ce machin date d'au moins deux semaines, murmura le colonel, qui avait à son actif un certain nombre de batailles.

— Cela ne proviendrait-il pas d'un hôpital des environs ? demanda Phyllis.

— Tu as déjà vu un chirurgien amputer comme ça ? répliqua son oncle avec un rire nerveux.

— L'hôpital le plus proche se trouve à trente kilomètres, déclara Gladys.

— Il ne faut surtout pas qu'Edna le voie, dit Michael, jetant un coup d'œil à sa montre. Naturellement, nous devrions...

— Appeler la police ? suggéra Gladys.

— J'y pensais justement. Euh, je... » Il fut interrompu dans son hésitation par l'arrivée d'Edna, qui remplissait à la fois les fonctions de cuisinière et de femme de ménage : elle venait de heurter légèrement la porte située à l'autre bout de la salle de séjour, avec le plateau supportant le thé. Les autres se dirigèrent discrètement vers la table basse placée devant la cheminée, et Michael Herbert resta planté là, s'efforçant d'adopter une allure décontractée. Les doigts étaient dissimulés juste derrière ses souliers. Il sortit une pipe de la poche de sa veste, la tripota un moment et souffla dans le tuyau. Ses mains tremblaient un peu. D'un mouvement du pied, il écarta Portland Bill.

Edna termina de disposer les assiettes et les serviettes, puis s'en alla en leur souhaitant bon appétit. C'était une brave dame d'une cinquantaine d'années, tout à fait digne de confiance, mais qui passait le plus clair de son temps à songer à ses enfants et petits-enfants — une chance en la circonstance, se dit Michael. Edna arrivait à bicyclette chaque matin à sept heures et demie, et repartait quand elle en avait envie, du moment qu'il y avait dans la maison de quoi manger pour le dîner. Les Herbert n'étaient pas des gens très collet monté.

Gladys regardait Michael d'un air angoissé. « Va-t'en donc, Portland Bill !

— Un petit travail s'impose d'urgence », murmura Michael. Avec détermination, il s'avança jusqu'au panier à vieux journaux placé à côté de la cheminée, en retira une feuille du *Times,* et revint aux doigts que Portland Bill était déjà sur le point de reprendre entre ses dents. Il précéda le chat de justesse, et s'empara des doigts en les recouvrant du journal. Les autres ne s'étaient toujours pas assis. D'un geste, Michael les invita à le faire, tandis qu'il enroulait et repliait la feuille autour des doigts. « Le mieux à présent, dit-il, serait bien sûr d'avertir la police, parce qu'il a pu se produire... un sale coup quelque part.

— Cela n'aurait-il pas pu tomber, commença le colonel en faisant claquer sa serviette, d'une ambulance ou d'une camionnette d'évacuation, vous voyez ce que je veux dire ? Il y a peut-être eu un accident de circulation dans les parages.

— Ou bien ne vaudrait-il pas mieux ne pas s'en occuper... et s'en débarrasser ? fit Gladys. Oh, j'ai grand besoin d'une tasse de thé ! » Elle avait fini de verser le breuvage et se mit à boire à petites gorgées.

Personne ne sut que répondre à sa proposition. On aurait dit que les trois autres demeuraient abasourdis, ou hypnotisés par leur présence mutuelle, figés dans l'attente d'une réaction qui ne vint pas.

« S'en débarrasser comment ? Le jeter à la poubelle ? demanda Phyllis. *L'enterrer,* voilà ce qu'il faut, reprit-elle après un instant, comme pour résoudre elle-même le problème posé.

— Je ne pense pas que ce serait convenable, répliqua Michael.

— Michael, prends donc un peu de thé ! le supplia sa femme.

— Je dois d'abord mettre ça de côté... pour la nuit, s'obstina-t-il, tenant toujours le petit paquet. A moins que nous n'appelions la police maintenant. Il est déjà cinq heures et nous sommes un dimanche.

— Les policiers anglais feraient-ils une différence entre le dimanche et les autres jours ? » demanda Phyllis.

Michael se dirigea vers l'armoire située près de la porte d'entrée, avec le projet de mettre l'objet au-dessus, à côté de deux ou trois cartons à chapeaux. Le chat le suivit ; Michael comprit qu'en prenant suffisamment d'élan, celui-ci était bien capable de sauter au sommet du meuble.

« Il me semble que j'ai l'accessoire adéquat, articula le colonel, ravi de son idée, mais gardant une attitude calme pour le cas où Edna ferait une seconde apparition. Hier, j'ai acheté des pantoufles dans la grand-rue, et j'ai gardé la boîte. Je vais la chercher, si vous permettez. » Il s'éloigna en direction de l'escalier, puis se retourna et ajouta à voix basse : « Nous pouvons aussi mettre une ficelle autour. Ça empêchera le chat d'attraper le contenu. » D'un pas souple, il gravit les marches.

« Et qui va la garder dans sa chambre ? » demanda Phyllis avec un rire bref et sarcastique.

Les Herbert restèrent silencieux. Michael, toujours debout, tenait la chose dans sa main droite. Portland Bill, tranquillement assis, les pattes de devant jointes, l'observait, attendant de voir ce qu'il en ferait.

Le colonel Phelps redescendit avec sa boîte à chaussures en carton blanc. Le petit paquet y entra sans difficulté, et Michael laissa le colonel se débrouiller avec l'ensemble pendant qu'il allait se rincer les mains dans le cabinet de toilette proche de l'entrée. Lorsqu'il revint, Portland Bill rôdait encore dans la pièce et lui adressa un « Miaou ? » rempli d'espoir.

« Mettons ça dans le buffet pour le moment », dit Michael, prenant la boîte des mains d'Eddie. Il avait l'impression qu'au moins celle-ci était relativement propre, et il la plaça à côté d'une pile de grandes assiettes qui servaient rarement, puis referma la porte à clé.

Phyllis mordit dans un biscuit et déclara : « J'ai remarqué qu'il y avait une sorte de profond repli dans la peau d'un des doigts. Si par hasard cela cachait une alliance, nous aurions peut-être déjà un indice. »

Michael échangea un regard avec Eddie, qui hocha la tête imperceptiblement. Eux aussi avaient vu ce repli. Par un accord tacite, les hommes décidèrent de remettre cette question à plus tard.

« Encore un peu de thé, ma chère ? » demanda Gladys. D'autorité, elle remplit à nouveau la tasse de Phyllis.

« M'raoû ! » fit le chat d'un ton plaintif et déçu. Il était maintenant assis face au buffet, et tournait la tête par-dessus l'épaule.

Michael, pour changer de sujet, interrogea le colonel sur l'avancement des travaux de décoration dans sa maison. Ce dernier faisait repeindre toutes les chambres de l'étage, et c'était la principale raison qui l'avait poussé à profiter, avec sa nièce, de l'hospitalité des Herbert pendant quelque temps. Néanmoins, ce chapitre parut sans intérêt par rapport à la question que Phyllis posa brusquement à Michael :

« Ne devriez-vous pas vous renseigner pour savoir s'il n'y a pas quelqu'un de disparu dans les environs ? Ces doigts proviennent peut-être d'un *meurtre !* »

Gladys secoua légèrement la tête et ne dit rien. Pourquoi les Américains pensaient-ils toujours aussitôt en termes de violence ? D'un autre côté, qu'est-ce qui avait pu trancher un morceau de main de telle manière ? Une explosion ? Une hache ?

Un bruit de grattements énergiques fit bondir Michael sur ses pieds.

« Bill, arrête tout de suite ! » Il avança vers le chat et l'éloigna à grand renfort de sifflements. Portland Bill avait tenté d'ouvrir la porte du buffet.

L'heure du thé dura moins longtemps que d'ordinaire.

Pendant qu'Edna débarrassait, Michael demeura adossé au buffet.

« Alors, quand vas-tu regarder cette alliance, oncle Eddie ? demanda Phyllis, qui était plutôt myope et portait des lunettes à monture ronde.

— Je ne crois pas que Michael et moi soyons tout à fait fixés sur la marche à suivre, ma chérie, répondit son oncle.

— Allons faire un tour dans la bibliothèque, Phyllis, dit Gladys. Vous m'avez manifesté tantôt votre désir de voir certaines photos, n'est-ce pas ? »

Effectivement, Phyllis en avait parlé. Il s'agissait de clichés montrant sa propre mère ainsi que la maison où celle-ci était née, et qu'occupait à présent l'oncle Eddie. Eddie avait quinze ans de plus que sa mère. Phyllis aurait préféré ne pas avoir demandé à jeter un coup d'œil à ces photos, parce que les hommes allaient trafiquer quelque chose avec les doigts, et qu'elle aurait bien aimé assister à la scène. Après tout, elle avait l'habitude de disséquer des grenouilles et des roussettes dans le laboratoire de zoologie. Mais sa mère lui avait conseillé, à son départ de New York, de surveiller ses manières et de ne pas se montrer « brutale et insensible » — tels étaient les deux adjectifs qu'elle appliquait volontiers aux Américains en général. Phyllis examina donc consciencieusement les clichés, qui dataient tous d'au moins quinze ou vingt ans.

« Emmenons l'objet dans le garage, dit Michael à Eddie. J'ai un établi là-bas, vous savez. »

Les deux hommes empruntèrent le sentier de gravier menant au garage pour deux voitures, à l'arrière duquel Michael avait un atelier équipé de scies et de marteaux, de ciseaux et de perceuses électriques, sans compter une réserve de bois et de panneaux de contreplaqué, pour le cas où la maison aurait besoin de petites réparations et où lui-même aurait simplement envie de bricoler. Michael était journaliste indépendant et critique littéraire, mais il aimait le travail manuel. Une fois dans cette pièce, il se sentit plus à l'aise avec sa boîte abominable. Ici, il pouvait en placer le contenu sur son établi comme s'il était un chirurgien face à un corps anesthésié ou à un cadavre.

« Que diable pensez-vous de toute cette histoire ? » demanda-t-il, tenant le papier journal par un bout pour faire tomber les doigts sur le bois de l'établi. Ceux-ci roulèrent avec un petit bruit sur la surface lisse et usagée, puis s'immobilisèrent, le côté de la paume tourné vers le haut. La chair blanche était déchiquetée à l'endroit de la coupure et, sous la lumière puissante du projecteur allumé au-dessus, ils distinguèrent deux fragments d'os métacarpiens, eux aussi déchiquetés, qui dépassaient un peu. Avec la pointe d'un tournevis, Michael retourna les doigts. Il enfonça le tournevis à l'endroit du repli, lui imprima un léger mouvement de rotation, et écarta la peau suffisamment pour apercevoir tout au fond le reflet brillant de l'or.

« Une alliance en or, dit Eddie. Mais il s'agissait plutôt d'un ouvrier ou d'un jardinier, vous ne croyez pas ? Regardez-moi ces ongles ! Petits et bien épais. Il y a même encore un peu de terre dessous — en tout cas ils sont sales !

— Je me pose un problème... Si nous informons la police, ne vaut-il pas mieux laisser ça tel quel ? Sans essayer de voir l'alliance de plus près ?

— Vous avez l'intention d'avertir la police ? demanda Eddie avec un sourire narquois, en allumant un petit cigare. Vous ne vous doutez pas des ennuis qui vous attendent, mon vieux.

— Des ennuis ? Je dirai que c'est le chat qui a rapporté ça, et voilà tout. Pourquoi aurais-je des ennuis ?... Mais cette alliance me rend curieux. Elle pourrait nous donner un indice. »

Le colonel Phelps jeta un coup d'œil en direction de la porte du garage, que Michael avait refermée mais sans la verrouiller. En son for intérieur, il se disait qu'ils auraient d'ores et déjà remis les doigts à la police, si ceux-ci avaient appartenu à quelqu'un de distingué. « On trouve encore beaucoup d'ouvriers agricoles par ici ? murmura-t-il d'un ton rêveur. Oui, je suppose que c'est probable. »

Michael haussa les épaules nerveusement. « Bon, à propos de cette alliance, qu'est-ce qu'on fait, à votre avis ?

— Examinons-la de plus près. » D'un air serein, le colonel aspira une bouffée de fumée, et contempla les outils bien rangés de Michael.

« Je sais ce qu'il nous faut. » Michael tendit la main vers un cutter dont il se servait ordinairement pour découper du carton, en fit jaillir la lame d'un coup de pouce, et appuya de ses doigts sur les restes boudinés de la paume. Il pratiqua une incision juste au-dessus de l'alliance, puis une autre en-dessous.

Eddie Phelps se pencha pour observer. « Pas la moindre goutte de sang, souffla-t-il. Complètement vidé ! Juste comme au bon vieux temps sur les champs de bataille. »

Mais non, ce n'est jamais qu'une grosse patte d'oie, se persuadait Michael pour s'empêcher de s'évanouir. Il renouvela ses incisions de l'autre côté du doigt portant l'alliance. Il avait envie de demander à Eddie s'il désirait terminer la besogne, mais se retint, de peur de paraître lâche.

« Mon Dieu, mon Dieu... » marmonna Eddie — paroles qui n'étaient d'aucun secours en la circonstance.

Michael fut obligé d'arracher plusieurs bandes de chair, puis il lui fallut toute la force de ses deux mains pour retirer l'alliance. Celle-ci était très certainement en or massif ; ni très épaisse ni particulièrement large, elle semblait néanmoins convenir à un homme. Michael la rinça au robinet d'eau froide de l'évier situé sur sa gauche. Quand il la plaça en pleine lumière sous le projecteur, des initiales devinrent lisibles : *W.R.-M.T.*

Eddie regarda à son tour. « Eh bien, *voilà* un indice ! »

Michael entendit le chat gratter à la porte du garage, puis miauler. Immédiatement, il entreprit de cacher dans un vieux chiffon les trois lambeaux de chair qu'il avait arrachés, enroula fermement le tissu, et annonça à Eddie qu'il serait de retour dans une minute. Il ouvrit la porte, découragea Portland Bill par un « Pchcht ! » sonore, et alla fourrer le chiffon dans une poubelle munie d'un couvercle hermétíque que le chat ne pourrait pas soulever. Il pensait maintenant avoir un plan précis à proposer à Eddie, mais quand il revint dans le garage, où Eddie inspectait encore l'alliance, il s'aperçut qu'il était trop ébranlé pour parler. Il aurait voulu lui exposer ses projets pour « se renseigner discrètement », mais au lieu de cela il lui dit d'une voix brusquement caverneuse :

« Assez travaillé pour aujourd'hui — à moins que nous n'ayons une idée géniale ce soir. Laissons la boîte ici. Le chat ne peut pas y entrer. »

Cependant, Michael ne tenait pas à garder la boîte sur son établi. Il y remit l'alliance avec les doigts, et plaça la boîte au sommet de quelques bidons en plastique installés le long du mur. Jusqu'à présent, il n'y avait jamais eu le moindre rat dans son atelier. Aucun animal ne risquait d'y pénétrer ni de mordiller le carton.

Lorsque Michael se coucha cette nuit-là, Gladys lui dit : « Si nous n'avertissons pas la police, il faut absolument enterrer cette chose quelque part.

— Oui », répondit Michael d'un ton vague. Sous un certain angle, le fait d'enterrer des doigts humains prenait toutefois des allures d'acte criminel. Il avait parlé à Gladys de l'alliance. Les initiales ne lui avaient rien rappelé de particulier.

Le colonel Phelps s'endormit fort paisiblement, après s'être souvenu qu'il avait vu bien pire en 1941.

Phyllis n'avait pas cessé de se moquer gentiment de son oncle et de Michael durant tout le dîner. Peut-être que l'énigme serait entièrement résolue dès le lendemain, et que d'une manière ou d'une autre l'histoire s'avérerait simple et anodine. En tout cas, elle aurait une aventure rudement intéressante à raconter à ses copines de collège ! Et à sa mère ! C'était donc ça, le calme de la campagne anglaise !

Le lendemain lundi, comme le bureau de poste était ouvert, Michael décida d'interroger Mary Jeffrey dans son petit établissement, où elle s'occupait à la fois du courrier et de la vente d'alimentation générale. Il acheta quelques timbres, puis demanda de son ton le plus dégagé :

« A propos, Mary, il n'y a personne qui manque ces jours-ci, dans le village ou dans les environs ? »

Mary, une jeune fille au visage éveillé sous ses cheveux noirs bouclés, prit une expression stupéfaite. « Qui manque ? Comment ça ?

— Qui a disparu », ajouta Michael en souriant.

Mary secoua la tête. « Pas que je sache. Pourquoi cette question ? »

Michael avait prévu une telle réaction de sa part. « J'ai lu quelque part dans un journal que parfois des gens... disparaissent, tout simplement, même dans de petits villages comme celui-ci. Ils partent sans laisser d'adresse, changent de nom ou Dieu sait quoi. Et tout le monde se demande où ils ont bien pu passer. » Michael s'empressa de filer, conscient de s'être débrouillé très maladroitement. Mais au moins la question était posée.

Il parcourut à pied les quatre ou cinq cents mètres qui le séparaient de chez lui, regrettant de n'avoir pas eu le cran de demander à Mary si quelqu'un dans les parages avait la main gauche bandée, ou si elle avait entendu parler d'un accident de ce genre. Mary avait quelques amis qui fréquentaient assidûment le pub du coin. En cet instant précis, elle connaissait peut-être l'existence d'un homme à la main bandée, mais il ne pouvait décemment pas lui raconter que les doigts manquants se trouvaient dans son garage.

Le problème de ce que l'on ferait avec les doigts fut remis à plus tard ce matin-là, car les Herbert avaient prévu une promenade en voiture jusqu'à Cambridge, suivie d'un déjeuner chez un professeur d'université qui faisait partie de leurs amis. Impensable de devoir annuler ce rendez-vous parce que l'on était retenu par la police : personne ne fit donc allusion aux doigts durant toute la matinée. Pendant le trajet, ils bavardèrent de mille autres sujets. Avant de partir pour Cambridge, Michael, Gladys et Eddie avaient décidé de ne plus évoquer l'affaire des doigts devant Phyllis, et de laisser l'excitation tomber d'elle-même si possible. Eddie et Phyllis étaient censés rentrer chez eux mercredi après-midi, c'est-à-dire le surlendemain, et à ce moment-là la question serait soit déjà résolue, soit entre les mains de la police.

Gladys avait aussi conseillé aimablement à Phyllis de ne pas parler de « l'incident du chat » dans la maison du professeur, et Phyllis respecta cet avis. Tout se passa pour le mieux et dans la bonne humeur, et les Herbert, accompagnés d'Eddie et de Phyllis, rentrèrent chez eux vers quatre heures de l'après-midi. Edna annonça à Gladys qu'elle venait de s'apercevoir qu'il n'y avait plus de beurre. Or, elle était justement en train de surveiller la cuisson d'un gâteau dans le four... Michael, qui se trouvait dans la salle de séjour avec Eddie, entendit cette conversation et se porta volontaire pour aller jusqu'à l'épicerie-bureau de poste.

Il y acheta du beurre, deux paquets de cigarettes, et une boîte de caramels qui semblaient excellents ; Mary le servit comme toujours, avec sa modestie et sa politesse coutumières. Il espérait vaguement qu'elle lui apprendrait un élément nouveau. Il avait déjà repris sa monnaie et se dirigeait vers la porte, quand elle s'écria : « Oh, monsieur Herbert ! »

Michael se retourna.

« Juste ce midi on m'a appris la disparition de quelqu'un, dit-elle, penchée vers lui par-dessus le comptoir, le visage souriant. Il s'agit de Bill Reeves, le type qui vit dans la propriété de M. Dickenson, vous voyez ? Il travaille la terre, et occupe — ou du moins occupait — un petit pavillon là-bas. »

Michael ignorait l'existence de Bill Reeves, mais à coup sûr il connaissait le domaine de M. Dickenson, qui était vaste et situé au nord-ouest du village. Bill Reeves : si l'on se souvenait que Bill était le diminutif de William, le nom correspondait aux initiales W.R. de l'alliance. « Ah oui ? Il a disparu ?

— Depuis environ quinze jours, à ce que m'a dit M. Vickers. Vous savez, M. Vickers, c'est celui qui tient la station-service près de chez M. Dickenson. Il est passé aujourd'hui et je lui ai posé la question à tout hasard. » Elle sourit de nouveau, comme si elle avait trouvé une réponse satisfaisante à la petite devinette de Michael.

Michael voyait fort bien la station-service, et se rappelait vaguement la silhouette de Vickers. « Intéressant. M. Vickers sait-il pourquoi il a disparu ?

— Non. D'après lui, c'est un mystère. La femme de Bill Reeves a également quitté le pavillon, il y a quelques jours, mais tout le monde sait qu'elle est allée à Manchester vivre avec sa sœur qui habite là-bas. »

Michael acquiesça. « Eh bien, eh bien. Ça prouve que ça peut arriver même ici, hein, des gens qui disparaissent ! » Il sourit et sortit du bureau de poste.

Le mieux à faire, se dit-il, était de téléphoner à Tom Dickenson pour lui demander ce qu'il savait. Michael ne l'appelait pas par son prénom, il ne l'avait rencontré que deux ou trois fois lors de réunions politiques locales. Agé d'environ trente ans, Dickenson était marié, avait hérité de la fortune familiale, et menait à présent la vie d'un gentleman-farmer. Sa famille était dans l'industrie lainière, elle possédait des filatures dans le Nord, et depuis des générations elle avait toujours été propriétaire du domaine qu'il occupait aujourd'hui.

Sitôt rentré chez lui, Michael demanda à Eddie de monter dans son bureau et n'invita pas Phyllis à les rejoindre, en dépit de la curiosité qu'elle manifesta. Il mit son ami au courant de ce que Mary avait dit sur la disparition depuis deux semaines d'un ouvrier agricole nommé Bill Reeves. Eddie conclut lui aussi qu'il valait mieux appeler Dickenson.

« Les initiales de l'alliance pourraient bien n'être qu'une coïncidence, déclara-t-il. D'après ce que vous dites, la propriété des Dickenson se trouve à une bonne vingtaine de kilomètres d'ici.

— Oui, mais je vais quand même lui passer un coup de fil. » Michael chercha le numéro dans l'annuaire. Il y en avait deux. Il essaya le premier.

Ce fut un domestique qui répondit — du moins il avait la

voix d'un domestique ; il demanda qui était à l'appareil, et annonça qu'il allait voir si M. Dickenson était là. Michael attendit une bonne minute, avec Eddie à ses côtés. « Allô, bonjour monsieur Dickenson. Je suis un de vos voisins, Michael Herbert... Oui, oui, nous nous sommes déjà vus plusieurs fois. Ecoutez, je voudrais vous poser une question qui vous paraîtra peut-être bizarre, mais... si je ne me trompe pas vous aviez bien chez vous un ouvrier agricole du nom de Bill Reeves ?

— Euh... oui, et alors ? répondit Tom Dickenson.

— Où se trouve-t-il à présent ? Je vous demande ça parce qu'on m'a dit qu'il a disparu il y a une quinzaine de jours.

— Oui, c'est exact... Pourquoi cette question ?

— Savez-vous où il est allé ?

— Aucune idée, fit Tom Dickenson. Vous avez eu affaire à lui ?

— Non. Pourriez-vous me dire comment s'appelle sa femme ?

— Marjorie. »

Voilà qui correspondait à la première initiale. « Connaissez-vous son nom de jeune fille ?

— Ah, ça, je ne crois pas », articula Tom Dickenson avec un petit rire.

Michael jeta un coup d'œil à Eddie, qui l'observait. « Savez-vous si Bill Reeves portait une alliance ?

— Non. Je n'ai jamais fait attention à lui à ce point-là. Pourquoi ? »

Oui, pourquoi, en vérité ? Michael remua nerveusement les pieds. S'il arrêtait là cette conversation, il n'aurait pas appris grand-chose. « Parce que... je viens de découvrir un objet susceptible de fournir des renseignements sur Bill Reeves. Je suppose qu'il y a quelqu'un qui le recherche, puisque personne ne sait où il se trouve.

— Pour ma part je ne le recherche pas, répliqua Tom Dickenson de sa voix flegmatique. Et je crains que sa femme ne s'en soucie guère non plus. Elle est partie d'ici depuis une semaine. Puis-je vous demander ce que vous avez découvert ?

— Je préférerais ne pas en parler au téléphone... Accepteriez-vous de me recevoir un moment ? Vous pouvez aussi venir chez moi, bien sûr. »

Après un instant de silence, Dickenson répondit : « En toute sincérité, ce Reeves ne m'intéresse absolument pas. Pour autant que je sache, il n'a pas laissé de dettes derrière lui, et c'est la seule chose que je dirai en sa faveur. Vous excuserez ma franchise, mais je me fiche pas mal de ce qui a pu lui arriver.

— Je vois. Désolé de vous avoir dérangé, monsieur Dickenson. »

Ils raccrochèrent.

Michael se tourna vers Eddie Phelps : « Je crois que vous avez saisi l'essentiel. Dickenson se désintéresse totalement de Reeves.

— En effet, je ne vois pas tellement un grand propriétaire se tourmenter pour un ouvrier qui a disparu. L'ai-je entendu dire que sa femme aussi est partie ?

— Je pensais vous en avoir déjà informé. Elle est allée à Manchester chez sa sœur, c'est Mary qui me l'a dit. » Michael sortit une pipe du râtelier placé sur son bureau et commença à la bourrer. « Elle se prénomme Marjorie. Songez à l'initiale M de l'alliance.

— Evidemment, répondit le colonel, mais il y a beaucoup de Mary et de Margaret de par le monde.

— Dickenson ignorait son nom de jeune fille. Voyez-vous, Eddie, comme Dickenson ne nous sera d'aucun secours, je crois que nous devrions appeler la police et en finir avec cette histoire. A coup sûr je me sens incapable d'enterrer cette... chose, même dans le bois voisin qui n'appartient à personne. Je resterais à jamais hanté par ce souvenir abominable. Je me dirais constamment qu'un chien pourrait la déterrer, même s'il ne s'agit plus que de quelques os ou de restes en état de décomposition encore plus avancé. La police devrait alors probablement se débrouiller avec quelqu'un d'autre en plus de moi, et se lancer sur une piste infiniment moins fraîche.

— Vous pensez toujours à un mauvais coup ? J'ai une idée

plus simple, intervint Eddie de son air calme et logique. Gladys a dit qu'il existait un hôpital à une trentaine de kilomètres, à Colchester, je suppose. Nous pourrions demander s'il ne s'est pas produit, au cours des deux dernières semaines, un accident où un homme aurait perdu deux doigts de la main gauche. Le nom de la victime serait sûrement inscrit sur les fichiers. C'est manifestement le genre d'accident qui n'arrive pas tous les jours. »

Michael se préparait à accepter cette suggestion, au moins avant d'appeler la police, lorsque le téléphone sonna. Il décrocha le combiné, et s'aperçut que Gladys avait déjà pris la communication au rez-de-chaussée. Elle parlait avec quelqu'un dont la voix ressemblait à celle de Tom Dickenson. « Veux-tu me le passer, Gladys ? » dit-il.

Tom Dickenson le salua aimablement. « J'ai... Euh, je me suis dit que si vous aviez réellement envie de me voir...

— J'en serais très heureux.

— J'aimerais mieux vous parler seul à seul, si c'est possible. »

Michael lui assura que cela ne posait aucun problème, et Dickenson répondit qu'il serait là dans une vingtaine de minutes. Michael reposa le combiné avec un certain soulagement. « Il va venir tout de suite, dit-il à Eddie et il tient à me voir seul. C'est la meilleure solution.

— Sans doute, fit Eddie, se levant du canapé, l'air un peu déçu. Il sera plus ouvert, s'il a quelque chose à dire. Avez-vous l'intention de l'informer non seulement de l'alliance mais aussi des doigts ? » Il lança à Michael un regard oblique, en haussant ses sourcils broussailleux.

« Ce ne sera peut-être pas nécessaire. J'écouterai d'abord ce qu'il a à me dire.

— Il vous demandera ce que vous avez découvert. »

Michael le savait parfaitement. Ils descendirent ensemble. Michael vit au passage Phyllis, qui jouait au croquet toute seule dans le jardin, et entendit la voix de Gladys dans la cuisine. Il la prit à part, hors de portée d'oreille d'Edna, pour l'informer de l'arrivée imminente de Tom Dickenson et lui en expliquer la raison : selon Mary, un certain Bill Reeves avait disparu, et c'était un employé de Dickenson. Gladys comprit aussitôt que les initiales correspondaient.

Et soudain apparut la voiture de Dickenson, une Triumph noire décapotable, qui avait plutôt besoin d'un bon lavage. Michael sortit pour lui souhaiter la bienvenue. Ils échangèrent quelques formules de politesse. Oui, ils se rappelaient s'être déjà rencontrés, sans pouvoir préciser où ni quand. Michael l'invita à entrer, sans laisser le temps à Phyllis de s'approcher et de se le faire présenter.

Tom Dickenson était blond et assez grand ; il portait une veste de cuir, un pantalon en velours et des bottes en caoutchouc vertes qui, affirma-t-il, n'étaient nullement boueuses. Il venait de travailler sur ses terres, et n'avait pas pris le temps de se changer.

« Montons », dit Michael, en le conduisant vers l'escalier.

Il offrit à Dickenson un fauteuil confortable, et s'assit sur son vieux canapé. « Vous m'avez dit... que la femme de Bill Reeves est partie également ? »

Dickenson eut un léger sourire, et ses yeux bleu-gris contemplèrent calmement Michael. « Oui, sa femme a quitté la propriété. Mais après sa disparition à lui. Marjorie est allée à Manchester, à ce qu'on m'a dit. Elle a une sœur là-bas. Les Reeves ne s'entendaient pas trop bien. Ils ont tous les deux environ vingt-cinq ans... et Bill est plutôt porté sur la boisson. Franchement, je serai content de prendre quelqu'un d'autre à sa place. Ce ne sera pas difficile. »

Michael attendit la suite. Elle ne vint pas. Il se demandait à présent pourquoi Dickenson avait tenu à venir lui parler d'un ouvrier agricole qu'il n'aimait pas beaucoup.

« Qu'est-ce qui vous intéresse tant ? » demanda Dickenson. Puis il éclata de rire, ce qui lui donna un air plus jeune et plus heureux. « Peut-être que Reeves a sollicité un emploi chez vous... sous un autre nom ?

— Pas du tout, répondit Michael, souriant à son tour. Je n'ai pas la place pour loger un ouvrier ici. Non.

— Mais vous m'avez dit que vous avez découvert quelque

chose ? » Tom Dickenson fronça les sourcils dans une attitude à la fois polie et scrutatrice.

Michael regarda un instant le sol, puis leva les yeux et dit : « J'ai trouvé deux doigts provenant de la main gauche d'un homme, et l'un de ces doigts portait une alliance. Deux des initiales gravées sur l'alliance pourraient correspondre au nom de William Reeves. Les deux autres sont M. T., ce qu'il est possible d'interpréter comme Marjorie Machin-Chose. Voilà pourquoi j'ai eu l'idée de vous téléphoner. »

Le visage de Dickenson avait-il pâli, ou était-ce un effet de l'imagination de Michael ? Il gardait la bouche entrouverte, et son regard était incertain. « Sacré bon Dieu, où donc avez-vous découvert ça ?

— C'est notre chat qui l'a rapporté, croyez-le ou non. J'ai dû mettre ma femme au courant, parce que le chat a amené la chose dans la salle de séjour, devant tout le monde. » Michael éprouvait une sorte d'immense soulagement en prononçant ces paroles. « Mon vieil ami Eddie Phelps et sa nièce américaine logent ici en ce moment. Eux aussi ont été témoins de la scène. » Michael se leva. Maintenant il avait envie d'une cigarette ; il alla chercher l'étui sur son bureau et le présenta à Dickenson.

Celui-ci déclara qu'il venait de cesser de fumer, mais qu'il en prendrait une volontiers.

« Ça nous a causé un fameux choc, poursuivit Michael, alors j'ai voulu me renseigner un peu dans le voisinage avant d'alerter la police. Cependant, je pense que c'est désormais la seule chose à faire. N'est-ce pas votre avis ? »

Dickenson ne répondit pas tout de suite.

« Il m'a fallu découper un peu la chair du doigt pour enlever cette alliance... hier soir, avec l'aide d'Eddie. » Dickenson, toujours muet, se contenta de tirer sur sa cigarette, le front soucieux. « Je croyais que l'alliance nous donnerait un vague indice, ce qui fut d'ailleurs le cas, mais cela peut parfaitement n'avoir rien à voir avec Bill Reeves. Vous ignorez s'il portait une alliance, et vous ne connaissez pas le nom de jeune fille de Marjorie.

— Oh, ça, on peut toujours le retrouver, fit Dickenson d'une voix brusquement différente et plutôt rauque.

— Pensez-vous que nous devrions entreprendre des recherches de ce côté ? Mais peut-être savez-vous où habitent les parents de Reeves. Ou ceux de Marjorie. Il se peut que Reeves soit en ce moment chez les uns ou chez les autres.

— Sûrement pas chez ses beaux-parents, je vous en donne ma parole ! affirma Dickenson avec un sourire crispé. Sa femme commençait à en avoir assez de lui.

— Eh bien... Qu'en pensez-vous ? J'informe la police ?... Souhaitez-vous voir cette alliance ?

— Non. Je n'ai pas besoin de cela pour vous croire.

— Dans ce cas, je vais contacter la police demain... ou même ce soir. Je suppose que le plus tôt sera le mieux. » Michael remarqua que Dickenson parcourait des yeux la pièce, comme s'il s'attendait à voir les doigts posés quelque part sur une étagère de la bibliothèque.

La porte du bureau eut un mouvement, et Portland Bill entra. Michael ne fermait jamais sa porte complètement, et le chat avait une technique bien au point pour pénétrer où il voulait : il reculait un peu, puis donnait une vigoureuse poussée.

Dickenson regarda l'animal en clignant des yeux, avant de déclarer à Michael, en reprenant son ton assuré : « Excusez-moi, je boirais volontiers un scotch. Puis-je vous demander de m'en offrir un ? »

Michael descendit au rez-de-chaussée, et revint avec la bouteille et deux verres. Il n'avait vu personne dans la salle de séjour. Il versa deux grands whiskys, puis referma la porte de son bureau.

Dès la première gorgée, Dickenson vida une bonne moitié de son verre. « Voilà, autant vous avouer tout de suite que c'est moi qui ai tué Bill Reeves. »

Michael sentit un frémissement lui parcourir les épaules et la colonne vertébrale ; pourtant il s'en doutait depuis le début, ou du moins depuis que Dickenson l'avait rappelé. « Ah oui ? articula-t-il.

— Vous comprenez, Reeves avait réussi... à séduire ma femme. Je n'appellerai même pas cela une liaison, le mot est encore trop noble. J'en veux beaucoup à ma femme, de s'être mise à flirter sottement avec lui. En ce qui me concerne, je le considérais simplement comme un rustre. Beau garçon et parfaitement idiot. Sa femme était au courant, et bien sûr elle était furieuse contre lui. » Dickenson tira une dernière fois sur sa cigarette avant de l'éteindre ; aussitôt, Michael retourna chercher l'étui et lui en offrit une autre, qu'il accepta. « Ce Reeves prenait des allures de plus en plus arrogantes. J'aurais aimé le congédier et l'envoyer au diable, mais c'était impossible à cause du bail qu'il avait signé pour le petit pavillon, et je ne tenais pas à entamer une action en justice, ce qui n'aurait servi qu'à mettre en lumière ma triste situation conjugale.

— Depuis combien de temps cela durait-il ? »

Tom Dickenson parut réfléchir un moment. « Peut-être un mois.

— Et votre femme... où en est-elle maintenant ? »

Tom Dickenson poussa un soupir et se frotta les yeux. En dépit de son fauteuil confortable, il restait assis le dos courbé en avant. « Nous allons essayer d'arranger la situation. Cela fait à peine un an que nous sommes mariés.

— Elle sait que vous avez tué Reeves ? »

A cette question, Dickenson s'appuya enfin sur son dossier, plaça une de ses bottes vertes sur le genou de l'autre jambe, et tambourina d'une main sur son accoudoir. « Je n'en ai pas la moindre idée. Elle pense peut-être que je l'ai simplement renvoyé. Elle ne m'a rien demandé à ce sujet. »

Michael comprenait sans difficulté, et voyait clairement que Dickenson préférait maintenir sa femme dans l'ignorance de ce qui s'était passé. En même temps il se rendait compte qu'il lui appartenait désormais de prendre une décision : livrer Dickenson à la police ou non. Peut-être Dickenson aimerait-il mieux être dénoncé, en l'occurrence. Car il s'agissait des aveux d'un homme qui avait un crime sur la conscience depuis plus de deux semaines, et qui avait manifestement gardé son secret pour lui seul, du moins pouvait-on le supposer. Et comment Dickenson s'y était-il pris pour assassiner Reeves ? « Quelqu'un d'autre est-il au courant ? demanda prudemment Michael.

— C'est-à-dire... oui, je ferais mieux de vous en parler. J'imagine que c'est indispensable. Eh oui... » La voix de Dickenson était redevenue rauque, et il avait terminé son whisky.

Michael se leva et lui remplit à nouveau son verre.

Dickenson se mit à boire à petites gorgées, en contemplant fixement le mur.

Portland Bill, assis non loin de Michael, concentrait son attention sur Dickenson, comme s'il comprenait chaque mot prononcé et attendait la suite avec impatience.

« J'ai dit à Reeves de cesser de s'amuser avec ma femme, faute de quoi je les chasserais de mon domaine, lui et *sa* femme ; mais il m'a répondu qu'il y avait le bail, et qu'il vaudrait sans doute mieux que je cause à *ma* femme. Il se montrait insolent, vous voyez, il avait l'air tellement content que l'épouse du maître ait daigné jeter un regard sur lui et... » Dickenson s'interrompit quelques secondes, puis reprit : « Le mardi et le vendredi je m'en vais à Londres pour m'occuper de la firme. A plusieurs reprises, Diane a déclaré qu'elle n'avait pas envie d'aller à Londres, ou qu'elle était retenue par un rendez-vous fixé d'avance. Ces jours-là, j'en suis sûr, Reeves s'arrangeait toujours pour avoir du travail à faire à proximité de la maison. Et puis, il y avait une autre victime... comme moi.

— Victime ? Que voulez-vous dire ?

— Peter. » A présent Dickinson faisait tourner le verre entre ses mains, la cigarette plantée dans sa bouche ; il regardait d'un air absent le mur à côté de Michael, et parlait comme s'il décrivait ce qu'il voyait là-bas sur un écran. « Nous étions en train de tailler des haies dans des prairies assez éloignées, et de couper des pieux pour installer de nouvelles clôtures. Reeves et moi. Avec des haches et des masses. Peter, lui, enfonçait des pieux, à une assez bonne distance de nous deux. Peter est un autre ouvrier agricole, à mon service depuis plus longtemps que Reeves. J'avais l'impression que Reeves était bien capable de m'attaquer, pour aller raconter ensuite qu'il s'agissait d'un accident. C'était l'après-midi, et il avait bu un certain nombre de pintes au déjeuner. Il était armé d'une hachette. Je le surveillais du coin de l'œil, sans jamais lui tourner le dos, et en même temps je sentais monter en moi une irritation croissante. Il arborait un sourire narquois, et il balançait sa hachette comme s'il voulait m'atteindre la cuisse, bien qu'il ne fût pas assez près. Brusquement il pivota sur les talons, toujours avec son allure dédaigneuse, et j'ai profité de ce qu'il ne me voyait pas pour lui assener un grand coup de masse sur la tête. Je l'ai frappé une seconde fois pendant qu'il tombait, mais le coup l'a atteint dans le dos. J'ignorais que Peter se trouvait si près de moi, ou je n'y avais pas prêté attention. Peter est arrivé en courant, avec sa hache, et il s'est exclamé : « Bravo ! Bien fait pour ce salopard ! » ou une expression de ce genre. Ensuite... » Dickenson parut chercher ses mots en vain ; il observa le plancher, puis le chat.

« Ensuite ? Reeves était mort, n'est-ce pas ?

— Oui. Tout s'est passé en quelques secondes. En réalité, c'est Peter qui l'a achevé, d'un grand coup de hache sur le crâne. Nous nous trouvions à proximité d'un petit bois qui m'appartient. Peter a dit : « On va vite l'enterrer, ce fumier ! S'en débarrasser une fois pour toutes ! » Il était dans une rage folle, et moi aussi j'avais un peu perdu l'esprit, je devais être en état de choc. C'est alors que Peter m'a confié, avec force jurons, que Reeves s'était attaqué à sa femme également, ou que du moins il avait essayé. Et Peter savait ce qui se tramait entre Reeves et Diane. Ensemble nous avons creusé une tombe dans le bois, en travaillant comme des fous : nous nous escrimions avec nos haches sur des racines d'arbres, et lancions en l'air de grandes poignées de terre. Finalement, juste au moment où nous allions jeter Reeves dans cette fosse improvisée, Peter a pris sa hachette et a dit... quelques mots sur l'alliance de cette crapule, puis il a abattu son arme plusieurs fois sur la main du cadavre. »

Michael ne se sentait pas très bien. Il se pencha en avant, essentiellement pour cacher son visage, et caressa le dos musclé du chat. L'animal gardait toujours les yeux rivés sur Dickenson.

« Ensuite... nous l'avons recouvert de terre, et je me souviens que nous étions tous deux trempés de sueur. Peter m'a déclaré : « Monsieur, vous pouvez être sûr que je n'en dirai jamais un mot à personne. Cette ordure n'a eu que ce qu'elle méritait ! » Nous avons tassé la terre avec nos bottes au-dessus de la tombe, et Peter a craché dessus. Peter est un homme, vous savez, il n'a pas froid aux yeux.

— Un homme... Et vous ?

— Je n'en sais rien. » Le regard de Dickenson se fit plus grave quand il reprit le cours de son récit. « Cela s'est produit un jour où Diane était partie prendre le thé à un club féminin de notre village. Vers la fin de l'après-midi, j'ai pensé tout à coup : « Mon Dieu, les doigts ! Peut-être qu'ils sont restés là-bas sur le sol ! » En effet je ne me souvenais pas que ni Peter ni moi les eussions jetés dans la fosse. Alors j'y suis retourné. Je les ai retrouvés. J'aurais pu creuser un autre trou, mais je n'avais apporté aucun outil, et puis... je ne voulais plus rien laisser sur mes terres qui pût me rappeler Reeves. Je suis donc monté en voiture et j'ai roulé, sans trop me soucier de savoir où j'allais ; quand je suis arrivé à un autre bois, je suis descendu et j'ai lancé les doigts aussi loin que possible.

— Ce devait être à moins d'un kilomètre d'ici, répondit Michael. Portland Bill ne s'aventure guère plus loin. Il a été opéré, ce pauvre Bill. » En entendant son nom, le chat releva la tête. « Vous avez confiance en ce Peter ?

— Absolument. J'ai bien connu son père, que d'ailleurs mon père lui aussi respectait beaucoup. Et si l'on me posait la question... je ne saurais pas dire avec certitude qui, de lui ou de moi, a porté le coup fatal. Cependant, pour être juste, j'assumerais la responsabilité de cet acte, parce que j'ai quand même frappé deux fois avec la masse. Et je ne peux pas invoquer la légitime défense, car Reeves ne m'avait pas attaqué. »

Pour être *juste*. Drôle de mot, en la circonstance, songea Michael. Mais Dickenson était bien le genre d'homme à vouloir faire preuve d'équité. « Quelles sont vos intentions, maintenant ?

— Mes intentions ? A moi ? » Dickenson faillit s'étrangler de surprise. « Je ne sais pas, fit-il dans un souffle. J'ai avoué, voilà tout. En un sens mon sort est entre vos mains, et celles de... » D'un geste du bras il indiqua le rez-de-chaussée. « J'aimerais bien épargner Peter, le maintenir en dehors de cette histoire, dans la mesure du possible. Je crois que vous me comprendrez. A vous, je peux parler de tout cela. Vous êtes un homme comme moi. »

Michael n'était pas si sûr de cette dernière affirmation, mais il s'efforçait de se mettre à la place de Dickenson, d'imaginer comment il se serait comporté dans une situation identique s'il avait eu vingt ans de moins. Reeves avait agi comme un malpropre — même à l'égard de sa femme à lui — sans le moindre scrupule, et Dickenson, qui était jeune, devait-il laisser un type de cet acabit lui gâcher l'existence, ou la meilleure partie de celle-ci ? « Et la femme de Reeves ? » demanda-t-il.

Dickenson secoua la tête et fronça les sourcils. « Je sais qu'elle le détestait. En voyant qu'il a disparu sans donner de nouvelles, je gage qu'elle ne fera jamais aucun effort pour le retrouver. Dès à présent elle doit se réjouir d'être débarrassée de lui, j'en suis certain. »

Le silence s'installa, de plus en plus pesant. Portland Bill bâilla, cambra le dos et s'étira. Dickenson observa le chat comme s'il allait soudain se mettre à parler : après tout, c'était lui qui avait découvert les doigts. Toutefois, l'animal demeura muet. Ce fut Dickenson qui tenta maladroitement de briser cette atmosphère oppressante, par une question qu'il posa de son ton le plus courtois :

« A propos... pourriez-vous me dire où se trouvent les doigts ?

— Au fond de mon garage, qui est fermé à clé. Ils sont dans un carton à chaussures, répondit Michael, de plus en plus mal à l'aise. Ecoutez, j'ai en ce moment deux invités chez moi. »

Tom Dickenson se leva promptement. « Je sais. Désolé.

— Je ne vois pas pourquoi vous seriez désolé, mais il faut vraiment que je leur *dise* quelque chose, parce que le colonel, mon vieil ami Eddie, sait que je vous ai téléphoné au sujet des initiales sur l'alliance, et que vous deviez venir me voir. Il se peut même qu'il en ait parlé aux autres.

— Je comprends. Naturellement.

— Voulez-vous rester ici quelques minutes pendant que je vais discuter avec eux en bas ? Servez-vous de whisky à votre guise.

— Merci. » Ses yeux restèrent impassibles.

Michael descendit. Phyllis, à genoux près de l'électrophone, était sur le point de mettre un disque. Eddie Phelps, assis à un bout du canapé, lisait un journal. « Où est Gladys ? » s'enquit Michael.

Gladys coupait des roses dans le jardin. Michael lui cria de venir. Elle portait des bottes en caoutchouc comme Dickenson, mais les siennes étaient plus petites et rouge vif. Il jeta un coup d'œil dans la cuisine pour voir si Edna n'était pas derrière la porte. Gladys lui dit que celle-ci était partie faire quelques courses à l'épicerie. Alors Michael raconta l'histoire de Dickenson, en essayant de communiquer toutes les informations avec un maximum de brièveté et de clarté. A plusieurs reprises, Phyllis demeura bouche bée deux ou trois secondes. Eddie Phelps se frottait le menton à la manière d'un vieux sage, en émettant de temps à autre un « Hum-hum » méditatif.

« Pour ma part, je n'ai vraiment pas envie de le dénoncer, ni même d'avertir la police », hasarda Michael d'une voix à peine plus audible qu'un chuchotement. A la fin de son récit, personne n'avait pipé mot, bien qu'il eût patiemment attendu les réactions. « Je ne vois pas pourquoi nous ne laisserions pas cette affaire s'éteindre d'elle-même. Cela ne nuirait à personne.

— Eh oui, cela ne nuirait à personne, répéta Eddie

Phelps, ce qui n'aida nullement Michael, car il aurait pu aussi bien s'agir d'un simple écho.

— J'ai déjà entendu parler d'histoires similaires, chez des peuples primitifs », déclara Phyllis de son ton le plus sérieux, comme pour dire qu'elle jugeait l'acte de Tom Dickenson parfaitement justifié.

Evidemment, Michael n'avait pas omis, dans son rapport, de signaler les faits et gestes de Peter. Etait-ce la masse de Dickenson qui avait porté le coup fatal, ou au contraire la hache de Peter ? « Ce n'est pas la morale primitive qui m'intéresse pour le moment », répliqua-t-il, et aussitôt il se sentit troublé. Car ce qui retenait son attention chez Tom Dickenson, ce n'était sûrement pas la mentalité primitive qu'il aurait pu avoir.

« De quoi d'autre s'agit-il ? demanda Phyllis.

— Eh oui, eh oui, fit le colonel, contemplant le plafond.

— Sincèrement, Eddie, intervint Michael, vous ne vous montrez pas très coopératif.

— Oh, quant à moi, je n'ai pas de grands discours à faire là-dessus. Enterrez ces doigts n'importe où, avec l'alliance. Ou bien enfouissez l'alliance à un autre endroit, pour plus de sécurité. Voilà. » Le colonel articula ces mots dans un murmure, quoiqu'en regardant Michael droit dans les yeux.

« Je ne sais pas si c'est la bonne solution, dit Gladys, l'air préoccupé par ses réflexions.

— Je suis d'accord avec l'oncle Eddie, décida Phyllis, consciente de la présence de Dickenson, qui attendait là-haut sa sentence. Ce M. Dickenson a été victime d'une provocation, *indubitablement,* et le type qui a été assassiné me semble d'un genre pas très recommandable !

— Ce n'est pas le point de vue de la loi, rétorqua Michael avec un sourire mi-figue mi-raisin. Beaucoup de gens sont victimes de provocations. Mais une vie humaine reste une vie humaine.

— Nous n'avons rien à voir avec la loi, *nous !* » lança Phyllis, comme si la petite assemblée, à ce moment précis, représentait une sorte d'instance supérieure.

Michael venait d'avoir la même idée : ils n'étaient pas la justice, et néanmoins ils avaient tendance à se prendre pour elle, et jouaient leur rôle à fond. De son côté, il inclinait à partager l'opinion de Phyllis et d'Eddie. « Très bien. Je ne me sens pas d'humeur à rendre public cet incident, étant donné les circonstances... »

Cependant, Gladys persévéra dans ses réticences. Elle n'était pas sûre. Michael connaissait suffisamment bien son épouse pour savoir que cela ne resterait pas un sujet de désaccord entre eux, même si leurs avis divergeaient momentanément. Aussi entreprit-il de la convaincre : « Tu es seule contre trois, Gladys. Tu tiens réellement à gâcher la vie d'un homme encore jeune à cause d'une histoire de ce genre ?

— C'est vrai, nous devrions voter en bonne et due forme, comme les membres d'un jury », renchérit Eddie.

Gladys comprit où ils voulaient en venir. Elle céda. Moins d'une minute plus tard, Michael gravit les marches menant à son bureau, où il aperçut, engagée dans la machine à écrire, la première feuille d'un article critique auquel il n'avait plus touché depuis l'avant-veille. Heureusement, il avait encore le temps de le terminer avant la date limite sans se tuer à la tâche.

« Nous ne désirons pas informer la police de cette affaire », dit-il.

Dickenson, debout, acquiesça solennellement, comme s'il recevait son verdict. Michael songea que son attitude aurait probablement été identique s'il avait entendu le contraire.

« Je vais me débarrasser de ces doigts, marmonna-t-il, tout en se penchant pour bourrer sa pipe de tabac.

— Non, à coup sûr c'est à moi que revient cette corvée. Laissez-moi les enterrer quelque part... ainsi que l'alliance. »

Effectivement, cette responsabilité incombait à Dickenson, et Michael ne fut que trop heureux de s'épargner une telle besogne. « D'accord. Eh bien... voulez-vous descendre avec moi ?... Aimeriez-vous que je vous présente à ma femme et à mon ami le colonel...

— Non, merci. Pas maintenant, l'interrompit Dickenson.

Une autre fois. Mais pourriez-vous leur transmettre... mes remerciements ? »

Ils regagnèrent le rez-de-chaussée par un autre escalier situé au bout du couloir, puis sortirent et se dirigèrent vers le garage, dont Michael avait la clé sur lui. Un instant, il se dit que la boîte à chaussures avait peut-être disparu mystérieusement, comme dans les histoires policières, mais il la retrouva exactement où il l'avait laissée, au-dessus des bidons d'huile. Il la remit à Dickenson, qui s'en alla dans sa Triumph poussiéreuse en direction du nord. Puis Michael revint dans la maison en passant par la porte principale.

Les autres prenaient tranquillement un apéritif. Michael se sentit brusquement soulagé, et sourit. « A mon avis, Portland Bill a bien droit lui aussi à un petit extra en guise d'apéritif, pas vrai ? » lança-t-il, principalement à l'intention de Gladys.

Le chat contemplait sans grand intérêt un bol contenant des glaçons. Seule Phyllis poussa un « *Oh oui !* » enthousiaste.

Michael alla dans la cuisine et parla à Edna, qui étalait de la farine sur le plan de travail. « Resterait-il un peu de saumon fumé du déjeuner ?

— Juste une tranche, monsieur, répondit-elle, d'un air de dire qu'il était inutile de la servir, et qu'elle-même n'en avait pas envie.

— Puis-je la prendre pour ce brave Portland Bill ? Il adore le saumon. » Lorsque Michael revint dans la salle de séjour, portant la tranche rose sur une soucoupe, Phyllis était en train d'affirmer : « Je parie que M. Dickenson va se jeter contre un arbre en rentrant chez lui. C'est souvent comme ça que ça se passe. » Se souvenant tout à coup des bonnes manières, elle acheva à voix basse : « Parce qu'il se sent *coupable.* »

Portland Bill engloutit son saumon, avec un plaisir bref mais intense.

Tom Dickenson n'eut pas d'accident de voiture.

Le rejeté

Nouvelle inédite. Titre original :
NOTE ONE OF US
Traduite par Alain Delahaye

CERTES, Edmund Quasthoff avait cessé de fumer et ne buvait pour ainsi dire plus une goutte d'alcool, mais ce n'était pas seulement cela qui le rendait différent, un peu guindé et vaguement antipathique. Il y avait autre chose. Qu'était-ce donc ?

Voilà autour de quoi tournait la conversation dans l'appartement de Lucienne Gauss, quelque part au milieu de la 80ᵉ Rue est, un soir à l'heure de l'apéritif. Julian Markus, un avocat, se trouvait là en compagnie de sa femme Frieda, ainsi que Peter Tomlin, un journaliste de vingt-huit ans, le plus jeune du groupe. Ce petit cercle se composait de sept ou huit personnes qui, toutes, connaissaient bien Edmund, c'est-à-dire depuis huit ans pour la plupart. Les autres membres présents étaient Tom Strathmore, un sociologue, Charles Forbes avec son épouse (Charles dirigeait une collection chez un éditeur new-yorkais), et Anita Ketchum, bibliothécaire dans un musée de New York. Ils se rassemblaient chez Lucienne plus souvent qu'ailleurs, parce que Lucienne aimait recevoir ; en outre, comme elle était peintre, elle pouvait disposer plus librement de son temps.

Lucienne, âgée de trente-trois ans et célibataire, était fort jolie avec ses cheveux roux bouffants, sa peau douce et claire, sa bouche aux lignes délicates dénotant un esprit vif. Elle aimait s'habiller luxueusement, elle se rendait régulièrement dans un bon institut de beauté, et elle avait de la classe. Les autres, derrière son dos, la qualifiaient de « grande dame », mais sans même oser employer entre eux cette expression, lancée par Tom, le sociologue, peut-être parce qu'elle était démodée et un peu snob.

Edmund Quasthoff, expert-comptable dans un bureau de contentieux, avait divorcé un an plus tôt, parce que sa femme était partie avec un autre homme et avait donc demandé la séparation. A quarante ans, Edmund, avec sa haute stature et ses cheveux bruns, avait une allure tranquille ; il n'était ni beau ni particulièrement repoussant, mais il lui manquait cette étincelle qui peut rendre séduisante même une personne assez laide. Après le divorce, Lucienne et son groupe d'amis s'étaient mis d'accord pour conclure : « Rien d'étonnant. Edmund est à vrai dire un type plutôt ennuyeux. »

Ce soir-là, chez Lucienne, quelqu'un dit à l'improviste : « Edmund n'était quand même pas aussi morne que ça autrefois, non ?

— C'est exact ! Tu as *raison !* » cria Lucienne de la cuisine, car à ce moment elle venait d'ouvrir le robinet pour détacher une série de glaçons de leur bac. Elle entendit un de ses invités éclater de rire. Elle revint dans la salle de séjour avec son seau à glace rempli. Ils attendaient l'arrivée d'Edmund d'une minute à l'autre. Lucienne se rendit compte soudain qu'elle voulait exclure Edmund de leur cercle, qu'elle le détestait activement.

« Oui, qu'est-ce qui nous gêne donc à ce point chez Edmund ? » demanda Charles Forbes avec un sourire malicieux à l'adresse de Lucienne. Charles avait un certain embonpoint : les boutons de sa chemise semblaient prêts à craquer et, quand il s'asseyait, on apercevait fréquemment une partie de ses jambes velues entre ses chaussettes et le bas de son pantalon ; néanmoins tout le groupe l'adorait, parce qu'il était intelligent et plein de bonne humeur, et qu'il pouvait boire comme un trou sans rien en laisser paraître. « Peut-être que nous sommes tous jaloux parce qu'il s'est arrêté de fumer ! ajouta Charles, éteignant une cigarette pour en sortir aussitôt une autre de son paquet.

— Personnellement je suis jaloux, je le reconnais, dit Peter Tomlin avec un large sourire. Je sais que je devrais m'arrêter mais, sacré nom d'un chien, je n'y arrive jamais ! Au cours de cette année, j'ai déjà essayé deux fois, sans succès. »

Les détails des efforts déployés par Peter n'avaient rien d'intéressant. Edmund serait bientôt là, ainsi que sa nouvelle épouse, et les autres en profitaient pour parler de lui pendant que c'était encore possible.

« Peut-être que ça vient de sa femme ! murmura d'un air excité Anita Ketchum, sachant que sa remarque soulèverait quelques rires et inciterait à de nouvelles déclarations, ce qui ne manqua pas de se produire.

— Elle est bien pire que la première, admit Charles.

— Oui, Lillian avait des tas de qualités ! Je suis parfaitement d'accord ! s'exclama Lucienne, toujours debout et tendant à Peter la bouteille de whisky de manière à le laisser remplir son verre à son gré. Cette Magda, reprit-elle, ne possède pas la moindre personnalité, on dirait qu'elle... » A l'instant où elle fut interrompue par les autres, Lucienne allait évoquer de façon désagréable l'expression craintive et pourtant distante qui apparaissait souvent sur le visage de Magda.

« Ah, un mariage à la suite d'une déception..., fit Tom Strathmore d'un ton méditatif.

— Ça a sûrement été le cas, tu peux le dire ! renchérit Frieda Markus. Nous devrions sans doute le lui pardonner. A ce qu'on raconte, les hommes souffrent plus que les femmes quand le divorce n'est pas de leur fait. Leur amour-propre est plus gravement blessé, en quelque sorte.

— Pour ma part, je serais blessé dans mon amour-propre si je devais vivre avec *Magda !* » affirma Tom.

Anita pouffa de rire. « Et tu parles d'un prénom, Magda ! Ça me fait penser à des ampoules électriques ou Dieu sait quoi ! »

On sonna à la porte d'entrée de l'immeuble.

« Ce ne peut être qu'Edmund. » Lucienne alla appuyer sur le bouton déclenchant l'ouverture. Elle avait invité Edmund et Magda à rester pour le dîner, mais ceux-ci avaient déjà retenu des places au théâtre pour la soirée. Seules trois personnes prendraient part au repas : les Markus et Peter Tomlin.

« Mais n'oublions pas qu'il a changé d'emploi, disait Peter lorsque Lucienne revint dans la pièce. Désormais, il n'est plus tenu au silence, il n'a pas de grands secrets à garder. Non, ça ne vient pas de ça. » Comme les autres, Peter cherchait un mot ou une expression capable de préciser ce qui rendait Edmund Quasthoff aussi peu sympathique.

« C'est un type collet monté, voilà tout », déclara péremptoirement Anita Ketchum, retroussant les lèvres en une moue de dégoût.

Quelques secondes de silence suivirent. La sonnette de l'appartement ne tarderait plus à retentir.

« A votre avis, est-ce qu'il est heureux ? » demanda Charles dans un souffle.

La question suffit à déchaîner une tempête de rires étouffés. L'idée d'un Edmund rayonnant de bonheur, fût-ce après deux mois de mariage, était totalement ridicule.

« Mais il n'a probablement jamais été heureux », dit Lucienne. On sonna au même instant, et elle pivota sur les talons pour se diriger vers la porte.

« Je ne suis pas trop en retard, j'espère, ma chère Lucienne, dit Edmund se penchant pour l'embrasser sur la joue sans toutefois oser effleurer celle-ci.

— Non, non. J'ai tout mon temps, c'est toi qui es pressé ! Comment ça va, Magda ? demanda-t-elle avec un enthousiasme délibéré, comme si elle s'intéressait de très près à la santé de Magda.

— Très bien, merci et toi ? » Une fois de plus Magda était vêtue de brun : une robe de coton marron à rayures foncées, et autour du cou un foulard en satin de la même couleur.

L'un comme l'autre, ils paraissaient aussi ternes que ce

brun omniprésent, songea Lucienne en les conduisant à la salle de séjour. Les salutations furent chaleureuses et amicales.

« Non, juste de l'eau gazeuse, s'il te plaît... Oh, après tout, une petite goutte de gin, oui, pourquoi pas ? dit Edmund à Charles, qui faisait les honneurs de la maison. Un zeste de citron, je veux bien, merci. » Comme d'ordinaire, il donnait l'impression de s'asseoir tout au bord de son fauteuil.

Sur le canapé, Anita s'était consciencieusement mise en devoir d'engager la conversation avec Magda.

« Alors, ton nouvel emploi te plaît-il, Edmund ? » demanda Lucienne. Durant plusieurs années, Edmund avait travaillé dans les services comptables des Nations unies, mais le poste qu'il occupait actuellement dans une société privée lui procurait un meilleur salaire et une existence moins cloîtrée. D'après ce que Lucienne avait entendu dire, il avait à présent des déjeuners d'affaires presque tous les jours.

« Oooh, commença Edmund, je rencontre maintenant une faune assez différente, il faut bien le reconnaître. » Il essaya de sourire. Lorsque Edmund souriait, il avait toujours l'air de se forcer. « Il y a ces déjeuners copieusement arrosés..., reprit-il en secouant la tête. Je crois même que certains clients me tiennent rigueur de ne pas fumer. Ils veulent qu'on leur ressemble, tu comprends ?

— Qui sont ces clients ? demanda Charles Forbes.

— Parfois des directeurs d'autres firmes, et la plupart du temps leurs chefs comptables, répondit Edmund. Ils préfèrent tous parler d'affaires devant une table bien garnie plutôt que d'étudier les problèmes tranquillement dans mon bureau. Bizarre. » Edmund passa un index le long de son nez busqué. « Je suis obligé de boire un ou deux apéritifs avec eux — à mon restaurant habituel, le barman sait désormais m'en préparer un spécial avec très peu d'alcool — faute de quoi ils se diraient que je suis une sorte d'austère inspecteur des impôts, plaçant l'honnêteté avant l'efficacité ou Dieu sait quoi. » De nouveau, le visage d'Edmund se fendit en un pâle sourire qui ne dura pas longtemps.

Quelle pitié ! songea Lucienne, et elle dut se retenir pour ne pas le dire tout haut. Drôle d'expression, en l'occurrence, car elle n'éprouvait pas la moindre pitié à l'égard d'Edmund. Elle échangea un coup d'œil avec Charles, puis avec Tom Strathmore, qui souriait d'un air affecté.

« Et puis, ils me téléphonent au beau milieu de la nuit ! En Californie, les gens ne semblent avoir aucune notion des fuseaux horaires...

— Tu n'as qu'à laisser ton appareil décroché le soir ! intervint Ellen, la femme de Charles.

— Oh, je ne peux pas me le permettre, répliqua Edmund. On doit les traiter comme les vaches sacrées en Inde, ces clients qui ont un petit ennui. Parfois ils me posent des questions auxquelles une calculatrice de poche pourrait répondre. Mais la société Babcock & Holt a le devoir de se montrer polie en toutes circonstances, donc je dors de plus en plus mal... Non merci, Peter », dit-il quand celui-ci manifesta l'intention d'ajouter un peu de gin dans son verre. D'un geste délicat, Edmund écarta également un cendrier presque plein dont l'odeur semblait l'incommoder.

En temps normal, Lucienne aurait vidé le cendrier, mais cette fois elle ne le fit pas. Et Magda ? Au moment où Lucienne la regarda, Magda jetait furtivement un coup d'œil à sa montre, tout en continuant à bavarder avec Charles qui se trouvait maintenant à sa gauche. Elle n'avait que vingt-huit ans, bien sûr son jeune âge pouvait faire envie, mais quelle empotée ! Sa peau était visiblement mal soignée. Rien d'étonnant qu'elle n'eût pas trouvé à se marier plus tôt. Selon les dires d'Edmund, elle avait gardé le petit emploi qu'elle occupait quelque part dans l'informatique. Elle tricotait bien, ses parents étaient des mormons, mais elle affirmait ne pas appartenir, quant à elle, à cette religion. Etait-ce bien vrai ? s'interrogea Lucienne.

Un moment plus tard, après avoir refusé même un jus

d'orange ou de tomate, Magda murmura à l'adresse de son mari : « Chéri... » Et elle tapota sa montre du bout du doigt.

Edmund déposa aussitôt son verre, ses souliers marron démodés quittèrent un instant le sol, et d'un bond il se leva de son fauteuil. Bien qu'il fût à peine huit heures, il avait déjà les traits tirés. « Ah oui, le théâtre... Merci, Lucienne. Ça a été un plaisir de te revoir, comme à chaque fois.

— Oui, mais un plaisir bien court ! » fit Lucienne.

Lorsque Edmund et Magda furent partis, tout le monde poussa un grand *Ouf !,* accompagné de quelques petits rires qui dénotaient moins d'indulgence que d'amertume condescendante.

« Pour rien au monde je n'épouserais une bonne femme comme ça ! déclara Peter Tomlin, qui était célibataire. Ah non, franchement ! » C'est à vingt-deux ans que Peter avait fait la connaissance d'Edmund, par l'intermédiaire de Charles Forbes, à qui il avait demandé un emploi dans sa maison d'édition, d'ailleurs sans succès. Charles, qui était plus âgé, s'était pris de sympathie pour Peter, et l'avait présenté à un certain nombre de ses amis, parmi lesquels Lucienne et Edmund. Peter se souvenait qu'Edmund Quasthoff lui avait fait bonne impression au premier abord — celle d'un homme sérieux et digne de confiance — mais les vertus qu'il avait cru discerner chez lui avaient dorénavant disparu de sa mémoire, comme si cette impression initiale s'était révélée par la suite une erreur de sa part. Apparemment, Edmund ne s'était pas montré à la hauteur des exigences de la vie. Il y avait chez lui quelque chose de contraint et d'étriqué, et ces défauts semblaient se matérialiser en la personne de Magda. Ou bien était-ce qu'Edmund ne ressentait pas de véritable amitié *envers eux ?*

« Peut-être qu'il la mérite, après tout, cette Magda, dit Anita, provoquant plusieurs éclats de rire.

— Il se peut aussi qu'il ne nous aime pas vraiment, suggéra Peter.

— Oh, mais si, il nous adore ! rétorqua Lucienne. Rappelle-toi, Charles, comme il était content lorsque nous l'avons plus ou moins accepté dans notre cercle, à ce premier dîner où je l'avais invité ici avec Lillian. Un de mes dîners d'anniversaire, je me souviens. Edmund et Lillian rayonnaient de joie parce qu'ils avaient été admis dans notre charmant petit groupe ! » Le rire dont Lucienne ponctua ces paroles fut aussi désobligeant pour le groupe en question que pour Edmund.

« Oui, Edmund a réellement fait un effort, dit Charles.

— Et puis, il s'habille toujours sans la moindre originalité, fit Anita.

— Exact. L'un des hommes ne pourrait-il pas le lui signaler discrètement ? Toi, par exemple, Julian. » Lucienne contempla le costume élégant de Julian. « Tu es toujours tiré à quatre épingles !

— Moi ? répondit Julian, remettant bien en place sa veste sur ses épaules. Sincèrement, je pense que les hommes accordent davantage d'attention à ce que disent les femmes. Pourquoi serait-ce à moi de lui conseiller quoi que ce soit ?

— Magda m'a confié qu'Edmund veut acheter une voiture, dit Ellen.

— Est-ce qu'il sait conduire, au moins ? demanda Peter.

— Puis-je me permettre, Lucienne ? demanda Tom Strathmore, la main tendue vers la bouteille de scotch posée sur un plateau. Ce qu'il faudrait peut-être à Edmund, c'est une bonne vraie cuite un de ces soirs. Cela pourrait même pousser Magda à le quitter.

— Au fait, nous venons d'inviter les Quasthoff à dîner chez nous vendredi soir, annonça Charles. On peut fort bien s'arranger pour soûler Edmund ! Qui d'autre veut venir ?... Lucienne ? »

Imaginant d'avance une soirée mortellement ennuyeuse, Lucienne hésita. Mais cela ne serait sans doute pas aussi triste que cela. « Pourquoi pas ? Merci beaucoup, Charles... et Ellen. »

Peter Tomlin dut décliner l'invitation, à cause d'un article qu'il devait remettre précisément le vendredi soir. Anita déclara qu'elle serait ravie de venir. Tom Strathmore lui aussi était libre, mais pas les Markus, parce que c'était l'anniversaire de la mère de Julian.

Ce fut une réception mémorable qui se déroula dans la vaste cuisine des Forbes, qui servait de salle à manger. Magda n'était encore jamais venue dans cet appartement situé au dernier étage d'un immeuble. Elle regarda poliment l'assez bonne collection d'estampes contemporaines qui décorait l'intérieur des Forbes, mais parut avoir peur de faire le moindre commentaire. Elle surveillait ses manières avec le plus grand soin, alors que les autres, par une sorte d'accord tacite, prenaient une attitude beaucoup plus joyeuse et détendue qu'à l'accoutumée. Cela avait en partie pour but — Lucienne s'en rendit compte — de maintenir Magda en dehors de leur cercle jovial, et de ridiculiser son allure digne et raide, bien qu'en réalité tout le monde s'évertuât à faire participer Edmund et Magda à la bonne humeur générale. Par exemple, et là encore Lucienne le remarqua, Charles versait du gin d'une main fort généreuse dans le verre d'Edmund. A table, Ellen fit de même avec le vin. C'était un vin spécialement sélectionné, un excellent margaux d'un millésime assez rare, qui convenait à merveille à la fondue bourguignonne qu'ils dégustaient, chacun trempant tour à tour des morceaux de viande dans le récipient d'huile bouillante placé au centre de la table ronde. Il y avait des croûtons de pain frottés à l'ail, et des serviettes en papier pour s'essuyer les doigts.

« Allez, mon vieux, tu ne travailles pas demain ! dit Tom avec entrain, en remplissant de vin le verre d'Edmund.

— Mais s-si, j-je travaille, répondit Edmund, le sourire aux lèvres. Toujours, je travaille. Bien obligé, même le samedi. »

Magda le fixait à ce moment avec des yeux exorbités, mais ce regard lui échappa, car il avait la tête tournée dans une autre direction.

Après le repas, ils passèrent dans le vaste solarium qui se prolongeait par un balcon. Comme pousse-café, ceux qui le désiraient pouvaient choisir entre de la Drambuie, de la

Bénédictine ou du cognac. Lucienne savait qu'Edmund avait un faible pour les bonnes choses, et elle constata que Charles n'eut aucune difficulté à persuader Edmund d'accepter un petit verre de Drambuie. Puis ils se mirent à jouer aux fléchettes.

« Les fléchettes, c'est le seul sport dont je sois capable », déclara Charles, qui était en pleine forme. Dès son premier coup, il tapa directement dans le mille.

Les autres jouèrent chacun à son tour, tandis qu'Ellen notait les points.

Edmund se prépara maladroitement à viser, s'efforçant de paraître amusant aux yeux des autres, quoique en cherchant aussi à atteindre la cible. Or, il n'avait rien d'un homme vif et précis dans ses gestes. Sa première fléchette alla se planter dans le mur, à près d'un mètre du panneau de liège. Comme elle avait été lancée de biais, elle ne s'enfonça pas vraiment et retomba sur le sol. Au même instant, Edmund lui aussi s'étala de tout son long, ayant perdu l'équilibre en pivotant sur son pied gauche.

Les rires fusèrent, ainsi que des « Bravo ! » enthousiastes.

Peter tendit une main pour aider Edmund à se relever. « Tu ne t'es pas fait mal, j'espère ? »

Une fois debout, Edmund parut déconcerté, et son visage ne souriait pas. Il tira sur sa veste pour lui donner un air plus net. « Je ne pense pas... J'ai l'impression bien définie... » D'un œil un peu embué, il examina lentement les autres, qui attendaient la suite. « J'ai l'impression que ma présence n'est pas tout à fait la bienvenue parmi vous... En conséquence, je...

— Oh, Edmund ! s'écria Lucienne.

— Allons, qu'est-ce que tu nous racontes là, Edmund ? » renchérit Ellen.

Quelqu'un plaça d'autorité dans la main d'Edmund un verre de Drambuie, en dépit du geste discret de Magda pour repousser cette offre. Edmund se calma, mais pas réellement. La partie de fléchettes recommença. Edmund était encore assez lucide pour comprendre qu'il valait mieux ne pas se ridiculiser en partant tout de suite d'un air offensé ; néanmoins il avait assez bu pour dévoiler son sentiment profond, même s'il ne le percevait alors que confusément : les gens qui l'entouraient n'étaient plus ses vrais amis, en réalité ils n'avaient aucune affection à son égard. Magda parvint à le convaincre de reprendre du café.

Les Quasthoff prirent congé une quinzaine de minutes plus tard.

Les autres se sentirent immédiatement soulagés d'un poids.

« Elle est vraiment la fin de tout, admettons-le franchement ! dit Anita avant de lancer une fléchette.

— Oui, mais nous avons réussi à le soûler, fit Tom Strathmore. Ça prouve que c'est possible. »

D'une certaine manière, en voyant Edmund comiquement étalé par terre, ils avaient tous été plus ou moins alléchés par le goût du sang.

Cette nuit-là, Lucienne, un peu plus échauffée que d'ordinaire grâce aux deux grands cognacs qu'elle s'était accordé après le dîner, téléphona à Edmund à quatre heures du matin sous prétexte de lui demander comment il allait. Elle savait qu'en fait elle l'appelait pour le déranger dans son sommeil. A la cinquième sonnerie, quand Edmund répondit d'une voix pâteuse, Lucienne s'aperçut qu'elle ne trouvait rien à lui dire.

« Allô ?... Allô ?... Qu-Quasthoff à l'appareil, j'écoute... »

Lorsqu'elle se réveilla le lendemain matin, le monde lui parut différent : les formes se découpaient avec une netteté inhabituelle, et il y avait dans l'air un je ne sais quoi d'excitant. Cela ne provenait nullement de la légère nervosité due parfois à l'abus de boissons la veille au soir. D'ailleurs, Lucienne se sentit dans une forme splendide après son petit déjeuner (jus d'orange, thé anglais et toasts à la marmelade), et elle peignit avec enthousiasme pendant deux heures. Soudain, elle comprit qu'en réalité elle était occupée à détester Edmund Quasthoff. Grotesque, mais il n'y avait pas de doute possible. Et combien de ses amis nourrissaient-ils le même sentiment aujourd'hui à l'égard d'Edmund ?

Quelques minutes après midi, le téléphone sonna. C'était Anita Ketchum. « J'espère que je ne t'interromps pas au beau milieu d'un coup de pinceau magistral ?

— Non, non ! Que se passe-t-il ?

— Eh bien... Ellen m'a appelée ce matin pour m'annoncer que le cocktail d'anniversaire d'Edmund était annulé.

— J'ignorais tout de cette réception. »

Anita expliqua l'histoire. Hier, Magda avait invité Charles et Ellen pour l'anniversaire d'Edmund, qui aurait lieu dans neuf jours, et elle avait dit à Ellen qu'elle inviterait « tout le monde », plus quelques amis à elle, ce qui leur permettrait de faire de nouvelles connaissances. Ce serait un petit dîner du genre « buffet froid », où l'on resterait debout à bavarder. Et puis ce matin, sans la moindre excuse — Edmund ou elle auraient pu tomber malades, par exemple — Magda avait déclaré qu'en définitive elle « préférait annuler » cette réception, et qu'elle était désolée.

« Peut-être qu'elle a peur qu'Edmund prenne une nouvelle cuite, dit Lucienne, tout en sachant que cette hypothèse ne résolvait pas intégralement le problème.

— Je suis sûre qu'elle croit que nous ne les aimons pas beaucoup, ni elle ni Edmund — ce qui est malheureusement la vérité.

— Comment remédier à cette situation, ma chère ? fit Lucienne avec une tristesse feinte.

— Le rebut de la société, voilà ce que nous sommes, pas vrai ? Ha-ha ! Bon, il faut que je raccroche, Lucienne, parce que quelqu'un attend. »

Cette annulation d'un dîner parut à Lucienne un geste à la fois hostile et stupide, et elle informa la totalité du groupe en l'espace d'une journée, sans même se demander si les autres avaient failli être invités ou non.

« Nous aussi, nous pouvons nous amuser à inviter pour annuler le lendemain ! lui répondit Julian au téléphone avec un petit rire. Quelle farce puérile ! Et pas même un voyage d'affaires en guise d'excuse ?

— Aucune excuse, non. Tu sais, je vais réfléchir à un moyen de rigoler un peu, mon petit Julian.

— Que veux-tu dire ?

— Nous devrions leur renvoyer gentiment la balle. Tu ne crois pas qu'ils le méritent ?

— Oh si, ma chère. »

La première idée de Lucienne était très simple. Tom Strathmore et elle inviteraient Edmund à déjeuner au restaurant le jour de son anniversaire, et ils s'arrangeraient pour le soûler de telle manière qu'il fût incapable de retourner à son bureau cet après-midi-là. Tom consentit volontiers. Et Edmund parut sincèrement reconnaissant quand Lucienne l'appela pour lui faire part de l'invitation, sans prononcer le nom de Magda.

Elle réserva une table dans un restaurant français plutôt chic de la 60e Rue est. Tom et elle attendaient, assis devant trois verres de gin-vermouth, lorsqu'Edmund arriva, souriant avec gaucherie, mais manifestement content de retrouver ses vieux amis autour d'une petite table. Ils se mirent à bavarder agréablement. Lucienne réussit même à lui faire quelques compliments au sujet de Magda.

« Elle ne manque pas de dignité », remarqua-t-elle.

Edmund saisit aussitôt la perche : « Si seulement elle était moins *timide*... dit-il. Je fais tout pour lui donner confiance. »

Il y eut une autre tournée. Lucienne s'arrangea pour repousser le moment de passer la commande en prétextant un coup de fil à donner, qui permit à Tom de remplir de nouveau les verres en attendant son retour. Ils choisirent alors les plats et les vins qui les accompagneraient : du blanc, puis du rouge. Quand Edmund but sa première gorgée de blanc, Lucienne et Tom susurrèrent en chœur un « Happy Birthday to you » en levant leurs verres. Anita, que Lucienne avait prévenue par téléphone et qui travaillait à quelques centaines de mètres du restaurant, les rejoignit à la fin du déjeuner, sur le coup de trois heures. Ce fut l'occasion pour

Edmund d'embrayer sur un verre de Drambuie. Lucienne et Tom s'abstinrent. Edmund balbutiait quelque chose à propos d'un rendez-vous à trois heures qu'il allait manquer, ce qui ne comptait guère, au fond, étant donné de son peu d'importance. Anita et les autres affirmèrent qu'on l'excuserait sans aucun doute le jour de son anniversaire.

« Je n'ai qu'une petite demi-heure, déclara Anita quand ils sortirent ensemble du restaurant, mais je tenais à te voir en cette occasion particulière, mon chou. C'est mon tour de t'offrir un verre. »

Les autres s'éclipsèrent, après avoir déposé un baiser sur la joue d'Edmund. Anita pilota Edmund jusqu'au bar du coin, dont la décoration tentait d'évoquer l'atmosphère d'un vieux pub irlandais. Edmund s'effondra littéralement sur sa chaise, à la suite d'une glissade dans la sciure. Anita pensa que ce serait un miracle si on le servait, mais sa propre présence, sobre et rassurante, y suffit. Elle appela Peter Tomlin et lui expliqua la situation. Franchement amusé, il accepta de venir prendre le relais pendant quelques minutes. Quand il arriva, Edmund but une deuxième bière et réclama un café, mais le mélange sembla ne pas lui réussir. Anita avait disparu. Peter fit patiemment passer le temps en racontant des âneries à Edmund. Il se demandait si Edmund n'allait pas se mettre à vomir ou à rouler sous la table.

« Mag a des amis qui viennent à six heures, marmonna Edmund. Je dois être à la maison avant, ou enfin... » Il tenta en vain de lire l'heure à sa montre.

« Ah, tu l'appelles Mag ? Finis ta bière, mon vieux. Peter leva son verre : Allez, haut les cœurs et le cul sur la commode ! »

Ils vidèrent leur verre de concert.

Peter conduisit Edmund à bon port à six heures vingt-cinq et fila. On entendait, derrière la porte de l'appartement, le brouhaha d'un cocktail. Edmund avait évoqué la présence de son patron et de quelques clients importants. Dans l'ascenseur, Peter eut un petit sourire. De retour chez lui, il effectua son rapport à Lucienne, se fit un café instantané et se remit à sa machine à écrire. Drôle, très drôle ! ce pauvre Edmund... Mais c'est Magda qui amusait le plus Peter. C'est Magda qui était le rabat-joie, leur cible véritable.

Il allait changer d'opinion en moins de quinze jours. Non sans surprise et avec une inquiétude croissante, il vit l'attaque menée par Lucienne et, à un degré moindre, par Anita, se concentrer sur Edmund. Une dizaine de jours après cette petite aventure, Peter passa chez les Markus pour leur rendre quelques livres empruntés, et les découvrit en train de gloser sur la dernière infortune d'Edmund. Edmund avait perdu son emploi chez Babcock & Holt et recevait à l'hôpital Payne-Whitney les soins que nécessitait son état d'imbibition.

« Comment ? s'exclama Peter. Mais personne ne m'en a rien dit !

— Nous venons de l'apprendre aujourd'hui, dit Frieda, par un coup de fil de Lucienne. Elle a tenté de joindre Edmund à son bureau dans la matinée. On lui a répondu qu'il était absent. Elle a alors insisté pour savoir où il se trouvait, en racontant qu'il s'agissait d'une urgence familiale, tu sais combien elle est débrouillarde pour ce genre de choses... Ils ont fini par lâcher qu'il était hospitalisé. Elle a pu lui parler au téléphone. Pour tout arranger, Edmund a eu aussi un accident en voiture, mais par chance il s'en est sorti indemne et n'a blessé personne.

— L'imbécile heureux ! fit Peter.

— Tu sais, dit Julian, il a toujours eu un faible pour la bouteille, mais la bouteille n'a aucun faible pour lui. Il a dû se faire désintoxiquer il y a cinq ou six ans, n'est-ce pas Frieda ? Tu ne le connaissais peut-être pas encore à l'époque, Peter. Enfin bref, cela n'a pas duré longtemps. Ça s'est aggravé quand Lillian l'a plaqué. Et maintenant... »

Frieda Markus gloussa : « Lucienne n'a rien fait pour arranger les choses, tu le sais bien. Elle a invité Edmund chez elle une ou deux fois et l'a travaillé au corps. Elle l'a poussé à parler de ses problèmes avec Mag. »

Ses problèmes... Peter ressentit une pointe de mépris à

l'égard d'Edmund : pouvait-on parler de « problèmes » après quelque trois mois de mariage ? Tout le monde n'avait-il pas ses problèmes ? Devait-on empoisonner ses amis avec leur récit ? « Il n'a peut-être que ce qu'il mérite », murmura-t-il.

« *Oui,* en un sens, dit Julian sur un ton appuyé tout en prenant une cigarette. Son attitude agressive sous-entendait que la campagne anti-Edmund n'était pas terminée. C'est un faible », ajouta-t-il.

Peter remercia Julian du prêt des deux livres et prit congé. Il avait de nouveau du travail à faire dans la soirée : impossible, donc, de s'attarder devant un verre. Une fois chez lui, il hésita : devait-il appeler Lucienne ou Anita ? Il choisit Lucienne. Elle n'était pas là. Il téléphona à Anita. Anita était chez elle, en compagnie de Lucienne. Toutes deux bavardèrent avec lui, toutes deux avaient l'air en pleine forme. Peter interrogea Lucienne sur Edmund.

« Oh, il sera sorti dans une huitaine, d'après lui. Mais ce ne sera pas le même homme, je crois.

— Que veux-tu dire par là ?

— Eh bien, il a tout de même perdu son emploi et cela ne lui sera pas facile d'en trouver un autre. Par-dessus le marché, il a certainement perdu Magda aussi. Il m'a dit qu'elle le quitterait s'ils n'allaient pas vivre ailleurs qu'à New York.

— Dans ce cas, ils partiront peut-être... commenta Peter. Il t'a dit qu'il avait perdu sa place pour de bon ?

— Sans aucun doute. A son bureau, on appelle ça un congé, mais Edmund a admis qu'ils ne le reprendront pas. Lucienne eut un rire bref, aigu. Ce serait aussi bien qu'ils quittent New York. Magda *nous* hait, tu sais. Et, pour être franche, Edmund n'a jamais appartenu à notre groupe. C'est donc compréhensible, en un sens. »

Etait-ce vraiment compréhensible, se demanda Peter en se remettant à son travail. Il y avait quelque chose de pervers dans cette affaire, et lui-même avait fait preuve de perversité en entraînant Edmund à boire bière sur bière l'autre jour.

Chose curieuse, il n'éprouvait cependant aucune compassion envers Edmund.

Contrairement à ce qu'il pensait, le groupe ne fit aucun effort pour laisser Edmund tranquille à sa sortie, ni même pour lui remonter le moral (sans boissons). Anita Ketchum l'invita à un petit dîner chez elle, auquel Peter était également convié. Elle ne le poussa pas à boire. Edmund s'octroya trois verres de son propre chef. Il était d'une humeur morose, qu'Anita aggrava encore en attaquant Magda. Edmund s'en tirerait mieux sans Magda, affirma-t-elle froidement, et il devait passer à l'action au plus tôt. Peter jugea utile d'intervenir :

« Franchement, Magda ne semble pas te rendre heureux, Ed, dit-il, sur un ton très « homme à homme ». Et j'apprends qu'elle veut te faire quitter New York ?

— C'est vrai. Je ne sais où ailleurs je pourrai trouver un poste décent. »

Ils parlèrent tard dans la soirée, sans guère avancer. Peter s'en alla avant Edmund. Plus tard, d'évoquer sa haute silhouette voûtée dans ses vêtements sans forme, ses yeux rivés au sol pendant qu'il arpentait le salon d'Anita, un verre à la main, le déprima.

Lucienne lisait au lit, quand le téléphone sonna, à une heure du matin. C'était Edmund. Il divorçait.

« Elle m'a quitté. A l'instant, déclara-t-il d'une voix satisfaite, mais embuée par les vapeurs de l'alcool. Elle va passer la nuit à l'hôtel. Je ne sais pas lequel. »

Lucienne se rendit compte qu'il attendait d'elle un mot de félicitation ou d'approbation.

« Eh bien, mon cher Edmund, c'est sans doute beaucoup mieux ainsi. J'espère que votre séparation se passera sans heurts. Après tout, vous étiez mariés depuis peu.

— Oui. Je crois que je... enfin... qu'elle... a fait ce qu'il fallait. » Sa voix était pâteuse.

Lucienne lui affirma qu'elle l'approuvait.

Et maintenant, il cherchait du travail. Il ne pensait pas que Mag ferait des difficultés, financières ou autres. « C'est une jeune femme qui aime sa li-liberté. Elle est incroyablement *indépendante* », articula-t-il dans un hoquet.

Lucienne sourit. Toutes les femmes aimeraient être indépendantes d'Edmund. « Nous te souhaitons bonne chance, Edmund. N'hésite pas, si tu as besoin d'un coup de main. »

Charles Forbes et Julian Markus se rendirent un soir chez Edmund pour parler de travail. C'est Charles qui le raconta plus tard à Lucienne. L'éditeur chez lequel travaillait Charles avait besoin d'un expert-comptable comme collaborateur extérieur. Pourquoi Edmund ne viserait-il pas ce genre d'emploi ? D'après Charles, ils burent à peine, mais ils veillèrent assez tard dans la nuit. Comme Edmund avait eu le cafard, le niveau de la bouteille de scotch avait sérieusement baissé sur le coup de minuit.

Cela se passait un jeudi soir. Le mardi matin, Edmund était mort. La femme de ménage, entrée dans l'appartement avec sa clef, l'avait trouvé dans son lit à 9 heures. Endormi, croyait-elle. Ce n'est pas avant midi qu'elle se rendit compte de son erreur et appela la police. Les policiers n'avaient pu découvrir où se trouvaient Magda et il avait fallu un certain temps avant que les gens concernés ne soient prévenus. Ce fut donc seulement le mercredi soir que le groupe eut connaissance de l'événement. En ouvrant son propre journal, Peter Tomlin tomba sur la nouvelle et téléphona à Lucienne.

« Mélange de somnifères et d'alcool, dit-il. Mais on ne pense pas qu'il s'agit d'un suicide » (Lucienne ne le pensait pas non plus). « Quelle triste fin, soupira-t-elle. Et maintenant... » Elle n'était pas bouleversée le moins du monde. Simplement, elle évoquait l'idée des autres membres de leur petit cercle quand ils apprendraient la nouvelle, s'ils ne l'avaient pas encore découverte dans le journal.

« Les obsèques ont lieu demain, euh... à Long Island. »

Peter et Lucienne y assisteraient.

Leur groupe d'amis — Lucienne Gauss, Peter Tomlin, les Markus, les Forbes, Tom Strathmore, Anita Ketchum — y alla au complet. A eux seuls, ils formaient la moitié de l'assistance. Peut-être quelques parents d'Edmund étaient-ils présents, mais aucun membre du groupe n'en était sûr : la famille d'Edmund résidait du côté de Chicago, et personne ne les avait jamais rencontrés. Magda était là, vêtue de gris, avec un fin voile noir. Elle se tenait à l'écart, et inclina à peine la tête en direction de Lucienne et du groupe. Le service funèbre était anonyme. Lucienne n'y prêta aucune attention, et sans doute ses amis l'imitaient-ils, pensa-t-elle, sauf pour reconnaître la vanité des mots et refuser de leur ouvrir leurs oreilles. Après, Lucienne et Charles refusèrent de suivre le cercueil jusqu'à la sépulture, et les autres les imitèrent.

Les lèvres d'Anita étaient serrées, bien qu'un très léger sourire pensif y demeurât figé. Ils se dirigèrent en désordre vers les taxis qui attendaient. Tom Strathmore avançait tête baissée. Charles Forbes contemplait le ciel de l'été finissant. Charles, qui marchait entre Ellen, son épouse, et Lucienne, déclara soudain à celle-ci :

« J'ai appelé Edmund deux fois dans la nuit, tu sais, juste pour l'embêter. Je dois l'avouer. Ellen est au courant.

— Vraiment », fit Lucienne d'un ton calme.

Tom, qui les suivait de près, les entendit. « J'ai fait pire, dit-il, un petit sourire au coin de la bouche. J'ai déclaré à Edmund qu'il risquerait de perdre son job si Magda l'accompagnait à ses repas d'affaires. » Ellen se mit à rire. « Oh, ce n'est pas grave, Tom. C'est... » Elle ne termina cependant pas sa phrase.

Nous l'avons tué, pensa Lucienne. Chacun le pensait. Personne n'avait le courage de l'avouer. N'importe lequel d'entre eux aurait pu déclarer : « Nous l'avons tué, vous savez », mais aucun ne le fit. « Il va nous manquer », dit enfin Lucienne, comme si elle le pensait vraiment.

« Oui-i », répondit quelqu'un, sur le même ton grave.

Ils s'engouffrèrent dans trois taxis, en se promettant de se revoir bientôt.

Pour le restant de leurs jours

Nouvelle inédite. Titre original :
OLD FOLKS AT HOME
Traduite par Sylvie Durastanti

« EH bien, finit par dire Loïs, faisons-le sans tarder. » C'est avec une grande conviction qu'elle prononça ces mots, tout en regardant son mari d'un air sérieux et vaguement inquiet.

« D'accord », convint Herbert d'une voix tendue.

Ils venaient de décider d'adopter un couple de personnes âgées qui vivraient désormais avec eux. De personnes âgées ou de vieillards. C'était une décision mûrement réfléchie : les Mac Intyre la pesaient depuis des semaines. Ils n'avaient pas d'enfants et n'en voulaient pas. Herbert était expert en logique stratégique auprès d'un organisme gouvernemental du nom de Bayswater, situé à cinq kilomètres de leur résidence ; Loïs était historienne, spécialiste des XVIIe et XVIIIe siècles européens. A trente-trois ans, elle avait déjà publié trois livres et bon nombre d'articles. Herbert et elle avaient une agréable villa dans le Connecticut, avec une véranda servant à la fois de bibliothèque et de bureau à Herbert. La magnifique pelouse et les superbes plates-bandes ombragées d'arbres et d'arbustes étaient entretenues par un jardinier qu'ils employaient à mi-temps. La plupart de leurs voisins, amis et relations avaient des enfants, petits ou grands, si bien que les Mac Intyre commençaient à se reprocher de n'en pas avoir. Quelques mois auparavant, ils étaient allés rendre visite, avec d'autres collègues de travail, à Eustache Vickers, dans la maison de retraite où il était hospitalisé à la suite d'une attaque. Inventeur détaché auprès de Bayswater, fort actif jusque-là et très aimé de tous, Eustache devait malheureusement y décéder.

C'est précisément là-bas qu'Herbert et Loïs avaient appris que beaucoup de familles de la région accueillaient des vieilles gens le temps d'un week-end et surtout vers Noël ou Pâques, afin de leur offrir un petit changement, de leur permettre de retrouver une « vie de famille », ne fût-ce que quelques jours, mais toujours pour leur plus grand bien. « Et il y a même des gens assez gentils pour adopter une personne âgée ou un vieux couple, pour le restant de leurs jours », leur avait dit une infirmière.

Loïs se souvenait avoir frissonné à cette idée, non sans un sentiment de culpabilité. Les vieux ne sauraient vivre éternellement. Peut-être Herbert et elle-même se retrouveraient-ils un jour dans la même situation : quasiment réduits à dépendre de la charité publique et totalement à la merci des infirmières pour satisfaire leurs besoins les plus élémentaires. Et pourtant, les vieux adoraient se rendre utiles dans une maison, dans la mesure de leurs moyens !

« Il faudrait aller voir, dit Herbert à Loïs, avant d'ajouter avec un sourire : Exactement comme si on allait se choisir un petit orphelin, hein ? »

Loïs rit également de bon cœur et non sans un certain soulagement, après une discussion aussi grave. « Tu plaisantes ? Mais à l'orphelinat, tu ne choisis pas, tu prends ce qu'on te donne. De quel genre de gosse crois-tu qu'on hériterait, Herbert ? Blanc ? Surdoué ? En bonne santé ? Ça m'étonnerait. »

« Moi aussi, ça m'étonnerait, compte tenu qu'on n'est ni bons chrétiens, ni bons citoyens. On ne va pas à l'église et on ne vote pas. »

« Dans le doute, on s'abstient.

— C'est à cause du travail que tu fais. Et du travail que je fais. Sans compter que moi, je dors à des heures impossibles et que parfois, à quatre heures du matin, je suis encore devant la télé. Mais enfin, tu parlais sérieusement tout à l'heure, Loïs ?

— On ne peut plus sérieusement. »

Loïs appela donc la maison de retraite Hilltop et demanda à parler au directeur ou à la directrice, si tant est que ce fût le titre qu'on leur donnait. A l'homme qui lui répondit, elle expliqua en termes mesurés ses intentions et celles de son mari. « J'ai entendu dire que de tels arrangements sont possibles pour une durée de six mois, par exemple. » Elle s'entendit prononcer ces derniers mots, sans trop savoir comment ils lui étaient venus à l'esprit.

L'homme eut un rire des plus brefs. « Ma foi, oui, c'est chose possible, et généralement fort pratique pour tous les intéressés. Voudriez-vous passer nous voir avec votre mari, madame Mac Intyre ? »

Le soir même, Loïs et Herbert se rendirent donc en voiture à la maison de retraite. Vers les sept heures, ils furent accueillis par une jeune infirmière en uniforme bleu et blanc, qui s'assit avec eux dans la salle d'attente durant quelques instants, pour leur annoncer qu'elle avait transmis leur offre à trois ou quatre des divers couples non impotents dînant au réfectoire : deux s'étaient déclarés intéressés.

« Ces vieilles gens ne voient pas toujours où est leur bien, leur dit-elle en souriant. Comment envisagez-vous l'avenir, votre mari et vous, madame Mac Intyre ?

— Ma foi — encore faut-il que nous leur convenions, je suppose ? » dit Loïs.

L'infirmière fronça les sourcils d'un air méditatif ; cependant, Loïs eut la nette impression que, loin de réfléchir à sa question, elle cherchait simplement une réponse toute prête. « Je vous demande cela, car, à moins que la ou les personnes hébergées ne manifestent le désir de revenir chez nous, nous considérons généralement de tels arrangements comme définitifs. »

Cette seule idée glaça Loïs qui, supposant qu'elle glaçait tout autant Herbert, n'osa le regarder. « C'est déjà arrivé ? Qu'ils veuillent revenir ?

— Rarement ! » dit l'infirmière avec un rire gai mais un peu forcé.

Puis elle leur présenta Boris et Edith Basinsky. Les présentations eurent lieu dans la salle de télévision, une vaste pièce où deux postes de télé diffusaient chacun un programme différent. Boris Basinsky avait la maladie de Parkinson, leur spécifia l'infirmière, à portée d'oreille du malade. Il avait le teint plutôt terreux, mais il sourit en tendant une main tremblotante à Herbert qui la serra fermement. Quant à sa femme, Edith, elle semblait plus âgée que lui, avec des traits presque émaciés, même si elle fixait sur la télé des yeux bleus pleins de vivacité. Le bruit de la télé couvrit tous les propos qu'échangèrent les deux couples, propos du type : « Nous résidons non loin d'ici... nous pensions... » et, pour les Basinsky : « Oui, l'infirmière nous a parlé de vous aujourd'hui... »

Puis ce fut au tour des Forster, Albert et Mamie. Mamie s'était cassé la hanche l'an passé, mais marchait de nouveau avec une canne. Quant à son mari, c'était un grand vieillard efflanqué, assez dur d'oreille pour devoir porter un appareil auditif dont le cordon disparaissait dans le col ouvert de sa chemise. A part une récente attaque qui l'obligeait à marcher lui aussi avec une canne, il était en bonne santé.

« Les Forster ont un fils, mais il vit en Californie et il n'a pas les moyens de les prendre chez lui. Même situation en ce qui concerne leurs deux ou trois petits-enfants, poursuivit l'infirmière. Mamie adore tricoter. Et vous adorez jardiner, n'est-ce pas, Mamie ? »

Mamie hocha la tête, en plongeant son regard dans ceux des Mac Intyre.

Prise d'un vertige subit devant ces têtes chenues et ces faces ridées s'esclaffant au spectacle de la télé, Loïs agrippa Herbert par une manche de sa veste de tweed.

Le soir même, vers minuit, leur choix se porta sur les Forster. Ultérieurement, ils devaient se demander si ce n'était pas justement ce nom si courant de Forster, de consonance typiquement anglo-saxonne, qui avait déterminé leur choix. Les Basinsky auraient peut-être été plus vivables, même si lui avait la maladie de Parkinson, et donc besoin de lavements réguliers, comme les en avait prévenus l'infirmière.

Quelques jours après, les Forster s'installèrent chez les Mac Intyre. Au cours de la semaine précédente, une femme d'âge mûr envoyée par la maison de retraite était venue voir quelle hospitalité pouvaient offrir les Mac Intyre. Elle était repartie apparemment enchantée. Les Forster prirent la plus agréable des deux chambres d'amis de l'étage, dont les fenêtres ouvraient sur la pelouse. Sans oser le leur demander, les Mac Intyre craignaient pourtant qu'ils ne puissent s'accommoder d'un grand lit. Loïs débarrassa le placard et la commode de la chambre d'amis et y installa un fauteuil confortable qu'elle prit dans l'autre chambre, afin que chacun ait le sien. La salle de bains se trouvait de l'autre côté du couloir. Il y avait également un cabinet de toilette avec douche au rez-de-chaussée. Les Forster emménagèrent sur le coup de cinq heures. Des voisins de Loïs et Herbert, les Mitchell, qui n'habitaient qu'à un kilomètre de chez eux, les avaient invités à passer prendre un verre ce samedi ; mais, sachant qu'ils voudraient les retenir à dîner, comme à chaque fois, Herbert avait décliné leur invitation par téléphone, en expliquant quel empêchement ils avaient. « Je comprends, avait répondu Pete Mitchell. Dans ce cas, nous pourrions passer nous-mêmes prendre un verre, sur le coup de sept heures ? Nous ne resterions qu'une demi-heure.

— Avec plaisir. » Herbert sourit, comprenant que les Mitchell étaient tout simplement curieux de voir leurs chers petits vieux. Pete Mitchell était professeur d'histoire à la fac et venait fréquemment discuter boutique avec Loïs.

C'est ainsi qu'ils se retrouvèrent au salon, autour d'un verre de scotch pour Pete, de Dubonnet pour Ruth qui arborait un air amusé.

« Sérieusement, dit Pete qui ne s'était pas assis. Pour combien de temps vous êtes-vous engagés ? Vous avez signé un papier ? »

Pete chuchotait presque, comme si les Forster risquaient de l'entendre, depuis l'autre bout du couloir, à l'étage.

« Un papier... engageant notre responsabilité, oui. Sans préciser pour quelle durée, à perpétuité ou Dieu sait quoi.

— A perpétuité ! répéta Ruth Mitchell en éclatant de rire, bien carrée dans son fauteuil.

— Mais où est passée Loïs ? s'enquit Peter.

— Oh, elle est... » A cet instant, Herbert la vit entrer dans la pièce, repoussant d'une main une mèche de cheveux et elle lui parut fatiguée. « Tout se passe bien, chérie ? »

« Bonjour... vous deux ! dit Loïs. Oui, tout se passe très bien. Je les aidais simplement à défaire leurs bagages, à ranger leurs affaires dans le placard et dans l'armoire à pharmacie de la salle de bains. J'avais oublié d'y libérer une étagère. »

« Des tas de médicaments, j'imagine, dit Pete, les yeux toujours brillants de curiosité. Enfin, tant qu'ils ne sont pas impotents, passe encore.

— Evidemment, dit Loïs. En fait, je leur ai proposé de descendre nous rejoindre, ils aimeraient peut-être — Oh, il y a sûrement du vin blanc au frigo, Herbert ? Et du tonic ?

— Tu crois qu'ils pourront descendre sans encombre ? » demanda Herbert, se rappelant quel mal ils avaient eu à monter. Il se précipita vers l'escalier.

Loïs le suivit.

Mamie Forster était précisément en train de descendre les escaliers, marche après marche, en s'appuyant d'une main au mur, son mari sur ses talons, lui-même aidé de sa canne. Comme Herbert se précipitait pour offrir son bras à Mamie, Albert se prit un talon dans le tapis d'escalier et alla bousculer sa femme qui tomba sur Herbert. Albert retrouva son équilibre en prenant appui sur sa canne, Herbert retint Mamie par un bras, mais sans pouvoir l'empêcher de basculer en avant et de heurter de front Loïs, venue à la rescousse. Loïs tomba à la renverse par terre, en donnant de la tête contre le mur. Mamie poussa un cri de douleur. « Mon bras ! » gémit-elle.

Mais Herbert l'avait retenue, et elle n'était pas tombée. Aussi lui lâcha-t-il le bras pour voir comment allait Loïs. Loïs se releva en se frottant le crâne, tout en s'efforçant de sourire.

« Ça va, Herbert, ne t'inquiète pas.

— Riche idée, marmonna Albert qui entrait d'un pas traînant dans le salon.

— Comment ? dit Herbert. Il suivait de près Mamie, laquelle marchait sans difficulté, mais se frottait toujours le bras.

— Riche idée, de mettre une *rampe* d'escalier ! » Albert avait plutôt tendance à crier, sans doute parce qu'articulant à peine, il avait du mal à se faire entendre.

Loïs présenta Mamie et Albert Forster à Pete et Ruth, qui se leva pour céder son fauteuil à l'un ou à l'autre. Les Mitchell souhaitèrent aimablement aux Forster de se plaire dans leur nouveau cadre, tout en examinant la coiffure flatteuse de Mamie qui donnait du volume à ses cheveux gris clairsemés, le tablier rose qu'elle portait sur sa robe de cotonnade, ses mules de cuir à pompons rouges et le pantalon de velours sans pli, la chemise de flanelle, le vieux paletot et les charentaises d'Albert. Lui, affichait une mine mi-sourcilleuse, mi-inquisitrice, comme pour se montrer plus vivant, consciemment ou non.

La demie de sept heures approchait. Ils demandèrent qu'on allume la télé, pour ne pas manquer une émission qu'ils avaient l'habitude de regarder à la maison de retraite.

« Vous n'aimez pas la télévision ? demanda Mamie à Loïs, qui venait de l'allumer. Mamie s'était assise et se frottait toujours le coude droit.

— Oh, mais si ! Pourquoi pas ? repartit gaiement Loïs.

— Nous nous — nous nous demandions simplement pourquoi... puisque vous en avez une... elle n'était pas *branchée* », dit Albert, en articulant à peine.

Il salivait en abondance, comme s'il chiquait. Au moment où Loïs se faisait cette réflexion, un filet de bave lui coula des lèvres, qu'il essuya d'un revers de main. A présent, ses yeux bleu pâle écarquillés étaient braqués sur l'écran de télé.

Herbert revint de la cuisine, avec, sur un plateau, un verre de vin blanc pour Albert, un jus de tomate pour Mamie et un bol de noix de cajou.

« Vous pouvez monter le *son,* monsieur Mac Intyre ? demanda Albert.

— Ça ira comme ça ? » demanda Herbert, après s'être exécuté.

Sans lui répondre, Albert se mit à rire en voyant un des personnages du feuilleton de série Z glisser et tomber par terre, puis jeta un coup d'œil à sa femme pour voir si elle partageait son hilarité. Un sourire vide aux lèvres, elle se frottait toujours machinalement le bras, sans quitter l'écran des yeux ni regarder son mari. « Plus — *plus fort,* s'il vous plaît, si ça ne vous dérange pas », dit Albert.

Tout en échangeant un rapide sourire avec Pete Mitchell, Herbert augmenta encore le son. Désormais, plus question de discuter entre eux. Herbert chercha le regard de sa femme, et lui indiqua la véranda d'un mouvement de tête. Puis les quatre amis gagnèrent la pièce, sourire aux lèvres et verre en main.

« Ouh ! » lança Ruth.

Peter s'esclaffa, comme Herbert refermait la porte du salon. « Il faudra bientôt une autre télé, Herbert. Pour leur chambre. »

Loïs sut immédiatement qu'il avait raison. Les Forster pourraient avoir celle du salon : il y en avait une autre dans le bureau d'Herbert. C'est ce qu'elle allait suggérer quand il lui sembla entendre Mamie l'appeler. Le feuilleton se terminait et, sur l'infernal bruit de fond du générique musical de fin, elle vit Mamie, qui l'appelait effectivement, derrière la porte vitrée. Quand Loïs rentra au salon, Mamie lui dit :

« Nous avons l'habitude de manger à sept heures et même avant. A quelle heure vous mangez, vous autres ? »

Sans tenter de se faire entendre par-dessus le son de la télé tonitruante, Loïs hocha la tête et leva un index pour signifier qu'elle allait immédiatement s'atteler à la tâche, avant de foncer à la cuisine. Elle avait compté faire des côtelettes d'agneau pour le dîner ; mais, de toute évidence, une solution d'urgence s'imposait.

Au bout d'un moment, Herbert vint voir ce que faisait Loïs et la trouva en train de préparer des œufs brouillés et des toasts qu'elle comptait servir aux Forster avec une assiette de jambon froid, sur une table roulante.

« Tu veux bien prendre cette assiette ? demanda-t-elle à Herbert.

— Les Mitchell pensent que nous sommes toqués. Ils disent que ça n'ira qu'en empirant. Alors, que ferons-nous ?

— Ça *n'empirera* peut-être pas », dit Loïs.

Avant d'emporter la table roulante, Herbert prit le temps de demander : « Crois-tu que nous pourrons aller dîner chez les Mitchell après les avoir fourrés au lit ? Ils nous ont invités. Crois-tu que ce soit dangereux de les laisser seuls ? »

Loïs hésita, sachant qu'Herbert jugeait effectivement la chose un peu risquée. « Non. »

Ils déplacèrent la télévision du salon vers la chambre des Forster. Pour autant que Loïs put en juger, la télévision constituait l'occupation ou le passe-temps essentiel — sinon le seul — des Forster. Elle marchait du matin au soir et Loïs devait parfois se glisser dans leur chambre pour l'éteindre à onze heures ou plus, en partie pour économiser de l'électricité et en partie parce qu'elle faisait un boucan infernal, qu'ils entendaient de leur propre chambre à coucher, Herbert et elle. Pour se livrer à cette opération, Loïs prenait une lampe de poche. Généralement, les Forster laissaient leur dentier dans un verre sur leur table de nuit respective — exception faite du soir où elle les avait vus dans un verre à dents de la salle de bains, qu'Herbert et elle leur avaient sur-le-champ abandonnée, pour se contenter du cabinet de toilette. A chaque fois qu'elle devait éteindre la télé, ces dentiers lui faisaient horreur, même si elle prenait bien garde à diriger ailleurs le rayon de la lampe de poche. Elle les savait là, ou dans la grande salle de bains, et cela suffisait. Par ailleurs, elle s'étonnait que les vieilles gens pussent s'endormir dans un tel boucan, et que le silence subit ne les réveillât jamais.

Mamie et Albert ayant déclaré qu'ils seraient mieux dans des lits jumeaux, Herbert et Loïs avaient dû permuter les lits des deux chambres.

Ils avaient également fait poser une rampe d'escalier assez fine, en fer forgé. Toutefois, les Forster descendaient désormais rarement et Loïs montait leurs repas dans leur chambre sur un plateau. Ils adoraient la télévision des Mac Intyre, qui était en couleur, à la différence de celle de la maison de retraite. C'était généralement Loïs qui les servait — se réservant plus ou moins cette tâche « féminine », même si Herbert la relayait à l'occasion.

« Quelle corvée ! », grommela un beau matin Herbert, encore en pyjama et robe de chambre, juste avant de leur monter leur lourd plateau de petit déjeuner : œufs durs, tartines grillées et thé. « Enfin, mieux vaut ça que de les voir se casser une jambe en tombant dans l'escalier.

— Franchement, si l'un des deux avait une jambe de cassée, je ne vois pas quelle différence ça ferait ! » répliqua Loïs en pouffant nerveusement.

Les travaux de Loïs commençaient d'ailleurs à en souffrir. Toutes ces corvées l'empêchaient de terminer un article destiné à une revue d'histoire, qu'elle devait rendre sous peu — ce qui l'angoissait. Elle travaillait au rez-de-chaussée, dans un petit bureau attenant au salon : mais, trois ou quatre fois par jour, elle était dérangée par les cris de Mamie ou d'Albert, lui demandant de leur monter de l'eau chaude si le thé était trop fort, ou de retrouver les lunettes d'Albert si Mamie s'en avérait incapable. Parfois, il arrivait que ni Herbert, ni Loïs ne puissent rester à la maison, lui devant aller travailler à Bayswater et elle à la bibliothèque. Loïs n'éprouvait plus le même plaisir que par le passé à revenir à la maison, qui n'était plus vraiment leur foyer, à Herbert et à elle, car, à tout instant, les Forster pouvaient exiger à grands cris un service quelconque. De temps à autre, Albert fumait un gros cigare qui empestait, au goût de Loïs, et qu'elle flairait du rez-de-chaussée, sitôt qu'il l'allumait. A la vive contrariété de Loïs, il y avait déjà deux trous de brûlures dans le couvre-lit jaune et marron tissé main qu'elle avait rapporté de Santa Fe. Loïs avait pourtant sermonné Albert et Mamie sur les risques que présentaient de telles négligences. Elle n'avait cependant pu déterminer, d'après les excuses d'Albert, si cela s'était produit par pure négligence ou tout bonnement parce qu'il s'était assoupi.

Un jour, en rentrant de la bibliothèque où elle était allée emprunter des livres et prendre des notes, Loïs entendit Mamie l'appeler. Quoique habillée de pied en cap, Mamie était allongée sur son lit, adossée à des coussins. Albert, lui, semblait somnoler sur le lit jumeau et la télévision marchait moins fort qu'à l'ordinaire.

« Chai perdu mon chentier ! ragea Mamie, les larmes lui montant aux yeux. Loïs put constater de ses propres yeux la véracité de la chose.

— Mon Dieu, ça doit pouvoir se retrouver. Loïs alla à la salle de bains, mais ne vit ni verre à dents ni dentier sur l'étagère au-dessus du lavabo. Après avoir même vérifié qu'il n'était pas par terre, elle retourna à la chambre des Forster. Vous ne l'auriez pas ôté pendant que vous étiez au lit ?

— Non », répliqua Mamie, fatiguée de chercher, en spécifiant à Loïs qu'il s'agissait de la mâchoire inférieure. Loïs regarda sous le lit, autour du poste de télévision, sur les étagères, sur le siège des fauteuils et tâta même les poches du tablier de Mamie, encore que celle-ci lui assurât qu'elles n'y étaient pas. Tout en se demandant si le vieil Albert ne faisait pas semblant de dormir, pour lui jouer un tour, Loïs prit conscience d'une chose : en fait, ces vieillards restaient des étrangers pour elle.

« Vous ne l'auriez pas laissé tomber dans les toilettes, sans le faire exprès ?

— Non ! Et je suis fatiguée de chercher, dit Mamie, fatiguée !

— Vous êtes descendue ?

— Non ! »

Avec un soupir, Loïs redescendit au rez-de-chaussée. Elle

avait besoin d'un bon café bien fort. Tout en s'en préparant une tasse, elle remarqua que le couvercle de la boîte à biscuits n'était pas bien refermé et que pas mal de biscuits avaient disparu. Cela, Loïs s'en moquait : mais c'était un indice. Le dentier pouvait se trouver au rez-de-chaussée. Loïs savait que Mamie, sinon Albert, y descendait parfois quand Herbert et elle-même étaient de sortie. Elle retrouvait le grand cendrier carré de la table basse disposé en losange, ce qu'elle détestait, ou le fauteuil de cuir qu'Herbert repoussait toujours machinalement, légèrement en retrait de son bureau — comme si Mamie ou Albert l'avaient essayé. Pourquoi ne pas faire preuve de la même mobilité pour venir prendre leurs repas au rez-de-chaussée ? Sa tasse à café à la main, Loïs inspecta du regard la cuisine, cherchant toujours le dentier. Puis elle jeta un coup d'œil dans son propre bureau, où tout semblait en place, et enfin au salon et dans le bureau d'Herbert. Bien que son fauteuil ne semblât pas avoir été déplacé, elle vérifia néanmoins. On finira bien par le retrouver, se dit-elle, s'il n'est pas au fond des cabinets. Finalement, Loïs s'assit sur le sofa, sa tasse à la main et s'adossa confortablement, histoire de se détendre.

« Seigneur ! » s'exclama-t-elle en se redressant d'un bond, tout en reposant si brusquement sa tasse sur la table basse qu'elle faillit renverser son contenu. Le dentier était là, parmi les revues traînant sur le plateau inférieur de la table basse. Curieusement étroit, le dentier lui rappela les dents d'un petit lapin. Loïs prit une profonde inspiration. Elle allait devoir le manipuler. Elle alla dans la cuisine et y prit une serviette en papier.

En apprenant toute l'histoire, Herbert rit comme un bossu. Ils la racontèrent à leurs amis, car ils en avaient encore, rien n'ayant changé de ce côté-là. Au bout de deux mois, les Mac Intyre avaient donné deux ou trois dîners assez bruyants, qui s'étaient prolongés jusqu'à une heure avancée. Avec le boucan de la télévision, les Forster n'avaient sûrement rien entendu : du moins ne s'en plaignirent-ils pas ni n'en soufflèrent-ils mot. Quant aux amis des Mac Intyre, bien qu'ils aient tous su qu'il y avait un couple de vieillards à l'étage, ils semblaient pouvoir en faire abstraction. Loïs prit conscience qu'il n'était plus question d'inviter des amis de New York à passer le week-end chez eux : personne ne voudrait partager la salle de bains avec les Forster, ni supporter le vacarme de leur télévision. Christopher Forster, leur fils, avait envoyé une longue lettre manuscrite de Californie, courtoise et visiblement inspirée par la maison de retraite, où il leur exprimait sa gratitude, en espérant papa et maman heureux dans leur nouveau foyer.

« J'aimerais les prendre avec moi, mais c'est pratiquement impossible, car ma femme et moi ne disposons que d'une chambre d'amis pour recevoir nos enfants et parents éloignés... Je demanderai aux petits-enfants de leur écrire, bien qu'on ne soit pas très porté à écrire dans la famille... »

Le papier était à l'en-tête de la teinturerie où Christopher Forster n'était que simple employé. Pour autant que Loïs s'en souvienne, Albert Forster avait été voyageur de commerce.

Albert se mit à mouiller son lit, et Loïs dut acheter une alèse caoutchoutée. Albert se plaignit alors de douleurs rhumatismales dans le dos, provoquées par l'humidité. Aussi Loïs lui offrit-elle de prendre le grand lit de l'autre chambre durant les deux jours où elle aérerait le matelas du lit jumeau. Elle téléphona à la maison de retraite pour demander s'il existait des médicaments qu'Albert pourrait prendre, et s'il avait déjà souffert de semblables douleurs. On lui répondit que non, en lui demandant si Albert était heureux. Loïs alla voir le médecin de service à la maison de retraite, qui prescrivit des comprimés dont l'efficacité restait douteuse, la prévint-il, si le sujet n'avait pas conscience de s'être mouillé jusqu'à son réveil.

La seconde histoire de dents devait s'avérer moins drôle, même si Herbert et Loïs commencèrent par en rire. Mamie prétendit un jour avoir laissé tomber son dentier — inférieur, une fois de plus — dans la bouche du chauffage sur le sol de la salle de bains. Impossible d'y voir quoi que ce soit, même avec une lampe de poche, hormis un peu de poussière noirâtre ou de mousse.

« Vous en êtes bien sûre ? demanda Herbert à Mamie, qui surveillait l'opération.

— Ils m'ont échappé *chous les deux,* mais cheul chelui d'en bas est paché ! répliqua Mamie.

— Cette saleté de grille est tellement étroite, grommela Herbert.

— Son dentier aussi », remarqua Loïs.

Herbert dévissa la grille avec un tournevis, tâtonna doucement dans la poussière duveteuse, d'abord à main nue, puis avec un hérisson, de crainte de faire tomber le dentier tout au fond. Finalement, Loïs et lui durent se rendre à l'évidence : le dentier devait être tombé au fin fond du tuyau de section carrée qui était coudé un mètre plus bas. Le dentier serait-il tombé directement dans le fourneau de la chaudière ? Herbert descendit seul à la cave et considéra avec un sentiment de totale impuissance le gros conduit de section carrée riveté au foyer de la chaudière, et ramifié en six tuyaux dispensant la chaleur dans les différentes pièces. Comment savoir lequel pouvait correspondre à la salle de bains ? Cela valait-il la peine de démonter toute la chaudière ? Sûrement pas. La chaudière brûlait comme à l'accoutumée, et le dentier était peut-être d'ores et déjà en cendres. Herbert remonta et entreprit d'expliquer la situation à Mamie.

« Nous allons vous en faire un autre, Mamie. Peut-être mieux adapté. Ne disiez-vous pas que celui-là vous faisait mal et que c'est pourquoi... » Devant le regard tragique de Mamie, il n'alla pas plus loin. Elle pouvait prendre un air misérable qui le bouleversait ou le troublait, même s'il estimait que c'était de la comédie.

Cependant, entre Loïs et lui, ils réussirent à la consoler. Pendant qu'on faisait refaire son dentier, elle n'aurait qu'à manger des choses « pas dures ». Loïs vit là l'occasion de ramener Mamie à la maison de retraite, qui devait avoir un dentiste attitré, soit sur place, soit en ville. Mais, comme elle n'obtint qu'une réponse négative, Herbert et elle durent emmener Mamie chez leur propre dentiste, à Hartford, soit à une trentaine de kilomètres de chez eux — expédition qui leur sembla interminable, mais à laquelle Mamie sembla trouver grand plaisir. Il y eut d'abord la question du moulage des gencives inférieures, puis la fabrication du dentier proprement dit, et enfin, au moment où Herbert et Loïs, qui se dévouaient à tour de rôle pour emmener Mamie, allaient se féliciter de la rapidité de l'exécution, vint la question de l'adaptation et des divers essayages.

« La mâchoire inférieure s'adapte toujours plus difficilement que la supérieure, leur expliqua en semblant s'en excuser le Dr Feldman. Et ma cliente me semble passablement tatillonne. »

Les Mac Intyre avaient parfaitement compris : Mamie prétendait que son dentier la gênait ou la faisait souffrir, à seule fin de faire l'aller-retour. Tous les quinze jours, il fallait l'emmener chez le coiffeur, mais à Hartford, qu'elle préférait à celui de la bourgade la plus proche. Or, le montant de la pension et de la Sécurité sociale que faisait suivre la maison de retraite permettait de régler plus de la moitié des frais, mais non les notes du dentiste et du coiffeur, qui restaient à la charge des Mac Intyre. Que ce soit par téléphone ou de vive voix, les Mitchell compatissaient aux malheurs des Mac Intyre, sans se priver d'en rire, comme si les Mac Intyre étaient affligés des tourments de Job. Tel était d'ailleurs le sentiment d'Herbert. Tout en enrageant de perdre tant de temps sans pouvoir travailler, et en étouffant sa rage, Herbert ne pouvait se résoudre à laisser Loïs perdre plus de temps que lui et accompagnait donc Mamie une fois sur deux. De même que sa femme, il prenait toujours un livre pour patienter dans la salle d'attente du dentiste. A deux reprises, et sur sa demande, ils avaient emmené Albert. Mais, une fois qu'il eut uriné dans la salle d'attente avant qu'Herbert n'ait pu lui indiquer les toilettes toutes proches, ou qu'il n'ait pu le comprendre, ce qui lui arrivait fréquemment, vu sa surdité,

Loïs et Herbert refusèrent carrément de l'emmener désormais, en lui disant sans méchanceté, quoique avec une certaine sévérité, qu'il ne devait plus s'exposer au risque de devoir aller aux toilettes en catastrophe, dans un lieu public. Albert arracha alors son appareil, coupant ainsi tout contact avec le monde extérieur.

On était à la mi-mai. Comme chaque année, les Mac Intyre comptaient partir en avion pour Santa Barbara, où les parents d'Herbert avaient une grande propriété, y louer une voiture et rallier le Canada. C'est toujours avec grand plaisir qu'ils allaient rituellement rendre visite aux parents d'Herbert. Désormais, c'était impossible : impossible de laisser Mamie et Albert se débrouiller ; et difficile, sinon impossible, de trouver quelqu'un pour s'occuper d'eux sur place, à plein temps. Quand ils avaient pris les Forster chez eux, ils se débrouillaient tout de même mieux. Mamie avait parlé à Loïs des travaux de jardinage qu'elle faisait à la maison de retraite ; pourtant, en plein mois d'avril, Loïs n'avait pu l'amener à faire quoi que ce soit dans leur propre jardin, ne fût-ce que s'y asseoir pour la regarder jardiner elle-même. Elle s'en était ouverte à Herbert.

« Je sais, et ça ne fera qu'empirer, répliqua-t-il.

— Que veux-tu dire par là ?

— Cette histoire de mouiller le lit : les enfants finissent par s'en corriger, eux. Et quand ils perdent leurs dents, il leur en pousse d'autres, dit-il en riant comme un fou. Mais en ce qui concerne ces deux-là, leur décrépitude ne fera que s'aggraver. Il prononça ce mot, décrépitude, avec une amère ironie, en regardant Loïs dans les yeux. « Tu as remarqué avec quelle violence Albert cogne sa canne sur le sol, à présent ? Ils ne sont pas contents de nous. Mais enfin, ils sont dans la place. On ne pourra même pas prendre de vacances, cette année, à moins de les renvoyer à la maison de retraite pour un mois. Crois-tu que ça vaille la peine de tenter le coup ?

— Mais oui ! dit Loïs, dont le cœur ne fit qu'un bond. Peut-être. Quelle bonne idée, Herbert !

— Prenons un verre pour fêter ça ! » Ils étaient dans la cuisine et s'apprêtaient à dîner, les Forster ayant déjà été servis. Herbert versa un scotch à Loïs et s'en versa un second. « Et à ce propos, poursuivit-il en détachant bien ses mots, comme à son habitude, lorsque son sujet l'intéressait vivement, le Dr Feldman m'a appris aujourd'hui que le dentier de Mamie est si parfaitement adapté que non seulement il ne lui irrite pas les gencives, mais qu'il a même du mal à le lui ôter. Ha-ha-ha-ha », s'esclaffa Herbert en se tenant les côtes. Il venait de perdre trois bonnes heures à accompagner Mamie chez le dentiste. « Pour la *dernière fois,* bon Dieu ! Je gardais cette bonne nouvelle pour la fin. » Là-dessus, il leva son verre et le vida.

Quand Loïs appela la maison de retraite, le lendemain matin, on lui répondit que les lieux étaient plus que bondés, avec jusqu'à quatre vieux par chambre, car beaucoup de gens y plaçaient leurs parents âgés pour pouvoir partir en vacances. Loïs aurait juré que cette voix désincarnée lui mentait. Mais que pouvait-elle y faire ? Elle avait peine à croire que de nos jours, tant de gens vivaient avec leurs parents ou leurs grands-parents. Et dans ce cas, qu'en faisaient-ils donc ? Loïs imagina une tribu précipitant ses vieux du haut d'une falaise, puis, secouant la tête pour chasser cette idée, s'éloigna du téléphone. Elle n'en dit rien à Herbert.

Malheureusement, de son côté, Herbert qui leur avait porté le déjeuner sur un plateau, annonça par-dessus le boucan de la télévision, aux Forster, qu'ils devraient retourner durant deux mois de l'été à la maison de retraite. Il éteignit l'appareil et leur répéta la nouvelle avec un grand sourire. « Encore un agréable changement de *décor.* Vous allez pouvoir revoir de vieux amis ! » Cependant, au premier coup d'œil, il vit que l'idée ne les enchantait guère.

Mamie échangea un regard avec son mari. Tous deux étaient allongés sur leurs lits jumeaux, déchaussés, face à la télévision. « Pas d'amis, *là-bas* », dit Mamie.

Dans son regard perçant, Herbert lut une hostilité qui lui glaça le sang. Mamie savait déjà qu'on ne l'emmènerait plus à

Hartford, ni chez le dentiste, ni chez le coiffeur. Herbert ne rapporta pas cette conversation à Loïs. Or, tout en déjeunant, Loïs lui raconta que la maison de retraite ne pouvait les accueillir pour l'été. Jusque-là, elle s'était abstenue de lui apprendre cette mauvaise nouvelle pour ne pas le contrarier alors qu'il travaillait.

« C'est le bouquet, dit Herbert. Bon sang, j'aimerais pouvoir partir en vacances cet été, ne fût-ce que *deux* semaines.

— Eh bien, tu pourras toujours, toi... Moi, je... »

Herbert secoua lentement et amèrement la tête. « A tour de rôle ? Non, chérie. »

C'est alors qu'ils entendirent Albert descendre l'escalier, ou du moins le bruit reconnaissable de sa canne. Puis le bruit de celle de Mamie. Les Forster descendaient ensemble, événement rarissime. Loïs et Herbert s'apprêtèrent à soutenir l'attaque.

« Nous ne voulons pas aller à la maison de retraite cet été, dit Mamie. Vous...

— Non ! tonna Albert en frappant le sol de sa canne.

— Vous deviez nous *garder* avec vous. Mamie avait son regard pleurnichard et implorant, alors que celui d'Albert était empli d'un noir soupçon, et sa bouche tordue dans une moue interrogative.

— Eh bien, dit Loïs, gênée, avec une lâcheté qu'elle se reprocha aussitôt, il n'y a pas lieu de vous inquiéter. Tout est arrangé.

— Mais vous avez *essayé,* dit Mamie.

— Nous avons essayé de prendre de *petites vacances,* clama Herbert pour être sûr de se faire entendre d'Albert, tout en ayant grande envie d'assommer ce vieux salopard de pisse-au-lit sans le moindre égard pour son âge. Comment cet éternel assisté osait-il le regarder comme si lui, Herbert, était un véritable escroc ou une sombre brute ?

— Nous ne comprenons pas, dit Albert. Tentez-vous de...

— Vous restez *ici* », l'interrompit Loïs avec un grand sourire forcé, destiné à détendre l'atmosphère.

Mais Mamie repartit de plus belle et Herbert blêmit. Mamie et lui se mirent à crier en chœur. Albert s'y mit également et, dans le vacarme ambiant, Loïs entendit son mari assurer d'une voix exaspérée aux Forster qu'ils *resteraient* et les Forster répliquer que les Mac Intyre étaient revenus sur l'engagement qu'ils avaient pris envers eux-mêmes et envers la maison de retraite. « ... Pas *juste* », répétèrent en chœur Mamie et Albert, jusqu'au moment où, après avoir lâché un terrible juron, Herbert leur tourna carrément le dos. Dans le silence qui tomba alors, on aurait pu entendre une mouche voler. Par bonheur, Albert décida de tourner les talons pour quitter la cuisine, mais il s'arrêta dans le salon, où, Loïs s'en aperçut subitement, il se mit à uriner. « *Le fait-il exprès ?* » se dit-elle en se précipitant pour l'entraîner vers le cabinet de toilette, juste à droite de la cuisine, après les étagères de livres. Trop tard, malheureusement : la moquette vert pâle fut copieusement éclaboussée entre la cuisine et le cabinet de toilette dont elle n'avait même pas eu le temps d'ouvrir la porte. Elle lâcha le bras d'Albert, dégoûtée de l'avoir ne serait-ce que touché et passa devant Mamie pour rejoindre son mari.

« Seigneur ! », lui souffla-t-elle.

Herbert était toujours campé au même endroit, bras croisés, pieds écartés et sourcils froncés. « On va arranger ça », dit-il à sa femme, et, joignant le geste à la parole, il prit une serpillière dans le placard sous l'évier et se mit à éponger la moquette.

Albert remontait péniblement les escaliers. Avant de l'imiter, Mamie se tourna encore une fois pour infliger à Loïs la vision de ses traits ravagés. Herbert ne le remarqua pas, trop occupé qu'il était à éponger la moquette à quatre pattes. Loïs se plongea dans la contemplation de la cuisinière. Quand elle se retourna, Mamie allait entamer l'escalade.

Tout en rinçant la serpillière, tâche qu'il se refusait à laisser à sa femme, Herbert marmonnait divers plans. Il irait en personne à la maison de retraite pour informer qui de droit que, dans la mesure où Loïs et lui travaillaient généralement chez eux, la solitude et le silence leur étaient indispensables : rien ne les obligeait à payer par-dessus le marché quelqu'un pour préparer et monter leurs repas aux Forster et changer les draps d'Albert chaque jour. Quand ils s'en étaient chargés, les Forster ne frisaient pas encore l'impotence, ni, en ce qui concernait Albert, l'incontinence.

Cet après-midi-là, sur le coup de trois heures, et sans avoir pris de rendez-vous préalable, Herbert se rendit à la maison de retraite, se sentant d'humeur à obtenir une entrevue avec qui que ce soit. Finalement, on le fit entrer dans le bureau du directeur, un certain Stephen Culwart, homme svelte et chauve qui lui annonça sans ambages qu'il ne pouvait reprendre les Forster, faute de place. Evidemment, suggéra-t-il, M. Mac Intyre pouvait toujours entrer en contact avec le fils des Forster et trouver une autre maison de retraite ; cependant, désormais, la responsabilité de la maison de retraite était dégagée. Herbert repartit de là mécontent et passablement fatigué, tout en sachant sa fatigue plus nerveuse que physique et en s'efforçant de réagir contre.

Porte close, Loïs était en train d'écrire dans son bureau quand elle entendit un bruit de verre brisé dans le salon, où, devant les étagères jouxtant la cuisine, elle trouva Mamie, toute tremblante. Celle-ci lui expliqua qu'étant descendue au rez-de-chaussée pour aller aux toilettes, elle avait heurté par mégarde le vase qui se trouvait au bout d'une des étagères. Devant l'attitude de contrition et d'agressivité mêlées de Mamie, Loïs éprouva une fois de plus à son égard une véritable répulsion.

« Et j'aimerais pouvoir tricoter, ajouta Mamie d'une voix chevrotante.

— Tricoter ? » répéta Loïs en manquant de briser son crayon dans sa main, tant elle était bouleversée de voir en miettes, à ses pieds, son vase de Chine bleu et blanc. Bien que ce ne fût pas une pièce de musée, elle adorait ce vase, qu'elle tenait de sa mère et qui avait beaucoup de valeur pour elle. Le fait est que Mamie avait agi délibérément. « Tricoter ? Vous voulez — de la laine à tricoter ?

— Ou-ii ! De plusieurs coloris. Et des *aiguilles* », dit Mamie d'une voix presque larmoyante, comme une misérable pauvresse demandant l'aumône.

« Très bien », dit Loïs en hochant la tête.

Mamie repartit de sa démarche laborieuse vers l'escalier. En haut, la télévision diffusait une musique gaie, celle d'un feuilleton de l'après-midi.

Loïs balaya les débris du vase, qu'il lui semblait impossible de recoller, pour l'instant. Néanmoins, elle les rangea dans un sac en plastique. A ce moment Herbert rentra. Il lui apprit l'échec de sa démarche.

« Nous devrions consulter un avocat, dit-il. Je ne vois pas ce que nous pourrions faire d'autre. »

Afin de tenter de le calmer, Loïs lui prépara une tasse de thé dans la cuisine. Ils pouvaient encore essayer de joindre le fils Forster, suggéra-t-elle, alors que les services d'un avocat seraient onéreux et pas forcément couronnés de succès. « Tu sais, ils sentent bien que quelque chose se trame, déclara-t-elle en prenant une gorgée de thé.

— Comment ça ? Que veux-tu dire ?

— Je le sens. C'est dans l'air. » Elle ne dit mot du vase, en espérant qu'il ne remarquerait rien de sitôt.

Loïs écrivit donc à Christopher Forster. Mamie se mit à tricoter. Albert continua de mouiller son lit. Avec l'aide d'une jeune et adorable Portoricaine gaie comme un pinson du nom de Rita, Loïs passait son temps à rincer et changer les draps du lit d'Albert. Mamie lui offrit un napperon rond assez joli mais d'un violet que Loïs jugea affreux, à moins qu'elle ne le trouvât tel tout simplement parce que c'était l'œuvre de Mamie. Néanmoins, elle en félicita et remercia Mamie, et le plaça au centre de la table basse. Nullement touchée, en apparence, par ses remerciements, Mamie la gratifia d'un regard sourcilleux. A dater de ce jour, Mamie se mit à produire en série des horreurs multicolores — napperons, cache-théière et même des chaussettes. Devant une production aussi délirante, Herbert et Loïs étaient atterrés. On était à présent à la mi-juin. Christopher leur avait répondu que sa situation familiale ne s'était pas améliorée : il avait pris chez lui pour les vacances son petit-fils, âgé de quatre ans, dont les parents étaient en instance de divorce, si bien qu'accueillir son père et sa mère était bien la dernière des choses qu'il pût faire. Herbert alla consulter un avocat, qui suggéra que les Mac Intyre reconsidèrent la situation avec la Sécurité sociale et le fils Forster ou qu'Herbert cherche une autre maison de retraite — entreprise problématique, puisque n'étant pas apparenté aux Forster, il devrait toujours expliquer qu'il s'était engagé à s'en occuper.

Les voisins et amis des Mac Intyre les soutenaient moralement et les invitaient régulièrement pour les arracher à leur train-train monotone ; en revanche, nul n'offrait de les dépanner en prenant les Forster, ne fût-ce qu'une semaine. Loïs le fit remarquer à Herbert en manière de plaisanterie, et cette idée saugrenue les fit sourire : c'était trop exiger, y compris des meilleurs amis ; et même si ni les Mitchell, ni les Lowenhook, autres excellents amis, ne leur avaient pas fait une telle proposition, l'estime que leur vouaient les Mac Intyre n'en était pas diminuée. Le fait est que les Forster étaient une véritable croix, un calvaire, un enfer. De plus, désormais, les Forster menaient une guerre sournoise. Les Mac Intyre retrouvaient fréquemment des objets brisés. Loïs ne se souciait plus ni du matelas d'Albert, ni de la moquette de la chambre, ayant fait une croix dessus. Elle n'offrait plus à Albert de porter ses pantalons chez le teinturier : elle se moquait de leur état. Autant les laisser macérer dans leur jus, se disait-elle souvent en son for intérieur, sans jamais le formuler à voix haute. Elle craignait que les nerfs d'Herbert ne finissent par lâcher. Au début d'août, ils en étaient arrivés à un tel point qu'ils ne pouvaient même plus rire de leur situation, fût-ce par pur cynisme.

« Louons donc deux petits studios en ville pour pouvoir y travailler, Loïs, proposa un soir Herbert. Je me suis renseigné, il y en a deux de libres, pas chers du tout, dans un immeuble de Barrington Street, à Hartford. Cela vaut la peine, pour moi, du moins, et pour toi aussi, j'en suis sûr. C'est toi qui as eu la plus mauvaise part des choses. » Les yeux rougis de fatigue, il grimaça un sourire.

Loïs trouva l'idée géniale. Effectivement, ce n'était pas trop payer la paix de l'esprit et la possibilité de travailler. « Je laisserai leur déjeuner au chaud, tout prêt, avec des Thermos. »

Herbert se mit à rire, les yeux brillants de larmes de soulagement.

« Et je te servirai de chauffeur pour aller au travail et en revenir. Imagine un peu la *solitude* de nos petites cellules ! »

Dès le lundi suivant, Herbert et Loïs s'installèrent dans leurs studios d'Hartford, avec leurs machines à écrire, fichiers, dossiers, livres et, en ce qui concernait Loïs, son manuscrit en cours de rédaction. Quand, une semaine auparavant, elle avait avisé Mamie de leur déménagement imminent, celle-ci lui avait demandé qui allait les servir désormais. Loïs avait expliqué qu'elle serait là pour leur petit déjeuner et leur dîner et que, pour le déjeuner, ils auraient... un pique-nique, une surprise, avec une Thermos de soupe chaude et une autre de thé bouillant.

« Et l'après-midi... le thé ? avait lancé Albert, en fixant Loïs d'un œil accusateur.

— De toute façon, c'est *fait* », avait dit Loïs, qui n'aurait pu mieux dire, puisque Herbert et elle venaient de signer un bail de six mois.

La hargne que leur vouaient les Forster ne fit qu'empirer. Tous les soirs, en rentrant chez eux entre six et sept heures, les Mac Intyre trouvaient les draps d'Albert trempés et Loïs devait les changer avant de préparer le dîner. Herbert mettait un point d'honneur à les rincer et les étendre lui-même sur la corde du jardin ou de la cave, si la pluie menaçait.

« Devoir abandonner votre propre maison à ces gens-là ! s'exclama Pete Mitchell, un soir où Ruth et lui étaient passés prendre un verre. C'est un peu fort, tout de même.

— Mais au moins, on peut travailler, à présent, répliqua Herbert. C'est *déjà* ça. Pas vrai, Loïs ?

— Certainement. C'est évident », dit Loïs aux Mitchell, en voyant bien qu'ils n'en croyaient rien et s'imaginaient simplement qu'elle faisait contre mauvaise fortune bon cœur. Elle savait pertinemment que, depuis six mois que les Forster étaient installés chez eux, Herbert et elle n'étaient allés dîner qu'une fois chez les Mitchell, faute d'oser laisser les Forster seuls de huit heures du soir à minuit. Cela même, après tout, était d'ailleurs complètement idiot. Car désormais, les Forster étaient seuls à la maison de neuf heures du matin à six heures du soir. Aussi Herbert et Loïs finirent-ils par accepter l'invitation à dîner maintes et maintes fois renouvelée des Mitchell, au grand contentement de ceux-ci. Le dîner fut fixé au samedi suivant.

Le samedi soir, ou plutôt le dimanche matin, à une heure, quand les Mac Intyre rentrèrent de chez les Mitchell, tout était parfaitement normal dans la maison. Seules étaient allumées les lumières du salon, comme ils les avaient laissées, et la télévision bourdonnait dans la chambre éteinte des Forster. Herbert monta à leur chambre, éteignit la télévision et redescendit sur la pointe des pieds avec le plateau du dîner. Comme Loïs, il se sentait très détendu, ayant fait avec les Lowenhook chez les Mitchell un dîner fort bien arrosé.

Ils prirent un dernier verre dans la cuisine, tandis que Loïs lavait les couverts des Forster. Finalement, ils s'en tiraient assez bien, en dépit de toutes les plaisanteries qu'avaient faites les Lowenhook. Qu'avaient-ils dit, déjà ? « *Et si Mamie et Albert finissaient par vous enterrer les premiers ?* » Cette nuit-là, Herbert et Loïs en rirent de bon cœur dans la cuisine. Le dimanche, Mamie demanda à Loïs ce qu'ils avaient fait la veille au soir, alors que Loïs avait pourtant laissé aux Forster le nom et le téléphone des Mitchell. Mamie se plaignit que le téléphone eût sonné une bonne douzaine de fois, sans qu'elle eût jamais le temps d'aller décrocher dans la chambre des Mac Intyre, ni Albert, d'ailleurs, une fois Mamie fatiguée de le faire.

Loïs ne la crut pas. Comment auraient-ils pu entendre sonner le téléphone, par-dessus le vacarme de la télévision ? « Tiens, c'est bizarre, remarqua-t-elle, personne ne nous a pourtant appelés aujourd'hui. »

Un soir de la semaine suivante, en rentrant de leur « bureau », Herbert et Loïs trouvèrent un gros pot de rhododendrons nains renversé, sans pour autant être brisé, sur le parquet du salon. L'ensemble était si lourd que personne n'aurait pu le jeter à terre en le heurtant simplement : c'était évident, mais ils n'en dirent pas un mot. Herbert empoigna balai et pelle et redressa le pot, laissant Loïs admirer la dernière merveille du salon, un napperon gaufré hexagonal d'un bon mètre de diamètre, laissé en évidence sur un des bras du canapé. Il alliait le turquoise, le bordeaux et le blanc.

« Cadeau de réconciliation ? » minauda Herbert.

C'est vers sept heures, un beau vendredi soir du début de l'automne, qu'en rentrant chez eux, les Mac Intyre aperçurent de la fumée s'échappant de la fenêtre de la chambre des Forster. La fenêtre à guillotine était à peine entrouverte, mais la fumée semblait épaisse.

« Seigneur ! » s'exclama Herbert en bondissant hors de la voiture avant de se figer sur place, comme si, durant quelques secondes, il n'eût su que faire.

Loïs était sortie elle aussi. Un panache de fumée montait dans le ciel au-dessus des peupliers. Curieusement, Loïs se sentit également paralysée. Puis elle songea à son article inachevé, et aux quatre premiers chapitres du livre auquel, sans y travailler actuellement, elle devrait se remettre bientôt et qui se trouvait dans la pièce du bas, juste en dessous de la chambre des Forster. Elle sut alors immédiatement ce qu'elle devait faire. « Il faut tirer *nos affaires* de là ! » s'écria-t-elle en jetant son sac à main sur le siège arrière de la voiture.

Herbert comprit immédiatement ce qu'elle voulait dire. Quand il ouvrit la porte d'entrée, l'odeur âcre de la fumée le prit à la gorge et le fit reculer, puis il prit une profonde inspiration avant de s'élancer à l'intérieur. Il savait que laisser la porte ouverte et créer un appel d'air était dans ce cas la pire des choses, mais il ne referma pas la porte. Il courut à sa pièce de travail puis, comprenant que Loïs était entrée derrière lui, rebroussa chemin pour la rejoindre dans son propre bureau, ouvrit une fenêtre et jeta sur l'herbe tous les papiers, dossiers et fichiers qu'elle lui passait. Cela prit quelques secondes à peine. Ils retraversèrent au pas de course le salon pour regagner le bureau d'Herbert, moins enfumé, quoique la porte en fût ouverte. Herbert ouvrit une porte-fenêtre et expédia sur la pelouse ses fichiers, dossiers, livres de référence, ouvrages préférés, sa machine à écrire portative et sept volumes d'une encyclopédie qui en comptait quatorze. Loïs, qui lui prêtait main-forte, finit par s'arrêter pour reprendre son souffle.

« Et là-haut, haleta-t-elle. Les pompiers ? C'est... sûrement pas... trop tard !

— Tout peut bien brûler !

— Les Forster... »

Herbert eut un bref hochement de tête. Il avait l'air hébété. Il embrassa la pièce du regard, pour s'assurer qu'il n'oubliait rien, ramassa sur son bureau un coupe-papier qu'il empocha et ouvrit un tiroir. « Traveller's cheques, murmura-t-il en les empochant également. N'oublie pas que la maison est assurée, dit-il à Loïs avec un sourire. On s'en tirera. Ça en vaut *la peine !*

— Tu ne crois pas... qu'en haut... »

Avec un soupir excédé, Herbert traversa la pièce pour s'engager dans les escaliers. Une véritable avalanche de fumée vint à sa rencontre. Il battit précipitamment en retraite vers Loïs, en se masquant le visage avec sa veste. « Sors ! *Sors,* chérie ! »

Quand ils se retrouvèrent sur la pelouse, des flammes s'échappaient du haut de la fenêtre de la chambre des Forster. Sans un mot, Herbert et Loïs ramassèrent les objets qu'ils avaient jetés sur l'herbe. En dépit de leur hâte, ils entassèrent méthodiquement leurs possessions sur le siège arrière et dans le coffre de la voiture.

« *Ils* ont pu appeler les pompiers eux-mêmes, tu ne crois pas ? » dit Herbert en levant les yeux vers la fenêtre envahie par les flammes.

Loïs et lui-même se souvenaient d'avoir noté le numéro des pompiers sur le téléphone de leur propre chambre, en prévision d'un quelconque accident. Maintenant, toutefois, les Forster devaient être suffoqués par la fumée. A moins que, tapis derrière les haies et les peupliers et prêts à se joindre à eux, ils ne regardent brûler la maison dans le crépuscule. Loïs espérait que non. En fait, elle pensait que non. Les Forster devaient être là-haut, morts déjà. « Où va-t-on ? » demanda-t-elle à Herbert, comme il engageait la voiture sur la route, dans la direction opposée à Hartford. Mais elle le savait. « Chez les Mitchell ?

— Oui, bien sûr. On appellera les pompiers de chez eux, si un voisin ne l'a déjà fait. Les Mitchell pourront nous héberger pour la nuit. Ne t'en fais pas, ma chérie. » Les mains d'Herbert étaient crispées sur le volant, mais il conduisait prudemment et en douceur.

Et que diraient les Mitchell ? songea Loïs. Probablement : « *Bien, très bien.* »

Entre les deux…

Nouvelle inédite. Titre original :
BLOW IT
Traduite par SYLVIE DURASTANTI

A son bureau, Harry Cowe passait pour un heureux gaillard, aux yeux des deux autres célibataires. Car une paire de jolies filles se disputaient ses faveurs. A l'occasion, l'une ou l'autre passait le prendre à son bureau, dans le centre de Manhattan, s'il devait encore y rester une demi-heure ou plus après la fermeture, sur le coup de dix-sept heures ou de dix-sept heures trente. L'une des jeunes femmes, Connie, pouvait sans problème quitter son propre bureau à dix-sept heures. Quant à l'autre, Lesley, elle avait des horaires de travail moins réguliers, étant mannequin ; mais elle aussi était venue à plusieurs reprises au bureau d'Harry. Et c'est ainsi que ses cinq collègues avaient appris l'existence des deux amies d'Harry. Sinon, Harry n'en aurait pas soufflé mot, ne les aurait jamais présentées à — disons, à personne, de crainte qu'un gaffeur n'aille révéler à l'une l'existence de l'autre. Toutefois, Harry n'était nullement gêné de savoir Dick Hanson au courant de sa situation. Dick avait trente-cinq ans, il était marié et on pouvait compter sur sa discrétion, car il avait dû expérimenter des situations semblables. D'ailleurs, présentement, il avait une maîtresse, et Harry ne l'ignorait pas. Dick était un des codirecteurs du cabinet d'expertise comptable Raymond et Hanson.

Entre les deux jeunes femmes, le cœur d'Harry balançait. Et il entendait prendre le temps de bien réfléchir avant de faire son choix. De nos jours, estimait Harry, beaucoup de filles ne songent pas au mariage et n'y croient pas, surtout à vingt-trois ans, comme ces deux-là. Pourtant, Connie et Lesley y songeaient sérieusement. Même si elles n'avaient pas abordé la question, il s'en était rendu compte. De quoi flatter encore le narcissisme d'Harry, qui estimait être un bon parti. Quel homme n'en aurait fait autant, dans les mêmes circonstances ? Il avait une belle situation, qui ne pourrait que s'améliorer. Il pouvait s'estimer séduisant et ne s'en privait pas. Il soignait son apparence pour plaire aux femmes — chemise toujours impeccable, cravate seulement si nécessaire, excentrique à l'occasion, mais de qualité, chaussures habillées ou sport, pantalons de style safari ou short pour les week-ends décontractés avec Lesley (le samedi) ou Connie (le dimanche). Harry était avocat et expert-comptable.

Lesley Marker, mannequin de mode, gagnait encore mieux sa vie que lui-même. Avec ses cheveux châtains et ses yeux noisette, elle avait une carnation éclatante et un corps divin, ne péchant pas par excès de maigreur, comme tant d'autres mannequins. Tous les dimanches, Lesley allait déjeuner en famille, avec ses parents et sa grand-mère, si bien qu'elle ne voyait jamais Harry le dimanche. Restaient le vendredi soir et le samedi. Quant aux autres nuits de la semaine, ils pouvaient les passer soit chez lui, soit chez elle, lorsqu'elle ne devait pas se lever trop tôt. Lesley était toujours gaie, mais jamais d'une gaieté forcée. Pour Harry, c'était un perpétuel émerveillement. Même au lit, elle gardait son sens de l'humour. Bref, une fille délicieuse.

Tout autre était Connie Jaeger : plus mystérieuse, plus renfermée, plus lunatique que Lesley. Face à Connie, Harry devait toujours faire preuve de délicatesse, de subtilité, d'intuition. Elle était directrice de collection dans une maison d'édition. Par ailleurs, elle écrivait des nouvelles qu'elle faisait lire à Harry et en avait même vendu deux ou trois à des revues. Connie semblait parfois préoccupée, sans jamais vouloir faire partager ses préoccupations à Harry. Et cependant, elle l'aimait ou était amoureuse de lui — Harry n'en doutait pas. Si on lui avait demandé laquelle des deux jeunes femmes lui semblait la plus intéressante, c'est vers Connie qu'il aurait penché.

A Greenwich Village, Harry occupait un appartement — un troisième sans ascenseur — dans un immeuble ancien, quoique doté d'une plomberie satisfaisante, d'une cuisine et d'une salle de bains fraîchement repeintes et d'un petit jardin suspendu de trois mètres carrés en terrasse, avec une rigole d'évacuation en angle. Harry avait acheté des transats, des chaises et une table de jardin, si bien qu'il pouvait déjeuner sur la terrasse avec Lesley ou Connie. Et si elles en avaient envie, elles pouvaient y prendre des bains de soleil toutes nues, dans un recoin à l'abri des regards indiscrets. Lesley ne s'en était pas privée, à la différence de Connie, qui n'en avait pris qu'un seul, et encore, en maillot de bain. C'est vers la même époque, quelques mois auparavant, qu'Harry avait rencontré les deux jeunes femmes. Laquelle préférait-il ? Laquelle aimait-il réellement ? Tout en restant incapable de le dire, Harry s'était tout de même aperçu que ses deux ou trois autres petites amies ne l'intéressaient plus depuis des semaines. Lui, ne les avait plus rappelées, et elles étaient sorties de son existence. A ce qu'il lui semblait, il avait deux amours. Jusque-là, il avait toujours entendu parler de telles situations sans y croire. De leur côté, Lesley et Connie pouvaient lui supposer d'autres petites amies, tout en ayant elles-mêmes d'autres aventures avec d'autres hommes. Toutefois, compte tenu du temps qu'elles lui consacraient, il ne devait guère leur rester de temps ni de nuits pour d'autres aventures.

De son côté, Harry s'évertuait à mener une double vie, n'oubliant jamais de changer les draps, ni de ranger le shampooing de Lesley ou l'eau de Cologne de Connie. A deux reprises, en changeant les draps, il y avait trouvé un des petits peignes à cheveux de Connie et l'avait fourré dans une poche de son imper pour le lui rendre à la première occasion. Il n'allait tout de même pas tomber dans le piège classique et banal de la malheureuse épingle à cheveux oubliée sur la table de nuit qui vient tout compromettre et bouleverse une existence parfaitement organisée !

« J'aimerais bien vivre à la campagne, lança un soir Connie en fumant une cigarette, nue sous le drap. Pas trop loin de New York, évidemment.

— Moi aussi », dit Harry. Il le pensait vraiment. Il était vautré en pyjama dans un fauteuil, les mains derrière la nuque. Une vision fugace lui traversa l'esprit, celle d'une maison de campagne, nichée dans le Connecticut ou le comté de Westchester, blanche sur une verdoyante pelouse et sous de vieux arbres, s'il pouvait se permettre de l'acheter. Et avec Connie. Parfaitement, avec Connie. Puisque tel était son désir. Lesley, elle, serait toujours dans l'obligation de dormir à New York, car tenue de se lever à six ou sept heures du matin pour ses photos de mode. D'un autre côté, combien de temps dure une carrière de mannequin ? Harry eut honte des idées qui lui venaient. Comment pouvait-il songer à Lesley, après avoir si merveilleusement fait l'amour avec Connie ? Seulement voilà, non seulement il venait d'y songer, mais il y songeait encore. Devrait-il renoncer à ces yeux enchanteurs, à ce sourire, cette chevelure soyeuse ? Eh oui, forcément, s'il épousait Connie et rentrait passer toutes ses nuits au fin fond du Connecticut.

« A quoi penses-tu ? lui demanda en souriant Connie, l'air ensommeillé. Elle était si jolie avec ses lèvres pleines, sans maquillage.

— A nous », dit Harry. C'était un dimanche soir. La nuit précédente, Lesley était dans ce même lit, qu'elle avait quitté le matin pour aller déjeuner en famille, comme tous les dimanches.

« Alors, décidons-nous », déclara fermement Connie de sa voix douce, avant d'éteindre sa cigarette. Elle serrait le drap contre sa poitrine, mais un de ses seins en dépassait.

Harry se mit à fixer ce sein comme un imbécile. Qu'allait-il bien pouvoir faire ? Berner indéfiniment les deux jeunes femmes ? Jouir de leur compagnie sans en épouser aucune ? Combien de temps cela durerait-il avant que l'une ou l'autre ne s'en lasse ? Deux mois, un mois de plus ? Il y a des filles qui ne font que passer, et d'autres qui s'accrochent. Connie était plutôt patiente, quoique trop intelligente pour perdre beaucoup de temps. Lesley, elle, le quitterait encore plus vite, songea-t-il, sitôt compris qu'il éludait la question du mariage. Lesley le quitterait avec un sourire, sans la moindre scène. En ce sens, elles se ressemblaient : ni l'une, ni l'autre ne patienterait éternellement. Pourquoi un homme ne pouvait-il avoir deux femmes ?

Le mardi soir suivant, Lesley lui apporta une plante en pot. « Un je-ne-sais-quoi japonais. Géranium japonais, peut-être. De toute façon, au studio, on l'aurait jeté. »

Ils allèrent ensemble sur la terrasse, pour trouver une place à la plante. Harry avait déjà un rosier grimpant et un gros pied de persil dont il coupait de temps à autre un brin pour la cuisine. Il en cueillit un peu, afin d'en agrémenter les darnes de flétan qu'il avait achetées pour dîner. Lesley adorait le poisson. Après dîner, allongés sur le lit, main dans la main, ils essayèrent de regarder la télé : mais comme le programme était assommant, ils préférèrent infiniment faire l'amour. Lesley... C'était Lesley qu'il voulait, se dit Harry. Pourquoi en douter ? Pourquoi tergiverser ? Elle était tout aussi jolie que Connie. Et plus gaie, plus équilibrée. Avec son tempérament lunatique, Connie risquait de lui compliquer la vie, car Harry ne savait jamais que dire ni que faire, quand elle se murait dans son silence ou se perdait dans des réflexions dont il ne pouvait la tirer.

Vers minuit, Lesley et Harry sortirent prendre un verre dans une boîte disco, à trois pas de chez lui, où la musique ne cassait pas les oreilles de l'assistance. Harry prit une bière et Lesley un tonic.

« C'est presque comme si nous étions mariés. Lesley lança cette petite phrase à un moment où le niveau sonore se faisait discret. Elle avait un sourire frais, un sourire d'enfant. Tu es exactement le type d'homme avec qui je pourrais vivre. Ça ne court pas les rues.

— Plutôt conciliant, hein ? Pas très exigeant », répliqua

Harry d'un ton moqueur, quoique le cœur battant de fierté. A la table de droite, deux types, bien qu'accompagnés, jetaient des regards d'envie sur Lesley.

Quelques instants après, Harry mit Lesley dans un taxi, car elle devait se lever à sept heures trente et avait laissé chez elle sa trousse de maquillage. Tout en rentrant à pied chez lui, Harry se prit à songer à Connie. Esthétiquement parlant, Connie *était* tout aussi belle que Lesley, même si elle ne tirait pas ses revenus de son seul physique. Connie avait ses admirateurs, qu'elle écartait avec mépris, depuis qu'elle leur préférait Harry. Il avait été témoin de la chose. Pouvait-il réellement renoncer à *Connie ?* C'était impensable ! Etait-il saoul ? Après deux malheureux gin-tonics et une bière ? Certainement pas. Mais il était incapable de se décider. Déjà minuit vingt. Il était fatigué. Rien de plus normal. Au bout d'une journée de seize heures, personne n'était plus en mesure de réfléchir. Personne. Autant remettre ça à demain, se dit-il.

Quand il rentra, le téléphone sonnait. Il se précipita : « Allô ?

— Allô, chéri ? Je voulais seulement te dire bonne nuit, dit Connie d'une voix tranquille et ensommeillée. Au téléphone, elle avait toujours une voix de gamine, et même, parfois, de gamine de douze ans.

— Merci, mon amour. Tout va bien ?

— Certainement. Je lisais un manuscrit positivement soporifique. A l'entendre, elle devait être en train de s'étirer dans son lit. Où étais-tu ?

— Sorti acheter des cigarettes et du lait.

— On se voit quand ? Vendredi ? J'ai oublié.

— Vendredi, mais oui. Ecartait-elle délibérément le samedi, la nuit de Lesley ? Avait-elle déjà fait cela ? Impossible de s'en souvenir. Tu passes chez moi, vendredi ? Je serai rentré vers six heures et demie. »

Le lendemain, un mercredi, Dick Hanson appela Harry dans son bureau sur la ligne intérieure pour lui dire :

« J'ai une nouvelle susceptible de vous intéresser, Harry. Je peux vous voir un instant ?

— J'en serais flatté », dit Harry.

Dick entra, le sourire aux lèvres. Il tenait deux photos, une enveloppe de papier bulle et deux feuillets dactylographiés. « Une maison à vendre dans les bois, à un jet de pierre de chez moi, lui annonça-t-il après avoir refermé la porte. Nous en connaissons les propriétaires, les Buck. Enfin, regardez. Voyez si ça vous intéresse. »

Harry considéra les photos — une maison blanche, une pelouse, de grands arbres : la maison de ses rêves, celle à laquelle il songeait quand il était avec Lesley ou Connie. Dick lui expliqua que les Buck préféreraient se passer des services d'une agence immobilière, et escomptaient vendre rapidement à un prix avantageux, car la firme de Nelson allait l'expédier sous peu en Californie, ce qui les obligerait à s'y installer.

« Quatre-vingt-dix mille dollars, précisa Dick, autant dire cent cinquante mille en passant par une agence. Et à six kilomètres de chez nous. Je pourrais intervenir pour vous obtenir un prêt immobilier auprès de notre banque locale, que je connais bien. Qu'en pensez-vous ? » Durant quelques instants, Harry resta sans voix. En aurait-il les moyens ? Le courage ? Les yeux noisette de Dick le scrutaient avec bienveillance. Harry avait le sentiment d'hésiter à se jeter à l'eau. « Plutôt jolie, hein ? Hélène et moi connaissons bien la maison : nous étions bons amis avec les Buck. Elle ne peut que prendre de la valeur. De plus ma foi, chacun ici a l'impression que vous allez bientôt vous marier, Harry. Je ne précipite rien en vous disant ça, j'espère ? Et d'ajouter, comme s'il se croyait obligé de lui assener ses félicitations prématurées. Laquelle des deux allez-vous... sacré veinard ! fit-il avec entrain. Vous m'avez tout l'air du chat qui vient de gober une souris.

« *Laquelle, mais je n'en sais rien !* » se dit Harry *in petto,* en gardant un silence discret, comme si son choix était déjà fait.

« Ça vous intéresse ? lui demanda Dick.

— Et comment ! répliqua Harry, une photo dans chaque main.

— Réfléchissez-y un peu. Gardez les photos. Je vous ai apporté l'enveloppe. Et faites-les voir à — enfin, à qui vous savez. A l'heureuse élue, voulait-il dire. Ce serait merveilleux d'être voisins, Harry. Réellement. On pourrait s'offrir du bon temps et même bosser un peu durant les week-ends. »

Vers quinze heures, Dick lui fit passer sous pli les renseignements touchant le prêt immobilier, en ajoutant que, même s'il ne comptait pas se marier dans l'immédiat, l'occasion était des plus intéressantes. Une belle demeure datant de 1850, en parfait état, avec trois chambres, deux salles d'eau — bref, un excellent placement.

Cet après-midi-là, Harry se livra durant un bon quart d'heure à divers calculs — crayon, papier et machine à calculer à l'appui. Tout compte fait, il avait largement les moyens d'acquérir cette maison. Mais il ne tenait pas à aller s'enterrer là-bas seul. Lesley pourrait-elle y vivre avec lui, quitte à se lever aux aurores pour aller travailler à New York ? Peut-être ne serait-elle nullement tentée de s'installer à la campagne, vu les inconvénients de la chose. Et Connie, alors ? Oui, Connie, elle, serait sûrement d'accord. Rien ne l'obligeait à être au bureau avant neuf heures et demie, sinon dix heures du matin. Seulement, ce n'était pas sur de tels critères qu'un homme choisissait sa femme. C'était absurde.

Harry se reprit à songer au merveilleux week-end où, avec l'aide de Connie, il avait repeint la cuisine. Merveilleux. Il revit Connie pinceau en main, perchée sur l'escabeau, dans son vieux jean tout maculé de peinture, Connie faisant l'amour avec lui entre deux lampées de bière et deux éclats de rire. Bon sang ! Dans cette maison de Westchester, il voyait bien mieux Connie que Lesley !

Sur le coup de cinq heures, Harry avait tout de même pris une première décision. Celle de voir cette maison sitôt que possible. Il appela Dick à son bureau, le dérangeant en pleine discussion avec son associé pour lui glisser : « J'aimerais voir la maison. Pourrais-je partir avec vous ce soir ?

— Absolument ! Vous passerez la nuit à la maison, histoire de pouvoir la voir en plein jour. Je vais prévenir Hélène, elle en sera ravie, Harry. »

C'est ainsi qu'à six heures Harry montait dans la voiture de Dick. Le trajet, qui ne prit que quarante minutes, s'avéra très agréable, d'autant que Dick, d'excellente humeur, avait renoncé à percer l'identité de l'heureuse élue. Il fit remarquer combien la route était plaisante ; Harry songea aussitôt qu'il lui faudrait donc acheter une voiture, ce qui restait possible, financièrement parlant. D'ailleurs, s'il le leur suggérait, ses parents lui en offriraient certainement une en cadeau de mariage. De ce côté-là, pas de problème.

« Vous m'avez l'air plutôt tendu. Réaction classique, quand on enterre sa vie de garçon.

— Mais non », répliqua Harry avec un rire forcé, en se rendant compte qu'il n'avait pas desserré les dents depuis dix bonnes minutes.

Ils s'arrêtèrent d'abord chez les Buck, puisque c'était sur leur chemin, et que, de l'avis de Dick, la nuit porterait conseil à Harry. Dick avait négligé de prévenir Julie Buck, car elle ne s'embarrassait pas de formalités et ils étaient très liés.

Souriante, elle vint les accueillir sur la véranda. Harry et Dick pénétrèrent dans un vaste vestibule, sur lequel donnaient deux pièces, et une bibliothèque. Un grand escalier de bois ciré, recouvert d'un tapis, desservait l'étage. Julie avait commencé à mettre les livres dans des cartons, libérant les étagères mais encombrant le parquet. Jeans troués aux genoux et ballon de foot à la main, le fils des Buck les suivit de pièce en pièce, dévisageant Harry avec toute la curiosité d'un gosse de dix ans.

« De magnifiques pommiers. Ils donnent tant de pommes que vous serez obligés d'en offrir aux voisins », dit Julie en leur montrant le verger d'une fenêtre du premier. Derrière la maison, la pelouse descendait en pente douce vers un ruisseau délimitant la propriété. A l'étage, les chambres étaient carrées et spacieuses et les deux salles d'eau, sans être ultramodernes, s'avéraient tout à fait correctes pour une maison située à la campagne. Quant au palier, il recevait le jour par deux fenêtres, l'une donnant sur le devant et l'autre sur le derrière de la maison. S'il ne le laissa pas voir, Harry fut immédiatement conquis.

« La maison me plaît. Mais, voyez-vous, il faut que je réfléchisse, dit-il, ne fût-ce que durant les deux jours à venir, comme me l'a proposé Dick.

— Oh, bien entendu. Voyez également d'autres maisons, dit Julie. Evidemment, nous aimons la nôtre. Aussi, préférerions-nous la revendre à un ami des Hanson. »

Julie tint à leur offrir un scotch avant de les laisser repartir. Le scotch était remarquable, et ils le prirent devant la cheminée du salon. Ce serait merveilleux d'être le maître d'une telle maison, se dit Harry. Mais qui serait la maîtresse de maison ? Il crut voir Lesley passer la porte du vestibule, un plateau en main, le sourire aux lèvres. Et aussitôt après, la blonde Connie, tout calme, toute douceur, passer la même porte et lever les yeux vers lui. Seigneur !

Ce soir-là, après avoir partagé le repas des Hanson, Harry se prit à espérer que la nuit lui porterait conseil, qu'un rêve viendrait le tirer de cet affreux dilemme : Connie ou Lesley. Mais il ne fit pas le moindre rêve, ou ne put s'en souvenir. Quand il se réveilla, le soleil inondait le papier peint à fleurs bleues et les meubles d'érable de sa chambre. Voilà la vie qu'il me faut, se dit-il. Une vie au grand air, loin des embarras de la capitale.

Il repartit à huit heures trente avec Dick et les encouragements d'Hélène qui espérait tout autant que son mari le voir reprendre la maison des Buck. A la lumière du matin, il fut encore plus séduit par cette maison blanche qui pouvait devenir sienne, grâce à un simple mot et à un simple chèque. Une des solutions, se dit-il, serait encore de parler aux deux filles et de leur demander si une telle maison, dans un tel site, leur plairait : l'une ou l'autre répondrait peut-être que non. Pour des raisons totalement différentes, d'ailleurs. Lesley jugerait peut-être cela incompatible avec son travail actuel.

Quant à Connie, elle pourrait être plutôt tentée par une maison à Long Island. L'indécision où il se trouvait faisait enrager Harry, sans qu'il voie pour autant le moyen d'en sortir.

Dans les jours qui suivirent, à chaque fois qu'il tenta d'aborder la question avec l'une ou l'autre des jeunes femmes, il s'en trouva incapable. Il passa toute une nuit chez Connie dans son appartement croulant sous les livres et les manuscrits. Qui sait ? Peut-être voulait-il, sans en avoir conscience, en réserver la primeur à Lesley. Mais le vendredi, tout en déjeunant en vitesse avec Lesley, il ne put en dire un mot. Il devait pourtant donner sa réponse à Dick le jour même. Les Buck comptaient déménager mardi et, dès lundi, ils devraient mettre la maison en vente, avant de partir en Californie. Harry avait bien songé à aller voir d'autres maisons dans le coin ; mais, par comparaison, celle des Buck était une telle affaire que cette seule idée lui semblait absurde. Car, en regardant les petites annonces, il avait découvert que, terrain compris, cette propriété représentait une véritable aubaine. Comme le déjeuner tirait à sa fin, Harry finit par lâcher, après avoir rassemblé tout son courage :

« J'ai vu une maison... »

Par-dessus sa tasse à café, Lesley leva les yeux vers lui.

« Oui ? Quelle maison ?

— Une maison à vendre, à Westchester. Dans le voisinage immédiat de celle de Dick Hanson. Tu sais, Dick, que tu as déjà vu au bureau. »

Ces mots enfin prononcés, tout s'enchaîna. Harry lui raconta qu'il avait passé une nuit chez Dick, que la maison était une véritable aubaine, à trentre-cinq minutes de Manhattan, à deux kilomètres de la gare ferroviaire comme de la gare routière. Lesley semblait dubitative ou hésitante. En fait, elle était surtout préoccupée par l'inconvénient de la distance. Ils passèrent sous silence la question du mariage : sans doute la tenait-elle pour réglée.

« L'ennui, c'est qu'il s'agit d'une telle affaire, qu'ils

veulent une réponse immédiate : autrement, ils la mettront en vente lundi au prix fort. »

Lesley déclara qu'elle aimerait voir l'endroit, puisqu'il plaisait tant à Harry. Pourquoi ne pas y aller le lendemain ? Samedi ? Harry lui dit qu'il pourrait sûrement arranger ça, en demandant à Dick ou aux Buck de passer les prendre à la gare ou à l'arrêt d'autobus. Dans l'après-midi, ii demanda à Dick de prendre rendez-vous pour samedi après-midi avec les Buck. Dick répondit qu'il allait appeler Nelson Buck à son bureau de New York et arranger ça. A seize heures trente, c'était chose faite : Nelson passerait les prendre à la gare à quinze heures trente.

Ce soir-là, Harry avait rendez-vous avec Connie, chez lui. Il ne voulait pas lui parler dans un restaurant. Il fit donc quelques courses non loin de son appartement. Avant même qu'elle ne soit arrivée, il était si nerveux qu'une bouteille de vin lui glissa des mains et s'écrasa sur le carrelage de la cuisine. Par bonheur, il en avait une en réserve, moins chambrée toutefois. A ce compte-là, Connie pouvait préférer de la bière. Pourtant, la défunte bouteille était de qualité. En fin d'après-midi, juste avant de quitter le bureau, il s'était rangé à une conclusion aussi désespérée que bâtarde : inviter les deux jeunes femmes à visiter ensemble la maison de Westchester. Comme ça, il pourrait au moins comparer leur enthousiasme respectif. Belle occasion de provoquer une scène. Mais pas forcément. Peut-être refuseraient-elles l'une et l'autre. Au moins, cela assainirait l'atmosphère. Durant tout l'après-midi, incapable de se concentrer, Harry s'était contenté de bâcler un minimum de travail. Mais il avait fait le raisonnement suivant : à supposer qu'il montre la maison à chacune des deux séparément, et qu'elles soient aussi enthousiastes l'une que l'autre — il serait bien obligé de trancher lui-même. Impossible. D'une façon ou d'une autre, il fallait faire voir la maison aux deux, simultanément. Comme elles ne s'étaient jamais rencontrées, cela posait un autre problème : faire les présentations au départ de New York, quitte à effectuer tout le trajet ensemble. Impensable.

Harry se servit un petit scotch, sec, et prit son verre d'une main mal assurée. Dans certaines circonstances, il faut savoir souffler, se dit-il. Il se rappela avoir promis à Lesley, le déjeuner fini, de la rappeler, histoire de convenir d'une heure de départ pour le lendemain. Et pourtant, il ne l'avait toujours pas fait. Pourquoi ? En réalité, la plupart du temps, il ne savait où la joindre quand elle travaillait. Et s'il l'appelait chez elle ? Il considérait le téléphone en fronçant les sourcils quand celui-ci se mit à sonner.

C'était Lesley.

Harry sourit.

« J'allais précisément t'appeler.

— Tu as pris tes dispositions pour demain ? »

Harry bredouilla un vague assentiment, et lui annonça qu'il y avait un train à quinze heures, ou quatorze heures cinquante huit. Lesley lui demanda pourquoi il était si nerveux.

« Je n'en sais rien », dit-il et Lesley rit.

— Si vous en êtes déjà convenus avec les Buck, ne change pas tes dispositions. Mais je sais qu'en ce qui me concerne, je ne pourrai jamais y être à quinze heures », dit-elle. Werner, tu sais, Werner Ludwig a besoin de moi à quatorze heures demain, et nous en aurons pour une bonne heure de travail. Mais il habite à proximité de la ville que tu as mentionnée...

— Gresham ?

— C'est ça, et il m'a dit qu'il serait ravi de me déposer en voiture. Il me semble qu'il connaît même la maison des Buck. Je pourrais donc y être vers seize heures, je crois.

Subitement, pour Harry, le problème se trouva résolu. Ou plutôt, cela repoussait la confrontation de Lesley et de Connie. Au moins, elle n'aurait pas lieu à la gare.

Il raccrochait à peine, qu'on sonna à la porte.

Tout comme Lesley, Connie avait sa propre clé, mais elle sonnait toujours quand elle le savait là.

Au cours de la soirée, la nervosité d'Harry ne fit qu'empirer. Il trouva le cœur de plaisanter et fit même rire Connie une fois, mais il croyait sentir ses mains trembler. Pourtant, quand il les regardait, ce n'était pas le cas.

« Tu es angoissé alors que tu n'as pas encore signé ? remarqua Connie. Tu n'es pas forcé de prendre cette maison. C'est la première que tu aies vue dans le coin, non ? Personne ne saute sur la première occasion venue. » Comme toujours, Connie voyait les choses avec le sérieux et la logique qui lui étaient propres.

Cette nuit-là, il se montra un piètre amant. Connie s'en étonna, quoique moins que ne l'aurait fait Lesley. Elle avait apporté deux manuscrits. Le dimanche matin, ils firent la grasse matinée. Harry avait mis des heures à s'endormir, sans s'agiter de peur de la réveiller. Ils prirent leur petit déjeuner sur le tard. Connie lut un des manuscrits jusqu'au moment de prendre un taxi pour la gare. Durant le trajet en train, Connie s'absorba dans la lecture de son second manuscrit et, travaillant aussi consciencieusement qu'à l'accoutumée, n'en était même pas à la moitié quand ils descendirent du train.

C'est Dick Hanson, et non Nelson Buck, comme l'escomptait Harry, qui vint les accueillir.

« Bienvenue, Harry, dit-il, tout sourires. Il regarda Connie : Ainsi, c'est...

— Connie Jaeger, dit Harry. Vous vous êtes déjà rencontrés, je pense. »

Dick et Connie échangèrent un bonjour. Puis ils prirent place dans la voiture de Dick, Harry à l'arrière, avant de s'engager dans la campagne. Seize heures trente. Lesley serait-elle en avance ? Et serait-ce pire que si elle arrivait cinq minutes *après* eux ? Non. Devait-il annoncer dès à présent qu'il attendait quelqu'un d'autre ? Il essaya de formuler la chose et s'en trouva incapable. Après tout, peut-être Lesley ne pourrait-elle pas venir. Et si Werner avait eu un ennui mécanique ou était retardé ? Que se passerait-il alors ?

« Voilà la maison », annonça Dick en prenant l'embranchement du chemin privé.

« Ravissante », remarqua poliment et posément Connie.

Connie ne s'emballait jamais, songea Harry, ce qui le réconforta un peu.

Au bout de l'allée sablée, était garée une voiture. Puis Harry vit Lesley sortir sur la véranda avec Julie Buck.

« Tiens, tiens, de la visite », remarqua Dick en serrant le frein à main.

« C'est mon amie Lesley », marmonna Harry. Surmontant un bref éblouissement, il ouvrit la portière à Connie.

Bavardages, présentations.

« Connie, voici Lesley... Marker. Connie Jaeger », dit Harry.

« Comment allez-vous ? » s'exclamèrent en chœur les deux filles, se fixant comme si chacune devait graver dans sa mémoire les traits de l'autre, tout en n'échangeant qu'un mince sourire de pure politesse.

Dick, qui se dandinait sur place, se frotta les mains sans raison, tout en lançant : « Eh bien, si on entrait jeter un coup d'œil sur la maison ? On peut y aller, Julie ?

— Bien sûr. Nous sommes là pour ça, non ? » lui répliqua-t-elle avec entrain, la situation lui échappant totalement.

A cet instant, Harry eut le sentiment de passer le seuil du purgatoire, de l'enfer, d'une autre vie ou de la mort même. Julie leur fit faire le tour du propriétaire, en leur signalant tous les avantages et les inconvénients de la maison. En somme, visite guidée et commentée des lieux, à l'intention des touristes. Et, comme c'est fréquemment le cas, il sembla à Harry que certains des touristes en question ne prêtaient au guide qu'une oreille distraite. Harry vit les jeunes femmes se jauger du regard à la dérobée, tout en affectant de s'ignorer par ailleurs. Même quand il regardait Harry, Dick avait l'air perplexe, les sourcils froncés.

« Que se passe-t-il ? » souffla-t-il à Harry sitôt qu'il en eut l'occasion.

Harry eut un haussement d'épaules convulsif, tout en cherchant désespérément une réplique cohérente, sinon intelligente. Impossible. Dans cette situation invraisemblable, cette visite n'avait plus le moindre sens, et quand ils redescendirent les escaliers, cette déambulation parut à Harry aussi absurde que la répétition d'une pièce dénuée d'intérêt pour les acteurs mêmes.

« *Merci,* madame Buck », dit fort poliment Lesley, une fois dans le vestibule.

L'ami qui l'avait accompagnée devait être reparti, car Harry ne vit plus sa voiture. Connie regardait Harry, avec aux lèvres un sourire patient et entendu. Pas très tendre, mais plutôt amusé.

« Harry, si vous... fit Dick.

— Je crains que ça ne puisse marcher, l'interrompit Harry. Non, ça ne marche pas. »

Dick semblait toujours aussi perplexe. Tout comme les Buck, Nelson surtout.

C'est fini, se dit Harry. *Foutu, terminé.* Il tenta de se raidir, alors qu'il se sentait effondré, tel un misérable vermisseau.

« Vous voudriez peut-être en discuter entre vous », proposa Nelson Buck à Harry et aux filles, en leur indiquant du geste et du regard la bibliothèque à leur droite. On avait presque débarrassé les étagères de tous les livres et le parquet était encombré de cartons.

Ce type s'imagine sans doute que j'entretiens un harem, se dit Harry.

« Non, répliqua calmement Lesley. Vous n'y êtes pour rien, monsieur Buck. Et c'est une ravissante maison, vraiment. Je vous remercie également, madame. A présent, je crois que je dois partir, car j'ai un rendez-vous à New York dans la soirée. Puis-je appeler un taxi ? »

« Oh, je peux vous conduire à la gare », dit Nelson.

« Moi également, ajouta Dick. Sans problème. »

Ils convinrent donc que Dick reconduirait Lesley. Harry la raccompagna jusqu'à la voiture de Dick, qui passa le premier et ouvrit sa portière.

« Qu'avais-tu donc en tête, Harry ? s'enquit Lesley. Un système d'aller-retour alternés ? Et elle éclata d'un rire franc, quoiqu'un peu amer. Je savais que tu avais une petite amie, mais ça, c'est un peu exagéré, non ? Au revoir, Harry.

— *Comment* l'as-tu su ? » lui demanda Harry.

Lesley était montée à l'avant.

« Sans difficulté », dit-elle du ton d'une femme qui ne faisait pas de difficultés.

« Vous ne venez pas, Harry ? demanda Dick.

— Non, je vais rester avec Connie. Au revoir, Lesley. »

Harry revint vers la maison tandis qu'ils démarraient. Rester avec Connie ? Mais allait-elle rester, *elle ?* Il regagna le vestibule. Julie et Nelson Buck y bavardaient gaiement avec Connie, parfaitement à l'aise, campée une main sur la rampe de l'escalier, un pied contre le pilastre. Elle tourna vers Harry son visage souriant et son regard calme. Les Buck s'éclipsèrent, Julie à l'autre bout de la maison, et Nelson dans le salon à droite.

« Je vais m'en aller, moi aussi, dit Connie sans changer de posture. J'espère que tu seras heureux avec Lesley.

— *Lesley ?* » répéta Harry d'un ton stupéfait. Ça lui avait échappé. Après cela, il ne trouva rien à ajouter.

Avec un rire silencieux, Connie eut un haussement d'épaules. « Ravie de l'avoir enfin rencontrée. Je n'ignorais pas son existence. »

Harry crut sentir le rouge de la honte lui monter au front.

« Mais comment as-tu pu l'apprendre ?

— Par une foule de détails. Par les assiettes, toujours rangées d'une autre façon, quand je venais le dimanche. Pas comme le mercredi. Des détails. » Elle tira lentement une cigarette de la poche de poitrine de sa veste en toile, après avoir posé entre ses pieds la serviette contenant ses manuscrits. Harry s'empressa pour lui donner du feu mais, se détournant légèrement de façon à se trouver hors de sa portée, Connie alluma elle-même sa cigarette. Harry comprit alors qu'il venait de la perdre. « Je suis désolé, Connie.

— Vraiment ? Je me le demande. Tu ne t'es tout de même pas embrouillé dans tes *rendez-vous* », dit-elle d'un ton ambigu, ni interrogatif, ni affirmatif. Et Harry se sentit ébranlé des orteils aux cheveux par son simple hochement de tête et le regard franc de ses yeux bleus. En son for intérieur,

Connie avait déjà fait une croix sur lui. « Mon taxi est là », dit-elle, en jetant un coup d'œil par la porte ouverte derrière lui. Elle alla faire ses adieux à Julie, sur la véranda, puis monta dans son taxi et échangea encore quelques mots avec les Buck avant qu'il ne démarre.

Les Buck rentrèrent dans la maison, l'air perplexe, Julie grimaçant un vague sourire qui ne collait guère avec sa mine sourcilleuse.

« Enfin ! » lança assez gauchement Nelson. Par bonheur, sur ces entrefaites, Dick vint se garer devant la maison dans un crissement de gravier. Les Buck l'accueillirent comme un véritable sauveur. Vivement qu'on puisse s'éclipser, se dit Harry. Grâce à Dieu, Dick allait le tirer de là. Il n'imaginait même pas de prendre le même train que l'une des jeunes femmes (ou les deux)...

« Harry, mon vieux ! lâcha Dick, avant d'ajouter, exactement sur le même ton que Nelson : Enfin !

— Vous aimeriez peut-être discuter seul à seul, proposa Nelson à Dick et Harry.

— Je dois m'en aller, dit Harry. Je vous remercie tous deux de m'avoir accordé tant de temps. Après un bref échange de politesses, Harry se retrouva en voiture avec Dick, sur le chemin de la gare.

— Harry, au nom du ciel ! lui lança alors Dick, du ton bourru d'un frère aîné ou d'un homme qui, s'il a beaucoup vécu et commis quelques erreurs dans sa vie, en a tout de même tiré de bonnes leçons.

— Je l'ai fait délibérément, je crois, lâcha Harry, étonné de s'entendre dire ça. Je n'arrivais pas à me décider. Il fallait bien que je me débarrasse de l'une et de l'autre. Car je les aime toutes les deux.

— Foutaises ! Enfin, ce n'est pas ce que je veux dire. Seulement, on peut toujours s'arranger. Mais, Seigneur ! les faire venir simultanément, comme ça ! J'ai eu l'impression qu'elles ne s'étaient jamais vues auparavant !

— Effectivement.

— Venez prendre un verre à la maison. Ça ne vous fera pas de mal.

— Non, merci, dit Harry, s'apercevant qu'ils avaient pris le chemin de la maison de Dick. Je préférerais aller directement à la gare, si ça ne vous dérange pas. »

Et il insista, en dépit des protestations de Dick, qui tenait absolument à ce qu'il passe la nuit chez lui, histoire de discuter d'homme à homme. Il connaissait l'horaire du prochain train. Comme la ligne était bien desservie, il était persuadé que les filles ne seraient pas dans celui-là, et qu'elles n'auraient d'ailleurs pas eu à prendre le même, ni à voyager dans le même compartiment. Sur le chemin de la gare, Dick se remit à lui faire la leçon : on pouvait toujours rattraper une bourde, et Harry pouvait bien arriver à savoir laquelle il préférait, quitte à laisser tomber l'autre ou à la voir en douce. « Ces deux filles sont *adorables,* lui dit Dick. Je comprends votre dilemme ! Croyez-moi, Harry. Mais ne vous tenez pas pour battu ! Ne soyez pas idiot. Vous avez la tête de quelqu'un qui a perdu une bataille. Mais vous n'avez pas perdu la guerre. Vous pouvez toujours réparer cette bourde.

— Pas avec elles. Non, dit Harry. C'est pourquoi elles me plaisaient tant. Elles ne sont pas comme les autres. »

Dick secoua la tête. Ils venaient d'arriver à la gare. Harry acheta son ticket. Puis Dick et lui échangèrent une poignée de main si virile que, deux minutes après, Harry en avait encore mal à la main. Il alla attendre son train sur le quai et rentra à New York. En un sens, il n'avait que ce qu'il avait cherché : une rupture. Mais que lui restait-il à présent ? A ce que disent les gens, les jolies filles courent les rues. C'est possible. Mais rares sont les filles aussi intéressantes que Connie et Lesley. Au cours de la semaine suivante, elles passèrent, chacune de son côté, prendre les rares effets qu'elles avaient laissés chez Harry, et chacune abandonna sa clé sous le paillasson.

Sincères condoléances

Nouvelle inédite. Titre original :
UNDER A DARK ANGEL'S EYE
Traduite par Sylvie Durastanti

Il serait bientôt arrivé à destination : l'autobus qu'il avait pris à l'aéroport allait le déposer à Arlington Hills. Personne ne serait là pour l'accueillir à la gare routière, mais peu lui importait. Et même, Lee préférait autant cela. Sa petite valise à la main, il irait à pied jusqu'à l'hôtel Capitole, quatre ou cinq rues plus loin, et, si tant est qu'il fût toujours ouvert, il y prendrait une chambre. Après quoi, il appellerait Winston Greeves pour lui annoncer son arrivée. Il ne serait guère que seize heures et ils pourraient peut-être tout régler le soir même avec l'avoué. Tout, c'est-à-dire la signature de l'acte de vente de la demeure où Lee Mandeville était venu au monde. Elle lui appartenait, mais à présent qu'il avait besoin d'argent, il se voyait contraint de la vendre. Somme toute, cela lui était égal, car il n'était nullement attaché à cette maison blanche, ou du moins, il ne croyait pas l'être. Il n'y avait connu que de bien pénibles moments et de rares instants de bonheur, quand, tout gosse encore, il jouait pieds nus au foot sur la pelouse avec des copains du quartier. Et c'est là qu'il avait perdu Louise.

Lee se rencoigna dans son siège, et, une joue calée sur son poing gauche, regarda défiler le paysage de l'Indiana derrière la vitre. C'est à peine s'il reconnut la bourgade qu'il traversait. Il y avait neuf, non, dix ans, qu'il n'était pas revenu à Arlington Hills. Dix ans auparavant, il était allé à la maison de retraite voir sa mère, qui, soit ne l'avait pas reconnu, soit avait fait mine de ne pas le reconnaître, soit l'avait réellement pris pour quelqu'un d'autre. Mais quoi qu'il en fût, elle s'était arrangée pour lui lancer : « Ne reviens pas ! », alors qu'il passait le seuil de sa chambre. Winston, qui l'accompagnait, avait gloussé en secouant la tête, comme pour dire : « Que peut-on faire avec les vieux, hormis s'en accommoder ? »

Oui, de nos jours, les vieux avaient la vie dure. Tant qu'il y aurait des cachets, des piqûres, des reins artificiels et des médicaments nouveaux qui coûtaient une fortune, les médecins ne les laisseraient pas mourir. C'est pourquoi Lee devait vendre la demeure. Depuis douze ans, depuis que sa mère était en maison de retraite, la maison était louée à un couple dont les gosses devaient à présent aller sur leurs dix ans. Comme ces braves gens ne roulaient pas sur l'or, Lee ne leur avait jamais demandé qu'un loyer très raisonnable, préférant garder ces locataires sérieux qui lui convenaient parfaitement. Seulement, les frais occasionnés par sa mère se montaient désormais à cinq ou six cents dollars par semaine et les propres économies de la vieille dame étaient épuisées depuis cinq ans : il devait donc en régler le plus gros, même si la Sécurité sociale en payait une partie. Sans être vraiment malade, sa mère était dans un état nécessitant certains traitements, tranquillisants d'un côté, remontants de l'autre, sans parler des vitamines et des bilans de santé réguliers. La santé de sa mère, qui restait stationnaire d'une année sur l'autre, ne préoccupait guère Lee. Loin d'être impotente, Edna était en fait invivable et n'écrivait jamais à Lee, lui-même ne lui écrivant pas. Bien avant d'entrer en maison de retraite, elle lui reprochait sans cesse nombre de faits et de méfaits plus imaginaires les uns que les autres. Aussi se jugeait-il dégagé vis-à-vis d'elle de la moindre obligation, hormis de celle de régler ses frais. Lee estimait qu'un enfant doit bien cela à ses propres parents, tout comme les parents doivent à un enfant tout l'amour, toute l'attention et toute l'éducation qu'ils peuvent lui assurer. Les enfants coûtent du temps et de l'argent à leurs parents, mais ultérieurement, ceux-ci leur en coûtent autant. Toujours vieux garçon à cinquante-cinq ans, Lee était antiquaire et évoluait dans les meubles de style, tapis rares, vieilles toiles, cadres anciens, vieux cuivres et vieille argenterie. S'il ne brassait pas de très grosses affaires, il était connu et respecté sur la place de Chicago. Encore bien de sa personne, il avait un visage glabre. Chaque jour se creusait d'une ride d'expression et des sourcils fournis surmontaient ses yeux pensifs et chaleureux. Il prenait grand plaisir à accueillir chaque nouveau client et à le faire parler, histoire de voir s'il souhaitait simplement acquérir un objet purement décoratif ou s'il en était réellement tombé amoureux.

Sitôt que le bus entra en bringuebalant dans Arlington Hills, Lee se crispa, déjà mal à l'aise, déjà malheureux. Enfin... il n'avait nullement l'intention d'aller voir sa mère cette fois-ci. Il n'en avait ni l'obligation, ni l'envie. Depuis une dizaine d'années, elle était tellement dérangée que Lee avait tous pouvoirs. C'est Winston qui avait réussi à lui arracher sa signature, à force de patience, après qu'elle l'eut fait lanterner des mois et des mois, par pur esprit de contradiction, car elle adorait contrarier autrui.

Quinze heures quarante, constata Lee en jetant un coup d'œil à sa montre. Sans attendre l'arrêt du bus, il se leva et retira sa valise du filet.

« *Lee !* Ravi de te voir ! »

Lee, extrêmement surpris de s'entendre interpeller, mit deux ou trois secondes à reconnaître Win dans le petit groupe de gens qui attendaient les arrivants. « Win ! *Bonjour !* Je ne m'attendais pas à te trouver là ! fit Lee avec un large sourire. Ils échangèrent une bourrade amicale. Comment ça va, par ici ?

— Oh, comme toujours, répliqua Win. Toujours le même train-train. C'est tout ce que vous avez comme bagages ? Ma voiture est là-bas. Et Kate et moi comptons bien que vous descendiez à la maison. D'accord ? » Win s'était déjà emparé de sa valise. Il avait la soixantaine et le cheveu toujours en bataille. Il portait une chemise sport bleue sur un pantalon marine. Win était à la tête d'une petite compagnie d'assurances qu'il avait fondée et, depuis des lustres, c'était chez lui que s'assuraient toujours les Mandeville.

« C'est très aimable à vous, Win, mais honnêtement, pour une nuit, je peux descendre au vieux Capitole, dit Lee, n'osant avouer qu'il préférerait carrément cette solution.

— Pas question. Kate a déjà préparé votre chambre. »

Win se dirigea vers sa voiture et Lee lui emboîta le pas. Après tout, il avait beaucoup d'obligations envers Win, pour ce qui concernait Edna, et celui-ci semblait ravi de le recevoir. « Gagné, Win, dit Lee, et merci. Comment va Kate ? et Mort ? Mort était leur fils.

— Oh... Win jeta la valise ultra-légère de Lee sur la banquette arrière de la voiture. A présent, Mort travaille à Bloomington. Il est vendeur de voitures.

— Toujours marié ? Pour autant qu'il s'en souvînt, Mort avait une vie conjugale plutôt pénible ; sa femme était partie avec un autre, abandonnant des enfants en bas âge, avant de revenir, lui semblait-il, reprendre la vie commune.

— Non, il a fini par — divorcer », dit Win en mettant le contact.

Doutant que des félicitations soient de rigueur, Lee s'abstint de tout commentaire. Et maintenant, se dit-il, autre sujet inévitable : sa mère. Il ne se souciait guère d'apprendre les dernières nouvelles, aussi s'empressa-t-il d'enchaîner : « J'espérais régler cette histoire de paperasses cet après-midi même, Win, du moment qu'il ne s'agit que d'une simple signature. » D'après la lettre qu'il avait reçue de l'agent immobilier, la maison de Barrett Avenue avait été vendue à un jeune couple, Ralph et Phyllis Varick.

« Ou-oui, répondit Win, dont les grosses mains relâchèrent un instant leur prise sur le volant avant de l'empoigner à nouveau. A mon avis, ça doit être possible. »

Lee supposa que Win n'était pas encore convenu d'un rendez-vous avec l'avoué. « C'est toujours le vieux Graham ?

Il nous connaît bien tous deux, on peut sûrement passer à l'improviste.

— Bien sûr. D'accord, Lee. »

Win Greeves s'engagea en voiture dans la Grand-Rue où, en voyant les vitrines et les enseignes des magasins, Lee remarqua nombre de changements notables, mais pas très heureux. Les boutiques et, partant, les passants s'étaient apparemment multipliés. La vieille étude de Douglas Graham était toujours la même ; en revanche Graham cumulait les charges d'avoué et de notaire. Des années auparavant, c'est lui qui, à la demande de Lee, avait établi la procuration donnant à Lee pouvoir de signer les chèques réglant les frais occasionnés par sa mère, et désignant également Win Greeves comme exécuteur. En effet, Greeves, résidant à Arlington Hills, passait parfois voir la vieille dame, même si, de son propre aveu, elle ne le reconnaissait pas toujours. Au cours des dernières années, le compte bancaire d'Edna s'était progressivement épuisé et Lee avait dû y virer entre cinq cents et mille dollars par mois pour le maintenir à flot. A présent que le compte était au nom de Lee, Win lui envoyait les relevés bancaires et les factures justificatives.

« La présence des Varick n'est pas nécessaire, j'imagine, dit Lee, lors de la signature, j'entends.

— A ce que je sais, Ralph Varick a déjà signé. Un beau couple, ces deux-là. Tu devrais faire leur connaissance, Lee.

— Ma foi, ce n'est pas nécessaire. Transmets-leur mes meilleurs sentiments. » Lee ne tenait ni à revoir la vieille maison, ni à les voir. Les sympathiques locataires, les Clark, qui n'avaient pas eu les moyens d'acquérir la maison, y resteraient jusqu'à la fin du mois ; mais Lee ne tenait pas à les voir non plus, ne fût-ce que pour leur dire bonjour, car il était désolé pour eux. Il se força donc à poser la question inévitable. « Et ma mère, elle n'a pas changé non plus, je suppose ? »

Win eut un gloussement et secoua la tête. « Elle... oui..., c'est à peu près ça. »

Ils ne finissent donc *jamais* par lâcher la rampe, se dit

amèrement Lee, qui faillit rire de lui-même. Une fois qu'il aurait encaissé l'argent de la maison, combien de temps, combien d'années vivrait encore sa mère, pour lui dévorer cinq ou six cents dollars par semaine ? A présent, elle avait quatre-vingt-six ans. Vivrait-elle jusqu'à quatre-vingt-dix ou quatre-vingt-douze ans ? Ce n'était pas impossible. Pour autant qu'il s'en souvînt, trois de ses grands-parents (sans compter un oncle du côté de sa mère) étaient morts presque centenaires.

« Nous y voilà », dit Win en se garant le long du trottoir.

Lee chercha dans sa poche une pièce de monnaie, et, prenant Win de vitesse, la glissa dans le parcmètre. Doug Graham n'avait pas de secrétaire. En entendant tinter la sonnette, il sortit de son bureau pour les accueillir en personne dans la salle d'attente.

« Tiens, Lee et Win. Comment allez-vous, Lee ? Fort bien, à première vue », lança-t-il en lui donnant une chaleureuse poignée de main. Doug allait à présent sur ses soixante-dix ans. Il avait pris de la bouteille en dix ans et il était plutôt corpulent dans son complet beige informe.

« Très bien. Et vous-même ? » Lee aurait voulu trouver des mots plus chaleureux mais, Dieu sait pourquoi, il ne lui en vint pas à l'esprit. Par le passé, Doug avait pourtant rendu de fiers services à Lee et à sa mère. Ainsi, se remémora Lee avec une certaine gêne, une vingtaine d'années auparavant, c'est Doug qui avait dissuadé sa mère de déshériter Lee, son seul rejeton direct et proche parent, en faveur d'une jeune femme de charge noire qui s'était insinuée dans ses bonnes grâces.

Doug Graham écarta posément quelques paperasses sur son bureau et montra à Lee où apposer sa signature. « Après lecture, évidemment, Lee », fit-il en souriant.

Lee parcourut le papier. C'était l'acte de vente de la maison de Barrett Avenue. Il le signa. Il y avait également le titre de propriété, portant la signature du père de Lee et celle de son grand-père, précédé d'un nom étranger à la famille. Le dernier nom porté était celui de Ralph David Varick. Mais là, sa signature n'était pas nécessaire.

« Vous n'en êtes pas trop chagriné, j'espère, Lee, laissa tomber Doug de sa voix grave. Après tout, on ne vous a guère vu ici, au cours des derniées années. Vous nous avez bien manqué. »

Lee secoua la tête. « Pas trop chagriné, non. »

Il passa le stylo à Winston Greeves, qui se leva pour signer en qualité de témoin.

« Dommage d'en arriver là, remarqua Doug. Et désolé pour votre mère. »

Encore une fois, Lee sentit la honte l'envahir : comme tout le monde, Doug savait que sa mère était non seulement sénile mais encore passablement dérangée. « Ma foi... ce sont des choses qui arrivent. Au moins, elle ne souffre pas », répliqua-t-il maladroitement.

« C'est vrai. Merci, Win. Avec ça, la question est réglée, je crois. Combien de temps comptez-vous rester, Lee ? »

Lee répondit qu'il comptait rentrer dès le lendemain à Chicago, où l'appelaient ses affaires. Puis il demanda ce qu'il devait, et, devant la réponse négative de Doug, il éprouva une fois de plus de la honte : Doug devait savoir que c'était la nécessité qui l'avait contraint à vendre.

« Nous méritons bien un petit verre, à présent, fit Doug en sortant une bouteille de whisky du dernier tiroir de son bureau. De toute façon, c'est l'heure de fermer l'étude. »

Sans prendre la peine de s'asseoir, ils prirent chacun un whisky sec. Mais l'atmosphère resta tendue et plutôt triste, au sentiment de Lee.

Dix minutes plus tard, ils étaient chez les Greeves, dans une maison plus imposante que celle que venait de vendre Lee, dotée d'une belle pelouse et d'arbres magnifiques. Kate Greeves accueillit Lee comme s'il faisait partie de la famille, serrant sa main entre les siennes, et l'embrassant sur la joue.

« Je suis si contente que Win vous ait persuadé de rester, Lee ! Venez, je vais vous montrer votre chambre. » Elle le conduisit à l'étage.

Un arôme de cannelle montait de la cuisine. Impeccable, la chambre était banalement meublée, mais Lee avait vu pire. Les Greeves faisaient de leur mieux pour lui être agréables.

« J'ai envie d'aller me promener, leur annonça Lee en redescendant. A peine six heures. Il fait encore jour et...

— Oh, non ! Restez, que nous parlions un peu, Lee. Ou, si vous tenez à revoir la vieille ville, je peux vous emmener en voiture. » Win semblait tout prêt à l'obliger.

Mais sa proposition ne tenta guère Lee. Il souhaitait se dégourdir les jambes tranquillement, mais il sentit Win prêt à lui soutenir qu'il lui faudrait marcher un bon quart d'heure pour sortir du quartier résidentiel de Rosedale, et ainsi de suite. Si bien qu'il se retrouva installé au salon, un scotch bien tassé à la main. Kate apporta une coupe d'amuse-gueule.

A cet instant, le téléphone sonna : les Greeves échangèrent un regard, puis Win alla répondre dans le vestibule.

Lee souleva, sur la table basse, un vieux presse-papier de verre, avec un papillon aux ailes déployées pris dans la masse. Il s'apprêtait à demander à Kate d'où elle le tenait quand un « non » retentissant, lancé par Win, le décida à garder le silence.

« *Non,* j'ai dit, reprit Win un ton plus bas, mais avec des accents de colère étouffée, et ne rappelle pas ce soir, tu m'entends ? » Il raccrocha bruyamment l'appareil. Une fois revenu au salon, ce fut d'une main légèrement tremblante qu'il se saisit de son verre. Désolé de cette interruption », dit-il à Lee avec un sourire nerveux.

Encore des problèmes à cause de Mort, songea Lee. Sinon avec Mort lui-même. Lee jugea préférable de ne pas s'appesantir là-dessus. Kate aussi avait l'air tendu. Mort devait avoir la quarantaine à présent. Véritable chiffe molle, ce garçon avait, dès son adolescence, fait bêtise sur bêtise : emboutissant une voiture, se faisant ramasser ivre mort sur la voie publique, se retrouvant forcé d'épouser une fille qu'il avait engrossée, celle-là même dont il venait de divorcer, au dire de Win. Lee jugeait toutes ces histoires stupides, car parfaitement évitables, par comparaison avec les problèmes que lui causait une mère dérangée, fermement accrochée à la vie.

« Il ne va pas passer, non ? » souffla Kate à Win en se penchant pour lui offrir les amuse-gueule.

Win secoua lentement la tête.

C'est tout juste si Lee avait pu saisir le murmure de Kate. Durant le dîner, ils parlèrent de choses et d'autres, sans s'attarder sur le problème de la mère de Lee. Elle allait bien, se promenait un peu dans le parc et descendait prendre ses repas dans la salle à manger. En guise de distractions, il y avait chaque mois une petite fête à la maison de retraite pour célébrer tous les anniversaires tombant dans le mois, et il y avait aussi la télé, sinon dans chaque chambre, du moins dans la salle commune, au rez-de-chaussée.

« Elle lit toujours la Bible ? demanda Lee avec un petit sourire.

— Oh, je suppose : là-bas, il y en a une dans chaque chambre », répliqua Win en jetant un coup d'œil à sa femme qui, réagissant aussitôt, s'empressa de demander à Lee comment marchait le commerce à Chicago.

Tout en lui répondant, Lee revit sa mère, lisant sa Bible, les lèvres pincées. Qu'en avait-elle tiré, de la lecture de la Bible ? Sûrement pas le lait de l'humaine tendresse — encore que la formule soit de Shakespeare... à moins que ces mots n'aient été prononcés par Jésus ? Le Dieu de l'Ancien Testament était un dieu vengeur, assoiffé de sang, souvent cruel. « Lis la Bible, Lee », lui avait souvent dit sa mère, quand elle le voyait déprimé, découragé ou le savait tenté, vers dix-sept ou dix-huit ans, par exemple, d'acheter à crédit une belle voiture en deuxième main. Quelle peccadille, vraiment, en comparaison avec ce qu'avait fait sa mère quand il avait vingt-deux ans ! Il était fiancé à Louise Watts, et follement amoureux d'elle. Sur cet amour, il aurait pu fonder un solide mariage. Or sa mère avait raconté à Louise que Lee courait les femmes, de préférence les prostituées, et partait en voiture se payer du bon temps à droite et à gauche. Entre autres fariboles... Et Louise, qui n'avait que dix-neuf ans, l'avait crue, et en avait souffert. *Au diable ma mère,* se dit Lee. Qu'avait-elle gagné avec ses mensonges, sa mère ? L'avait-elle seulement gardé sous sa coupe ? Non. Une année ne s'était pas écoulée que Louise avait épousé un autre homme et déménagé, sans doute pour habiter New York. De son côté Lee était parti s'embaucher comme garde-côte, d'abord à San Francisco, puis à La Nouvelle-Orléans. Si seulement Louise ne s'était pas mariée, il aurait encore tenté sa chance auprès d'elle car, pour lui, Louise était la seule fille au monde. Evidemment, il en avait connu d'autres, quatre ou cinq. Il avait songé à les épouser, sans jamais pouvoir se persuader, ni les persuader, que leur mariage pourrait marcher. Puis, vers la trentaine, il était parti s'installer à Chicago.

« Tu n'aimes pas ma tarte, Lee ? » demanda Kate.

Lee s'aperçut qu'il avait à peine touché à la tarte aux pommes chaude et qu'il tordait sa serviette dans sa main gauche, comme s'il tordait le cou à quelqu'un. « Mais si, beaucoup », répliqua-t-il calmement, avant de s'évertuer à la terminer.

Cette nuit-là, Lee ne dormit pas très bien. Mille idées lui tournaient dans la tête, sans qu'il puisse en saisir aucune. C'est avec soulagement que dès l'aube, il se leva, s'habilla en silence et, sans prendre la peine de se raser, descendit à pas de loup les escaliers pour aller faire un tour, avant que les autres ne soient debout. En moins de dix minutes, il était sorti des limites du quartier résidentiel. Il faisait un temps doux et clair, un peu frisquet pour un mois de mai. La ville s'éveillait : les laitiers faisaient leurs livraisons, les facteurs leur tournée, les ouvriers sautaient dans les premiers bus.

« Lee ? Vous êtes bien Lee Mandeville, pas vrai ? »

Lee vit devant lui un jeune homme brun d'une vingtaine d'années, en chemise blanche et cravate sous un costume de tweed. Cette tête lui était vaguement familière ; mais, quand bien même sa vie aurait été en jeu, il aurait été incapable de mettre un nom dessus.

« Charles Ritchie ! se présenta le jeune homme en riant. Vous vous rappelez, je livrais ses commandes d'épicerie à votre mère !

— Mais oui, Charlie... Lee sourit, en se rappelant le gamin maigrichon de douze ans qui buvait parfois un soda dans la cuisine. N'êtes-vous pas en train de rater votre bus, Charlie ?

— Aucune importance, dit le jeune homme, en n'accordant qu'un vague coup d'œil au bus qui démarrait. Qu'est-ce qui vous amène ici, Lee ?

— J'ai dû vendre la maison. Vous vous souvenez de la maison ?

— Si je m'en souviens ! Désolé que vous deviez vendre. Je pensais qu'un jour ou l'autre, vous viendriez vous retirer ici ou Dieu sait quoi. »

Lee eut un sourire.

« A dire vrai, j'ai besoin d'argent. Ma mère vit toujours, et ça représente de gros frais. Non que je m'en plaigne... Il vit l'expression de Charlie changer subitement.

— Je ne comprends pas, dit Charlie. Mme Mandeville est morte il y a — oui, il y a bien cinq ans de cela. Oui et je — j'étais moi-même à son enterrement, Lee », fit-il, les yeux fixés sur ceux de Lee.

Lee comprit que c'était la stricte vérité. Voila pourquoi Win tenait tant à ce qu'il passe la nuit chez lui : de peur qu'il ne tombe sur quelqu'un risquant de lui révéler la vérité.

« Que se passe-t-il, monsieur ? Je suis désolé d'avoir mentionné ça. Mais *vous* disiez... »

Le jeune homme venait de lui empoigner le coude, et Lee lui sourit, en se dégageant sans brusquerie.

« Désolé. Vous avez dû croire que j'allais m'évanouir. Evidemment... Lee prit une profonde inspiration, tout en s'efforçant de rassembler ses esprits. Evidemment, qu'elle est morte. Je ne sais ce qui m'est passé par la tête, Charlie.

— Oh, ne vous excusez pas, Lee. Ça va mieux, vous en êtes sûr ?

— Mais oui. Voilà votre bus. »

Dans le timide soleil brouillé du matin qui pâlissait les frondaisons des arbres, le bus approchait. Lee recula, agita vaguement la main, sans prêter attention aux derniers mots que lui disait Charlie. Puis, sans hâte et sans se soucier de savoir où le menaient ses pas, il marcha un bon quart d'heure.

En y réfléchissant, il comprit que Win devait avoir été de mèche avec quelqu'un de la maison de retraite, l'intendant, par exemple. Car, durant les cinq dernières années, Lee avait vu des factures parfaitement authentiques. Il avait du mal à avancer comme s'il pataugeait dans la boue, comme s'il n'était pas en train de marcher sur le trottoir. Que diable allait-il pouvoir y faire ? Cinq ans ! Soit, à raison de vingt ou vingt-quatre mille dollars par an... Avec un sourire sans joie, Lee renonça à calculer. En regardant la plaque de la rue, il vit qu'il se trouvait à l'angle des rues Elmhurst et Billigham. Il prit par la rue Elmhurst pour regagner Rosedale. La seule chose qu'il voulait des Greeves, c'était sa valise.

Quand Lee rentra dans la maison, il trouva la porte déverrouillée. Un arôme de café et de jambon frit lui monta aux narines. Win descendit précipitamment l'escalier pour venir l'accueillir.

« Lee — nous nous faisions du souci ! Nous imaginions que vous étiez peut-être somnambule ! lança-t-il en grimaçant un sourire.

— Non, non, j'étais juste allé faire un tour, comme j'en avais envie hier soir. Win le dévisageait. A n'en pas douter, il devait être blême. Mais il pouvait encore se montrer poli envers ces gens-là, sans trop se forcer. C'était plus prudent, et plus conforme à ses penchants naturels, d'ailleurs. J'espère ne pas vous avoir retenu, Win ? dit-il en consultant sa montre. Déjà huit heures dix !

— Ab-so-lu-ment-pas ! lui assura Win. Venez déjeuner. »

Il sentit que le petit déjeuner aurait du mal à passer, mais, sans se départir de sa politesse, il fit descendre son café à petites gorgées, tout en chipotant ses œufs brouillés. Il remarqua que Kate et Win échangeaient des regards entendus, même si Win s'efforçait, sans y parvenir, d'éviter le regard de sa femme.

« Et vous... euh... vous avez fait une bonne promenade ? interrogea Win.

— Très agréable, merci. J'ai rencontré Charles Ritchie, lâcha-t-il, prononçant ce nom avec un respect accru, comme si Charles Ritchie venait d'être élevé du modeste statut de garçon de courses à celui d'ange annonciateur. Il faisait les livraisons à ma mère. » Il remarqua que Win semblait n'avoir guère plus d'appétit que lui-même.

La tension monta de façon nettement perceptible quand Kate déclara :

« Win dit que vous avez l'intention de nous quitter aujourd'hui. Vous ne voulez pas changer d'avis, Lee ? »

Cette remarque sonnait tellement faux qu'en son for intérieur, Lee crut exploser. Mais, extérieurement, il resta maître de lui, à ceci près qu'il rejeta sa serviette sur la table. « Désolé, cela m'est impossible. Non, dit-il d'une voix cassée et sonnant creux. Puis il se leva. Si vous voulez bien m'excuser. » Il quitta la table et monta à sa chambre.

Il refermait sa valise quand Win entra dans la pièce. Pâle comme un linge, il accusait dix ans de plus.

Lee en fut aussitôt presque désolé. « Oui, j'ai tout appris, pour ce qui est de ma mère... C'est ce qui vous tracasse, non, Win ? » Sa valise à la main, il s'apprêtait à quitter la chambre.

A pas de loup, Win alla jusqu'à la porte et la referma. Après en avoir lâché la poignée d'une main tremblante, il se couvrit le visage. « Lee, je tiens à ce que vous sachiez que j'ai honte de moi. »

Lee eut un bref hochement de tête impatient, qui échappa évidemment à Win.

« Morton avait tellement d'ennuis ! Cette maudite femme qu'il a, elle ne l'a pas lâché, ils n'ont toujours pas divorcé, c'est un épouvantable gâchis. Et cette fille, je veux dire, sa femme est encore enceinte, de lui, à ce qu'elle prétend, mais j'en doute, j'en doute réellement. Mais elle exige constamment de l'argent et légalement...

— Que voulez-vous que ça me fasse ? » l'interrompit Lee. Il serrait la poignée de sa valise, impatient de s'en aller, et la masse de Win lui barrait le chemin. Win ouvrit de grands yeux effarés, qui rencontrèrent les siens.

Lee crut avoir devant lui une bête qu'on mène à l'abattoir, encore qu'il n'en ait jamais vu en de telles circonstances. « J'imagine, dit-il, que vous êtes de mèche avec la maison de retraite, puisque j'ai souvenance de factures assez récentes.

— Oui, oui », convint lamentablement Win.

Alors revinrent à l'esprit de Lee les paroles de Doug Graham, quand il avait répondu, à son affirmation qu'au moins sa mère ne souffrait pas : « C'est vrai. » Doug, sachant sa mère morte, avait passé le fait sous silence, en le supposant au courant. Lee se dirigea vers la porte.

« Lee ! s'écria Win, qui avança une main dans l'intention de le retenir par la manche et la retira aussitôt, comme s'il craignait de le toucher. Qu'allez-vous faire ?

— Je n'en sais rien. Je suis très secoué.

— J'ai eu tort, je le sais. Je suis le seul coupable. Mais si vous saviez dans quelles impasses je me suis trouvé et je me trouve *encore*. Du chantage. D'abord la femme de Mort, qui l'a fait chanter, et à présent... »

Lee avait compris. Mort faisait maintenant chanter son propre père, en le menaçant de révéler toute la combine. Jusqu'où pouvaient donc tomber des êtres humains ? Réaction curieuse, Lee faillit sourire. « Comment est-elle morte ? s'enquit-il d'un ton courtois. D'une attaque, je suppose ? — Morte dans son sommeil, souffla Win. Rares sont les gens qui ont assisté à son enterrement. Vous comprenez, elle s'était fait tant d'ennemis, avec sa mauvaise langue... Quant à cet homme...

— Quel homme ? s'enquit Lee, comme Win s'était subitement tu.

— L'homme de Hearthside, la maison de retraite. Il

s'appelle Victor Malloway. Il... il est tout aussi coupable que moi. Mais personne d'autre. Il jeta encore un regard pitoyable à Lee. Que comptez-vous faire, Lee ? »

Lee prit une profonde inspiration. « Ma foi, qu'est-ce que je pourrais bien faire ? Win ne répondit pas. Lee ouvrit la porte. Au revoir, Win, et merci. »

Au bas des escaliers, Lee réitéra ses remerciements et fit ses adieux à Kate. Son esprit était incapable d'enregistrer ce qu'elle disait. Sans doute lui offrait-elle de le conduire à la gare routière ou d'appeler un taxi. « ... Ça ira très bien, s'entendit-il lui répondre. Je préfère me débrouiller. »

Il partit seul, libéré, vers le centre et la gare routière, sa valise à la main. Il fit tout le chemin sans se presser, d'un pas régulier, et arriva à la gare routière vers dix heures. Là, il attendit patiemment le prochain autobus pour l'aéroport. Il se sentait encore l'esprit confus, quoique agité de pensées, de tristes, d'amères pensées, se mêlant en lui comme des eaux troubles, qu'il se prit à exécrer.

Tandis que l'autobus roulait, lui vinrent à l'esprit d'autres pensées, tels les souvenirs des odieuses prétentions de sa mère, du temps où elle était plus jeune, des tracasseries qu'elle avait fait subir à son père, du mépris et des critiques systématiques dont elle accablait les filles qu'il avait jamais amenées à la maison. Tout comme elle disait pis que pendre de ses propres voisins et connaissances, même des mieux intentionnés à son égard. Aux yeux de sa mère, personne ne trouvait jamais grâce. Et voilà que, chose terrible, elle avait vraiment eu une fin digne d'une tragédie classique, une fin survenue dans les coulisses, à l'insu de tous. C'étaient de minables escrocs qui l'avaient achevée, ces Greeves père et fils et ce Victor... Mallory, ou quelque chose comme ça. De fait, il y avait cinq ans qu'ils se repaissaient de ses restes, ces rapaces.

Ce n'est qu'une fois passé le seuil de sa boutique, une fois retrouvé son univers familier, la luisance des meubles cirés, le chatoiement chaud des cuivres astiqués et les courbes douces du merisier, que Lee put se détendre. Sitôt rentré, il verrouilla la porte derrière lui, en laissant la pancarte « FERMÉ ». Il voulait retrouver son état normal, recommencer à vivre comme si de rien n'était, oublier Arlington Hills. Autrement, il risquait de s'en rendre malade, de s'empoisonner l'existence, à remâcher les idées qui l'avaient assailli dans l'autocar et dans l'avion. Il prit un bain et se rasa.

Vers cinq heures de l'après-midi, il ôta la pancarte. Après quoi, il eut un client, si l'on peut dire, car l'homme, ayant tout regardé, repartit sans avoir rien acheté. Mais peu importait à Lee.

De temps à autre, dans des moments de lassitude ou de déception, il lui arriva de repenser à Win, et de souhaiter du mal à cet ami indigne. *Oeil pour œil, dent pour dent,* disait la Bible, ou du moins, l'Ancien Testament. Mais Lee ne souhaitait rien de tel : car sinon, il aurait pu traîner Winston Greeves devant les tribunaux, histoire de lui rendre la pareille. Il pouvait l'attaquer, avoir gain de cause à tout coup, rentrer dans ses frais et contraindre les Greeves à vendre leur belle maison, puis, une fois son argent récupéré, racheter la maison familiale. Mais, il s'en rendit compte, il ne tenait pas à la maison où il avait vu le jour, empoisonnée qu'elle était pour lui par le sale esprit de sa mère.

De son côté, Winston Greeves ne se manifesta pas, ne lui envoya ni une lettre, ni un mot d'explication et ne lui offrit pas de rendre l'argent qu'il lui avait volé. De temps en temps, Lee l'imaginait angoissé, redoutant ses représailles. Un bon mois s'était déjà écoulé depuis son retour d'Arlington Hills. Peut-être Win, Kate et Mort se figuraient-ils qu'il avait pris un avocat pour attaquer Win et son complice d'Hearthside.

C'est alors qu'à sa grande surprise, Lee reçut une lettre d'Arlington Hills, dans une enveloppe portant son adresse tapée à la machine et, dans l'angle supérieur gauche, le nom de la Compagnie d'assurances de Win et son emblème, un aigle aux ailes déployées. En retournant l'enveloppe, Lee ne vit pas de nom d'expéditeur et se demanda un instant ce qu'elle pouvait bien contenir. De répugnantes excuses, ou bien un chèque, fût-il dérisoire ? Quelle absurdité ! A moins qu'il ne s'agisse d'une ultime traite d'assurances, pour la maison de sa mère. Cette idée lui sembla risible. Il décacheta l'enveloppe. La lettre, tapée à la machine, n'était pas longue.

Cher Lee,

Après tous les ennuis que nous avons eus, il nous en est arrivé un dernier. Mort s'est tué en voiture mardi dans la nuit, après avoir renversé un piéton (qu'il a grièvement blessé, mais qui a survécu, Dieu merci), en s'écrasant contre un arbre. Je pourrais dire que c'est presque une bénédiction, compte tenu des ennuis qu'il a eus et nous a causés. J'ai pensé que cela vous intéresserait de l'apprendre. Nous en sommes tous deux très affectés.

Bien à vous,

Win.

En poussant un soupir, Lee haussa les épaules. Bon. Qu'était-il censé répondre, penser ou éprouver en apprenant une telle nouvelle ? Win pouvait-il attendre des condoléances de sa part ? Il constata que cette nouvelle le laissait profondément indifférent. Que Mort Greeves soit mort ou vivant, il s'en moquait.

Un peu plus tard, dans la journée, alors qu'il ôtait ses bottes de caoutchouc, après avoir repeint l'allée au jet, il imagina Mort agonisant, perdant son sang, dans une voiture écrasée contre un arbre. Bien, se dit-il. *Oeil pour œil...* Durant un bref instant, il eut le sentiment de tenir là sa vengeance. Mort était le fils unique de Win, son unique enfant. Et voilà qu'après une vie inutile, il était mort. Bien. Bien. A présent qu'il venait lui-même de toucher l'argent de la vente de la maison, libre à lui de s'offrir la propriété qu'il avait en vue, au bord d'un lac, à proximité de Chicago. Avec une barque de pêche.

Or, ce soir-là, en se déshabillant pour se coucher, il crut voir sa mère, sa mère lisant la Bible au salon, dans son grand fauteuil à bascule, puis le fixant, avant de lui demander de ses lèvres pincées pourquoi il ne la lisait pas plus souvent, lui ! La Bible ! Comme si la Bible l'avait rendue meilleure, ou plus compréhensive envers autrui, elle ! D'ailleurs, le puritanisme de la Bible n'était plus à démontrer — ni celui de sa mère. Mais, s'il était tellement répréhensible de faire l'amour, comment sa propre mère avait-elle pu le concevoir, et même songer à se marier ?

Non, fit-il à haute voix, en s'ébrouant comme pour se débarrasser de telles pensées. Non, il n'allait cultiver des idées de vengeance, biblique ou pas, ni envers les Greeves, ni envers l'homme d'Hearthside dont le nom de famille lui échappait, ce Victor. Il eut un sourire, en prenant conscience de l'absurdité de ce prénom prétentieux.

Lee avait quelques amis dans le voisinage et l'un d'eux, Edward Newton, homme de son âge, libraire de son état, passa un après-midi prendre un café avec lui dans l'arrière-boutique, selon son habitude. A Edward et à tous ses autres amis, Lee avait raconté que sa mère, déjà malade lors de son passage à Arlington Hills, s'était éteinte peu après. Edward avait un journal à la main.

« Tu connaissais ce type ? J'ai pensé à te le montrer, car je me rappelais que ta mère était à Hearthside », dit-il en désignant du doigt un entrefilet intitulé : « SUICIDE DU DIRECTEUR D'UNE MAISON DE RETRAITE ».

D'après l'article en question, Victor C. Malloway, directeur de la maison de retraite et de vieillesse d'Arlington Hills, Indiana, avait mis fin à ses jours par asphyxie dans son propre garage. Aucune lettre ne justifiait son geste. Il laissait une femme, Mary, un fils, Philip, une fille, Marion, et trois petits-enfants.

« Non, dit Lee. Je ne l'ai jamais rencontré, mais je le connaissais de nom, effectivement.

— C'est sûrement assez déprimant de vivre entouré de vieillards. C'est être constamment dans l'idée de la mort, en somme. »

Lee en convint et changea de sujet.

Au tour de Win, à présent. Qu'allait-il lui arriver ? Ou qu'allait-il faire ? Peut-être rien, après tout. Son propre fils était mort — s'il ne s'était suicidé, comme le soupçonnait

Lee. Par son père, Mort avait sûrement appris que la plaisanterie était finie, qu'il n'était plus question de continuer à extorquer de l'argent à Lee. Quant à Victor Malloway, il avait probablement eu, lui aussi, une ou deux discussions assez désespérées avec Win. Lee revit les traits défaits et hagards de Win, dans leur chambre d'amis. Assez, c'est assez, se dit-il. Win était un homme à terre.

Lee investit une partie de ses fonds dans l'achat de dix tapis de Turquie, dont il appréciait tout particulièrement les coloris et la qualité. Sûr de pouvoir en revendre cinq ou six à un bon prix, il mit en vitrine une pancarte signalant l'aubaine. Quant aux autres, ils iraient dans la maison près du lac qu'il venait d'acquérir. De plus en plus heureux, Lee donna une petite fête pour son anniversaire, invitant une dizaine d'amis au restaurant, avant de les ramener chez lui. Puis, dans la boutique illuminée, l'un d'eux se mit à taper sur le piano qui était légèrement désaccordé, provoquant une franche gaieté. Enfin, tout le monde sabla le champagne à la santé de Lee.

Lee entreprit de meubler sa nouvelle maison, qui, quoique moins vaste que la demeure familiale d'Arlington Hills, comptait un étage et un ravissant verger. Toutefois, comme elle se trouvait à une quarantaine de kilomètres de la boutique, Lee n'y allait pas quotidiennement, encore qu'en partant en fin d'après-midi, il pût aisément y être dans la soirée, s'il en avait l'envie. De temps en temps, et non sans un choc, il repensait à sa mère, morte depuis *six ans* déjà, et non depuis huit ou dix mois, comme il l'avait raconté à ses amis. Il songeait sans aigreur aux centaines de milliers de dollars envolés, empochés par Win et consorts. A présent, ils étaient à égalité. Oui, même si Lee ne s'intéressait guère au jeu, ni à l'enjeu. Autant oublier. Une mort, c'est toujours triste. Le fils de Win et Victor étaient morts, sans qu'il ait eu à aller leur arracher les yeux.

Puis vint l'automne. Lee s'affairait à colmater portes et fenêtres, quand il entendit prononcer le nom d'Arlington Hills à la radio : malheureusement, il avait manqué le début de l'information, une vague histoire de mort, accidentelle ou non, d'un simple particulier, causée par une arme à feu. Vaguement troublé, Lee poursuivit sa tâche. Aurait-il en fait entendu le nom de Win Greeves ? A genoux, en blue jean, il continua à mesurer, découper, coller la bande isolante.

« S'il s'agit de Win Greeves, c'est trop », se dit-il. C'était assez de vengeance. Plus qu'assez. Heureusement, Arlington Hills était grand : ce ne serait pas forcément Win. Pourtant, Lee était bizarrement troublé, rageur et nerveux. Tandis qu'il poursuivait sa besogne, le temps lui parut long jusqu'aux nouvelles de dix-sept heures, qu'il suivit attentivement. Ce fut juste avant le bulletin météo que l'on annonça la mort de Win Greeves, survenue à l'âge de soixante et un ans, à la suite d'une blessure dont on ne savait s'il se l'était infligée volontairement ou non. D'après les déclarations de sa femme, il venait d'acheter ce pistolet pour s'entraîner au tir.

Après avoir entendu la nouvelle, Lee baissa la tête, et ses épaules s'affaissèrent. Il sentit ses forces le quitter, puis lui revenir peu à peu, avec l'espèce de rage qu'il avait éprouvée une heure plus tôt. C'en était trop. « *Ma coupe déborde...* » Non, ce n'était pas ça. Cela, c'était le Christ qui l'avait dit, et le Christ n'aurait pas approuvé cette... chose. Lee esquissait le geste de se couvrir le visage des deux mains, quand il revit Win dans la même attitude. Il laissa retomber ses bras et se redressa. Puis il descendit au salon.

A gauche et à droite de la cheminée, il y avait des étagères encastrées dans le mur. Il y prit un livre relié de cuir noir. C'était la Bible, la propre Bible de sa mère, si usée que la tranche du dos en paraissait brun. Lee trouva rapidement le début et la fin de l'Ancien Testament : alors, de la main gauche, il l'arracha de la reliure, pour le jeter dans l'âtre vide comme une véritable ordure, avant d'essuyer sa main gauche sur son jean. Les pages s'étaient éparpillées en tombant. Il frotta une allumette.

Puis il regarda les pages flamber et se réduire en cendres, tout en prenant conscience de l'inutilité de son geste. Il existait bien d'autres exemplaires de l'Ancien Testament au monde. Ce mouvement de colère ne servait à rien et était d'ailleurs loin de le satisfaire, de le purifier ou d'alléger sa conscience.

Il devrait envoyer ses condoléances à Kate. Oui, il lui écrirait dès ce soir. Et pourquoi pas dès maintenant ? Comme il se dirigeait vers le bureau où étaient rangés son papier à lettres et son stylo, des phrases lui vinrent à l'esprit. Bien entendu, il allait rédiger sa lettre à la main. En l'espace de quelques mois, Kate venait de perdre son fils et son mari.

Chère Kate,

Je viens d'apprendre par hasard à la radio cet après-midi la triste nouvelle. J'imagine que si peu de temps après la mort de Morton, le coup doit être d'autant plus terrible. Sachez que je vous adresse mes sincères condoléances et que je mesure votre peine...

Lee acheva posément sa lettre. Fait étrange, il plaignait réellement Kate. Même si elle s'était prêtée aux manigances de son mari, il avait cessé de lui en vouloir. Car, en un sens, Kate n'était à ses yeux qu'une vague entité. De ce fait, elle se trouvait absoute de toute culpabilité. Le pardon n'était plus nécessaire. Lee apposa sa signature au bas de la page. Il n'y avait pas un seul mot de sa lettre qui ne fût sincère.

La créature sans nom

Titre original de la nouvelle
NOT IN THIS LIFE, MAY BE THE NEXT
Traduite par Sylvie Durastanti

ELEANOR avait passé à coudre presque toute la journée et une bonne partie de la soirée. Il allait être onze heures. En détournant les yeux de la machine à coudre et en portant son regard vers le seuil du vestibule, elle aperçut une chose grisâtre, d'une soixantaine de centimètres de haut, qui, une ou deux secondes après, disparut dans le vestibule. Eleanor se frotta les yeux — avec délices, car ils la picotaient. Elle se dit qu'elle avait simplement cru voir quelque chose et ne quitta pas sa chaise pour aller examiner les lieux de plus près. Puis elle n'y pensa plus.

Cinq minutes après, elle se leva, après avoir débarrassé sa table de travail, rangé ses ciseaux et plié la robe jaune qu'elle venait d'élargir sur les côtés. La robe de Mme Burns était prête pour le lendemain, comme convenu. Il faut toujours élargir, se dit Eleanor, jamais rétrécir. A croire que, de nos jours, les gens ne grandissaient plus, verticalement, mais épaississaient. Cette idée saugrenue la fit sourire. Elle était fatiguée, mais contente de sa journée. Elle donna à sa chatte, Bessie, une soucoupe de lait crémeux, car en toutes choses, Bessie n'aimait que le meilleur, puis s'en fit chauffer une tasse qu'elle porta sur sa table de nuit, pour la boire une fois couchée.

La seconde fois qu'elle vit la chose, en revanche, ce fut en plein jour, alors qu'elle n'était plus fatiguée. Elle finissait de poser une fermeture Eclair sur une jupe et, tout en arrêtant son fil, elle leva les yeux vers la pièce d'à côté. Elle aperçut une silhouette d'une soixantaine de centimètres de haut, une affreuse petite chose plutôt cubique qui, de prime abord, avait l'allure d'un sac de sable. Il lui fallut quelques secondes pour distinguer une grosse tête carrée, de larges pieds chaussés de lourdes chaussures et des bras courts au bout desquels pendaient d'énormes mains.

Eleanor se leva à moitié de son fauteuil, son corps svelte raidi d'horreur.

Sans broncher, la chose la fixait.

Il faut la chasser, songea-t-elle immédiatement, au besoin à coups de pied. Mais qu'était-ce donc ? Dans cette face vaguement humaine, sous une frange de cheveux, des yeux la fixaient toujours. Des gosses auraient-ils glissé dans la maison un horrible jouet, pour lui faire peur ? Les Reynolds, ses voisins, avaient quatre enfants, dont l'aîné avait huit ans. Et de nos jours, on ne savait plus quoi inventer comme jouet !

Puis la chose se mit à avancer lentement vers le salon et Eleanor recula derrière le fauteuil.

« Dehors ! Va-t'en ! » lança-t-elle, terrifiée, d'une voix perçante.

« Hum-mmm », répliqua la chose. Le son était doux, profond.

L'avait-elle réellement entendu ? A présent, la chose levait les yeux qu'elle avait tenus fixés sur le plancher de la pièce pour braquer sur elle un regard direct, quoique vague et flou. La créature continua d'avancer vers le chauffage électrique, devant lequel elle s'arrêta pour se chauffer les mains, comme si c'était le geste le plus naturel du monde. Pour autant qu'Eleanor pût en juger, à voir ces jambes ou ces espèces de moignons en pantalon, la créature semblait de sexe masculin. A nouveau, la créature lui jeta un regard oblique, un rien timide, mais semblant pourtant la défier de la chasser de la pièce.

Du coin de l'œil, Eleanor vit la chatte lever la tête et bâiller sur son coussin, dans le fauteuil. Elle s'attendait à voir Bessie réagir, devant cette chose qui se trouvait à moins de deux mètres d'elle, mais Bessie baissa de nouveau le museau et se rendormit tranquillement. Bizarre !

Eleanor battit en retraite vers la cuisine, ouvrit la porte de derrière et sortit en la laissant ouverte, puis revint sur le devant et ouvrit toute grande la porte d'entrée. Autant donner à cette chose une chance de sortir. Eleanor resta devant la maison, prête à s'enfuir sur la route si la créature se manifestait.

L'être apparut sur le seuil et lui dit d'une voix profonde, sans véritablement articuler les mots qui venaient comme un long borborygme : « Je ne vais pas vous faire de mal. Pourquoi ne pas rentrer ? Vous êtes chez vous. » Et il fit mine de vaguement hausser ses épaules massives.

« Sortez, je vous en prie ! dit Eleanor.

— Hum-mm. » Il lui tourna le dos et rentra au salon.

Eleanor songea à aller demander de l'aide à son voisin, M. Reynolds, un homme à l'esprit pratique, qui avait sûrement un pistolet chez lui, puisqu'il était capitaine de l'armée de l'air. Puis elle se souvint d'avoir vu les Reynolds partir en voiture, avant le déjeuner. Il n'y avait plus personne chez eux. Rassemblant tout son courage, Eleanor avança vers le seuil.

Il n'était plus dans le salon. Elle regarda même derrière le fauteuil, puis passa lentement dans la pièce d'à côté. Là, elle examina tout, sans succès.

Elle alla ensuite dans le vestibule et lança à la cantonade : « Si vous êtes toujours dans la maison, j'aimerais que vous partiez !

— Je suis toujours là », dit une voix derrière elle.

Eleanor se retourna et le vit dans le salon.

« Je ne vous ferai pas de mal. Mais si vous préférez, je peux disparaître. Comme ça. »

Elle crut le voir serrer les dents, comme s'il faisait un effort. Puis, sous ses yeux, la créature sembla s'effacer et perdre tous contours. Dix minutes après, il n'en restait plus rien. Plus rien ! Etait-elle en train de perdre l'esprit ? Il fallait qu'elle en parle au Dr Campbell. Dès demain matin, elle serait dans son cabinet à neuf heures pour tout lui raconter, sans rien lui cacher.

Le reste de la journée et de la soirée se déroula sans incident. Mme Burns vint chercher sa robe et lui apporta un manteau à raccourcir. Eleanor regarda la télévision, puis alla se coucher vers dix heures et demie. Elle avait craint de redouter le moment d'aller se coucher et d'éteindre la lumière, mais il n'en fut rien. Et, avant même d'avoir pu se demander si elle allait ou non trouver le sommeil, elle s'endormit.

Mais quand elle ouvrit les yeux, la première chose qu'elle vit, ce fut Bessie, pelotonnée au pied de son lit ; et la deuxième, ce fut lui. Bessie s'étira, miaula tout en bâillant pour réclamer son lait. Et lui, à moins de deux mètres de là, la regardait. Eleanor, qui était en train de promettre à Bessie de lui donner son lait sans tarder, s'arrêta net de parler lorsqu'elle le vit.

« J'aimerais bien un petit déjeuner moi-même. Il lui sembla voir passer une ombre de sourire sur sa face carrée. Pas grand-chose : une tranche de pain. »

Les mâchoires crispées, Eleanor ne trouva rien à répliquer. Elle sortit du lit par l'autre côté, enfila rapidement sa vieille robe de chambre de flanelle et descendit les escaliers. Une fois dans la cuisine, elle retrouva un peu de son calme en exécutant les gestes de tous les jours : mettre la bouilloire sur le feu, donner son lait à Bessie, couper des tranches de pain. Mais elle s'attendait constamment à voir l'être apparaître sur le seuil : ce qu'il fit, comme elle coupait du pain. D'une main tremblante, Eleanor lui en tendit une tranche.

« Si je vous donne ça, vous en irez-vous ? » lui demanda-t-elle.

Il avança une main monstrueuse et prit le pain, tout en répliquant de sa voix de basse : « Pas forcément. Vous savez, je n'ai pas besoin de manger. Je pensais simplement vous tenir compagnie. »

Eleanor n'était pas sûre, absolument pas sûre, de l'avoir

entendu parler. Elle se vit racontant tout cela au Dr Campbell, et imagina à quel moment le Dr Campbell l'interromprait, poliment, bien entendu, car il était gentil, pour lui prescrire un quelconque sédatif.

Après avoir lappé son lait, Bessie passa près de la créature, à lui frôler la jambe, sans paraître la voir.

C'était bien la preuve qu'il n'existait pas, se dit Eleanor.

Il émit un curieux borborygme : « Hum-hm-mm ! » Il était en train de rire ! « Tout le monde ne peut pas me voir, dit-il à Eleanor. En fait, rares sont les personnes qui me voient. » Apparemment, il avait mangé le pain.

Eleanor décida de se forcer à prendre son petit déjeuner. Elle coupa une autre tranche de pain, sortit le beurre et la confiture, prépara la théière. Il était huit heures moins dix. Dès neuf heures, elle serait chez le Dr Campbell.

« Je peux peut-être me rendre utile aujourd'hui, dit-il sans bouger. Si vous avez des tâches à accomplir, je suis costaud, franchement », dit-il en prononçant ces derniers mots d'un timbre nasal, rappelant le son d'une distante corne de brume.

Eleanor songea immédiatement au vieux rouleau à gazon qui se trouvait dans la grange. Elle avait demandé au brocanteur de passer le prendre ; mais, comme toujours, il aurait déjà dû l'avoir fait depuis deux semaines. « Il y a un rouleau à gazon, dans la grange. Après le petit déjeuner, vous pourriez l'emmener au bord de la route, si vous voulez. » Cela constituerait une preuve supplémentaire, une preuve supplémentaire de son inexistence. Car le rouleau à gazon devait peser dans les cent à cent cinquante kilos.

De sa démarche lente, silencieuse et chaloupée, il passa de la cuisine au salon.

Eleanor prit son petit déjeuner sur la table de bois blanc de la cuisine, qu'elle préférait à celle de la salle à manger. Elle posa devant elle une brochure de couture et finit par s'y intéresser.

Une fois habillée, vers huit heures et demie, elle alla vers la grange, derrière la maison. Sans l'avoir cherché dans la maison et sans avoir su où il se trouvait jusque-là, elle ne fut pas surprise de le découvrir à son côté en arrivant devant la porte de la grange.

« C'est au fond, dans un coin. Je vais vous montrer. » Il comprit immédiatement ce qu'elle voulait et frotta l'une contre l'autre ses grosses mains jaunes avant d'empoigner le manche de bois. Il tira d'abord l'engin à lui, apparemment sans grand effort, et se mit à le pousser, en le faisant rouler. Puis, s'avisant que l'opération en serait simplifiée, il le prit par le manche : en moins de cinq minutes, le rouleau fut au bord de la route, où Eleanor lui avait demandé de l'apporter.

A ce moment, Jane, la jeune fille qui livrait les journaux du matin, passait sur la route en vélo.

Eleanor se crispa, persuadée que Jane allait se mettre à hurler en voyant la créature. Mais elle se contenta de lui lancer un timide : « Bonjour, Mme Heathcote », sans cesser de pédaler.

« Bonjour à vous, Jane, répliqua Eleanor.

— C'est tout ? demanda-t-il.

— C'est tout ce qui me vient à l'esprit, merci beaucoup, répondit Eleanor, le souffle court.

— Je doute que ça vous fasse grand bien de parler de moi à votre docteur », remarqua-t-il.

Ils revenaient tous deux vers la maison, par l'allée aux dalles irrégulières qui traversait le jardin.

Qu'est-ce qui vous fait penser que je vais aller voir un docteur, voulut lui demander Eleanor. Mais elle avait compris. Il pouvait lire dans ses pensées. Cette créature serait-elle une *pure création* de mon esprit ? se demanda-t-elle dans un éclair d'intuition, sans aller plus loin. Si *personne* d'autre ne pouvait le voir…

« Je suis moi-même, dit-il en lui souriant par-dessus son épaule, tout en la précédant dans la maison. Rien que moi. » Et il rit.

Eleanor n'alla pas voir le Dr Campbell. Elle décida d'essayer d'ignorer la créature en vaquant à ses tâches habituelles. Ce matin-là, elle devait aller chez le boucher, à trois cents mètres de chez elle, chercher du foie pour Bessie avec un demi-poulet pour elle-même, et faire quelques courses chez l'épicier. Mais elle se proposait d'en parler à Vance — Florence Vancittart — sa meilleure amie, au bourg. Toutes les semaines, ou plutôt tous les cinq jours, Vance et elle prenaient le thé ensemble, chez l'une ou chez l'autre. Sitôt rentrée chez elle, Eleanor appela Vance.

A ce moment-là, la créature n'était pas en vue.

Vance convint de venir vers quatre heures. « Comment vas-tu, mon chou ? l'interrogea-t-elle comme à son habitude.

— Très bien, merci ! répliqua Eleanor, avec plus d'entrain que d'ordinaire. Et toi ?... Je ferai de la tarte aux myrtilles, si j'ai fini mon travail à temps. »

Cet après-midi-là, alors qu'il ne s'était plus montré depuis le matin, il se glissa silencieusement dans la pièce, au moment où Vance et Eleanor buvaient leur deuxième tasse de thé et où Eleanor prenait son souffle pour se lancer dans son étrange histoire. Elle n'avait pas rêvé, et elle en avait une preuve : le rouleau à gazon, au bord de la route. (A ce sujet, elle ne devrait pas oublier de rappeler le brocanteur, dès le lendemain matin.)

« Que se passe-t-il, Eleanor ? » lui demanda Vance en se redressant sur son siège. C'était une femme du même âge qu'Eleanor, cinquante-cinq ans environ, et une des nombreuses veuves du bourg ; mais, à la différence d'Eleanor, Vance, qui n'avait jamais travaillé, vivait de ce que lui avait laissé son mari. Vance porta son regard en direction de l'encadrement de la porte donnant dans la pièce d'à côté, qu'Eleanor fixait un instant plus tôt. Eleanor quitta des yeux la créature, à moins de deux mètres d'elles.

« Rien », dit Eleanor. Vance ne le voit pas, se dit-elle. Vance ne peut pas le voir.

« Elle ne peut pas me voir », grommela la créature à l'adresse d'Eleanor.

« Tu as avalé de travers ? » gloussa Vance, tout en se servant une autre part de tarte aux myrtilles.

Sans oser avancer, la créature fixait la tarte d'un œil gourmand.

« Tu sais, Eleanor, dit Vance en mastiquant, si tu prends toujours aussi peu cher pour un ourlet, je pense que tu devrais te faire soigner. Les gens d'ici ont tous largement les moyens de t'offrir plus. Tu ne peux continuer à te faire sous-payer comme ça, c'est un crime. »

En fait, Vance estimait qu'il était grand temps de peindre la maison ou de recouvrir le fauteuil, ce qu'Eleanor pourrait faire elle-même, si elle en avait le temps. « Comment veux-tu que j'explique que mes prix ont augmenté à de si vieux clients ? »

« Les autres se débrouillent bien, dit Vance, comme elle s'y attendait. Tous les jours, quelqu'un s'y décide. »

L'être prit alors une part de tarte. Durant quelques instants, Vance aurait pu voir le gâteau voyager dans les airs, si elle ne le voyait pas, lui. Mais le morceau de gâteau disparut aussitôt, englouti par l'énorme mâchoire.

« Tu me sembles un peu distraite aujourd'hui, Eleanor, dit Vance. Quelque chose te tracasse ? » Vance la considéra attentivement, s'attendant à apprendre qu'Eleanor allait devoir se faire arracher une dent, ou avait encore reçu de mauvaises nouvelles de son frère Georges, qui ratait tout ce qu'il entreprenait. Eleanor rassembla tout son courage : « J'ai un visiteur, depuis deux jours. Il est là, à côté de la table », lâcha-t-elle, en le désignant d'un hochement de tête.

La créature fixait Eleanor.

Vance regarda dans la direction indiquée par Eleanor. « Que veux-tu dire ?

— Tu ne le vois pas ? Il est assez gentil, ajouta Eleanor. C'est un petit être d'une soixantaine de centimètres de haut. Il est juste là. Il vient de prendre une part de tarte ! Je sais que tu ne me crois pas, s'empressa-t-elle d'ajouter, mais ce matin, il a poussé le rouleau à gazon de la grange jusqu'au bord de la route. Tu l'as bien vu au bord de la route, non ? Tu m'en as même fait la réflexion. »

Vance inclina la tête de côté, et la considéra d'un air

perplexe. « Un homme de peine, tu veux dire. Le vieux Gufford ?

— Non, c'est... » Mais, à cet instant, il quitta la pièce : Vance n'avait donc pu le voir. Avant de disparaître dans l'autre pièce, il jeta à Eleanor un regard qu'il accompagna d'un geste de découragement, comme pour lui signifier d'abandonner la partie ou de ne pas parler. « Je sais ce que je dis », poursuivit Eleanor, déterminée à lui faire partager son expérience et à susciter chez elle un peu de sympathie, à défaut de trouver protection. « Je ne plaisante pas, Vance. C'est un petit être d'une soixantaine de centimètres de haut, qui me parle. » A présent, elle chuchotait presque. Elle jeta un nouveau coup d'œil vers le seuil de la pièce d'à côté : personne. « Tu crois que j'ai des visions... Mais non, je te jure. »

Toujours perplexe, quoique nullement affolée, lui semblait-il, Vance adopta une attitude de supériorité pour lui demander : « Et depuis quand... le vois-tu ? » avant de glousser à nouveau.

« Je l'ai vu pour la première fois avant-hier soir, répondit Eleanor, chuchotant toujours. Et puis hier, comme je te vois, et en plein jour. Il a une voix de basse.

— S'il vient de prendre une part de tarte, où est-il passé ? demanda Vance en se levant. Pourquoi ne puis-je le voir ?

— Il est allé dans la pièce d'à côté. Très bien, suis-moi. » Eleanor ne savait ni comment il s'appelait, ni comment s'adresser à lui, et en prit subitement conscience. En passant à côté, Vance et elle n'y virent qu'une pièce apparemment vide, où le seul signe de vie était celui, végétatif, des plantes s'épanouissant sur le rebord de la fenêtre. Eleanor regarda derrière l'extrémité du canapé. « C'est que... il a le pouvoir de disparaître. »

Vance grimaça encore son sourire supérieur. « Eleanor, ta vue baisse. Tu portes tes lunettes ? A force de coudre...

— Je n'en ai pas besoin pour coudre. Seulement pour voir de loin. En fait, je les ai justement mises hier, quand je l'ai vu à l'autre bout de la pièce. » Eleanor avait ses lunettes sur le nez. Elle était myope.

Vance fronça légèrement les sourcils. « Mon chou, as-tu peur de lui ? Ça m'en a tout l'air. Rentre avec moi ce soir, viens donc passer la nuit à la maison, si tu veux. Je pourrais revenir avec Hester pour examiner la maison de fond en comble. Hester était sa femme de ménage.

— Oh, mais je suis sûre que tu ne le verrais pas, et je n'ai pas peur. Il est plutôt gentil. Je veux simplement que tu me croies.

— Comment puis-je te croire, si je ne le vois pas ?

— Je n'en sais rien. » Eleanor songea à le décrire de façon plus précise. Mais comment une simple description pourrait-elle convaincre Vance ou qui que ce soit de son existence ? « Je pourrais prendre une photo de lui. Je ne crois pas qu'il s'y refuserait, dit-elle.

— Bonne idée ! Tu as un appareil photo ?

— Non. Enfin, si, le vieil appareil de John...

— Je vais t'apporter le mien. Cet après-midi même. Laisse-moi finir mon thé. »

Vance apporta l'appareil vers six heures. « Bonne chance, Eleanor ! Ce sera sûrement très intéressant ! » dit-elle en repartant.

Eleanor le voyait bien : Vance n'avait pas cru un traître mot de ce qu'elle lui avait dit. A ce qu'elle lui avait expliqué, le chiffre de quatre sur le voyant de l'appareil signifiait qu'il restait huit photos à prendre, sur un rouleau de douze. De l'avis d'Eleanor, deux suffiraient largement.

« Je ne donne rien en photo, j'en suis sûr, lança la voix de basse familière, sur sa gauche, et Eleanor le vit sur le seuil de la pièce d'à côté. Mais je veux bien poser pour vous », dit-il avant d'émettre son rire grave.

Eleanor n'en fut que vaguement surprise ou vaguement apeurée. Le soleil brillait toujours. « Voudriez-vous vous asseoir sur une chaise dans le jardin ?

— Certainement », dit la créature, visiblement amusée.

Eleanor saisit la chaise où elle s'installait généralement

pour travailler, mais il la lui prit des mains et sortit avec. Il la posa dans le jardin, en évitant soigneusement d'abîmer ses plates-bandes. Puis il sauta dessus et s'y assit, les bras croisés.

Il avait le soleil bien en face. Vance avait montré à Eleanor comment marchait l'appareil, fort simple, à côté de celui de John. Comme son amie le lui avait conseillé, elle prit deux mètres de recul. C'est alors qu'elle vit le vieux Gufford, l'homme à tout faire du bourg, qui passait dans sa camionnette en la dévisageant avec stupéfaction. Comme ils ne se saluaient jamais d'ordinaire, ils ne se saluèrent pas ; mais Eleanor se douta qu'il devait s'étonner de la voir photographier une simple chaise dans son jardin. Là, pourtant, elle avait nettement vu la créature dans le viseur. Sans le moindre doute possible.

« Puis-je en prendre une autre de vous, debout à côté de la chaise ? demanda-t-elle.

— Humm », fit-il, en manière d'assentiment. Il se laissa glisser de la chaise pour poser à côté, une main sur le dossier.

Magnifique, se dit Eleanor : comme ça, on pouvait se faire une idée de sa taille.

Clic !

« Merci. »

« Rien ne sortira, comme on dit », répliqua-t-il en rapportant la chaise à l'intérieur de la maison.

« Si vous voulez encore un peu de tarte..., lui proposa Eleanor, voulant se montrer aimable, et redoutant un peu qu'il ne lui en voulût de l'avoir pris en photo, elle est dans la cuisine.

— Je sais. Je n'ai pas besoin de manger. Je n'en ai pris que pour voir si votre amie remarquait quelque chose. Elle n'a rien remarqué. Elle n'est pas très observatrice. »

Eleanor se figura à nouveau cette part de tarte voyageant dans les airs, mais ne dit rien. « Je... je ne sais comment vous appeler. Vous avez un nom ? »

Une expression vaguement amusée se peignit sur son

visage carré. « Des tas de noms. Mais pas un nom. Personne ne me parle, aussi n'ai-je pas besoin de nom.

— Je vous parle, moi », dit Eleanor.

Maintenant, il était à côté de la cuisinière et arrivait à peine à hauteur des brûleurs. Sa peau était sèche et jaunâtre et il avait l'air triste. Elle en fut désolée.

« Où viviez-vous, jusqu'à présent ?

— Humm-hm-hm ! s'esclaffa-t-il. Partout et n'importe où. C'est sans importance. »

Elle aurait voulu lui poser d'autres questions, telles que : « Sentez-vous le froid ? », mais craignait de lui paraître indiscrète. « Il m'est venu à l'esprit que vous aimeriez peut-être dormir dans un lit, dit-elle avec plus d'animation. Vous pouvez dormir sur le canapé. Enfin, avec une couverture. »

Il pouffa encore. « Je n'ai pas besoin de dormir. Mais c'est génial à vous d'y avoir songé. Vous êtes très aimable. » Il tourna les yeux vers la porte, comme Bessie entrait et allait vers sa tasse de lait crémeux et son bol d'eau. Il la suivit des yeux.

Eleanor en éprouva une appréhension subite. Sans doute parce que Bessie ne l'avait pas vu. C'était indubitablement troublant, quand elle-même le voyait si nettement qu'elle distinguait ses rides. Il était vêtu d'une curieuse étoffe, mi-grisâtre, mi-noirâtre ; ni brillante, ni mate.

« Vous devez vous sentir bien seule, depuis que votre mari est mort, dit-il. Mais je dois reconnaître que vous vous débrouillez bien. Compte tenu du fait qu'il ne vous a pas laissé grand-chose. »

Eleanor rougit. Evidemment, John n'avait pas gagné des fortunes. Mais c'était un homme honnête et un bon mari. Et leur seule enfant, une fille, avait été tuée par une avalanche en Autriche, quand elle n'avait que vingt ans. Eleanor ne pensait jamais à Penny. Elle s'était interdit d'y penser. Elle se sentit troublée et mal à l'aise d'y repenser à présent. Et elle espérait que la créature ne prononcerait pas son nom. Sa mort était une des tragédies de l'existence. Mais bien d'autres familles avaient connu bien d'autres tragédies, avaient eu un fils unique tué dans une guerre inutile.

« Il vous reste votre chatte, dit-il comme s'il lisait dans ses pensées.

— Oui, convint-elle, heureuse de pouvoir changer de sujet. Bessie a dix ans. Elle a eu cinquante-sept chatons. Il y a trois — non, quatre ans, j'ai fini par la faire stériliser. C'est une gentille compagne. »

Eleanor alla prendre une grande couverture grise des surplus de l'armée dans un placard et la posa, pliée en deux, sur le canapé de la petite pièce. Il la regarda faire. Elle glissa un coussin sous le haut de la couverture. « Comme ça, ce sera un peu plus confortable, dit-elle.

— Merci », fit la voix grave.

Au cours des jours qui suivirent, il faucha l'herbe haute autour de la grange et déplaça une grosse pierre qu'Eleanor avait toujours trouvée gênante, au beau milieu d'un carré d'herbe. Bien qu'on fût en août, le temps restait assez frais. Ils débarrassèrent ensemble le grenier et il descendit les choses les plus lourdes, les portant au bord de la route pour que le brocanteur les y ramasse. Quelques jours plus tard, certains de ces objets, vendus aux enchères, rapportèrent une somme rondelette. En sa présence, Eleanor restait encore assez tendue, craignant de l'ennuyer, d'une façon ou d'une autre, tout en s'habituant par ailleurs à lui. Il aimait réellement à se rendre utile. Le soir, il se couchait volontiers sur le canapé et elle avait envie de le border, de lui apporter une tasse de lait, mais en fait, il ne mangeait pratiquement rien, sinon, comme il disait, pour lui tenir compagnie, si bien qu'Eleanor se demandait d'où il tirait tant de force.

Un jour, Vance l'appela pour lui dire qu'elle avait les photos. Sans laisser Eleanor lui poser de questions, elle raccrocha vite, après lui avoir annoncé qu'elle venait immédiatement.

« Tu as photographié une chaise, mon chou. Il ressemble à une chaise ? » lui demanda Vance en riant. Et elle tendit les photos à Eleanor. Il y avait douze photos dans l'enveloppe, mais Eleanor ne s'intéressa qu'aux deux de dessus, sur lesquelles on le voyait assis, puis debout à côté de la chaise. « Eh bien, *le voilà !* » dit-elle d'un ton triomphant.

En fronçant les sourcils, Vance s'empressa de reconsidérer les photos. « Veux-tu dire que *je* n'y vois pas clair ? demanda-t-elle avec un grand sourire. C'est une chaise, ma chérie ! »

Eleanor savait qu'en ce qui la concernait, Vance n'avait pas tort, puisqu'elle ne pouvait pas le voir. Durant un instant, Eleanor ne sut que répondre.

« Je vous avais bien prévenue que ça se passerait comme ça. Hum-hm-hm. »

Eleanor savait qu'il était derrière elle, dans l'embrasure de la porte, mais elle ne se retourna pas pour le voir.

« Très bien. J'ai peut-être la vue qui baisse, dit Eleanor. Mais moi, je le *vois,* là ! » Elle se refusait à céder. Et si elle racontait à Vance quels travaux d'Hercule il avait accomplis dans le grenier ? Comment aurait-elle pu, à elle seule, descendre une énorme commode par les escaliers ?

Vance resta pour le thé. Elles parlèrent d'autre chose — mais désormais, pour Eleanor, tout était « autre chose » et tout lui semblait inintéressant, hormis lui. Puis Vance la quitta en disant :

« Promets-moi d'aller voir le Dr Nimms la semaine prochaine. Je t'y accompagnerai, si tu ne veux pas conduire. Tu ne devrais peut-être plus prendre le volant, d'ailleurs, si tes yeux te jouent des tours. »

Eleanor avait une voiture, dont elle se servait rarement, n'aimant pas conduire. « Merci, Vance, je me débrouillerai. » Sur le moment, elle le pensait vraiment, mais une fois Vance partie, Eleanor sut qu'elle n'irait pas chez l'ophtalmologiste.

Il vint la regarder dîner en souriant. Dorénavant, elle avait envie de le protéger, de le défendre du monde extérieur et ne voulait plus partager sa compagnie avec qui que ce soit.

« C'était inutile de prendre ces photos, lui dit-il. Je vous l'avais bien dit, moi. Je dis toujours la vérité. »

Et pourtant, il n'avait pas l'air brillant, ni remarquablement intelligent, se dit Eleanor.

Il rompit en deux un morceau de pain et en enfourna une moitié. « Vous êtes une des rares personnes qui puissent me voir. Il n'y en a qu'une douzaine au monde. Moins que ça, peut-être. Pourquoi me verraient-ils, les autres ? poursuivit-il, en haussant ses épaules massives. Ils sont comme moi.

— Que voulez-vous dire ? demanda-t-elle.

— Horribles, précisa-t-il après un soupir. Puis il partit d'un rire doux et profond. Je ne suis pas gentil. Pas gentil du tout. »

Durant un bref instant, elle ne sut que répondre, tant elle était troublée. Une réponse polie eût été parfaitement déplacée. Elle tenta de comprendre ce qu'il voulait dire par là.

« Vous preniez plaisir à vous occuper de votre mère, non ? Ça ne vous pesait pas, dit-il, comme s'il tenait à rompre un silence gênant en se montrant poli.

— Non, bien sûr que non. Je l'aimais. » répliqua aussitôt Eleanor. Mais comment pouvait-il savoir cela ? Son père était mort quand elle n'avait que dix-huit ans, et, faute d'argent, elle avait dû interrompre ses études. Puis sa mère était tombée malade, mais elle avait vécu encore dix ans. Seulement, le traitement contre la leucémie était si coûteux que tout l'argent qu'Eleanor gagnait comme secrétaire y était passé : et finalement, elles avaient même dû vendre jusqu'à leurs dernières possessions. A vingt-neuf ans, Eleanor avait épousé John et était partie avec lui vivre à Boston. Oh, qu'ils étaient loin, les beaux jours ! John était si bon ; il comprenait si bien son épuisement, son besoin de voir des gens, et surtout des gens de son âge. Puis, quand elle avait eu trente ans, Penny était née.

« Oui, John était bon, mais moins que vous, dit-il, avant d'émettre un petit soupir : Hum-mm. »

Eleanor ne put s'empêcher de rire, et ce fut un véritable soulagement, à côté des tristes préoccupations qu'elle avait en tête. « Comment pourrait-on être bon ou mauvais ? Nous sommes tous et l'un et l'autre. Et vous, vous n'êtes sûrement pas si mauvais que ça. »

Cela sembla le contrarier. « Ne me dites pas ce que je suis ! »

Après une telle rebuffade, Eleanor ne dit plus mot. Elle débarrassa la table.

Puis, en le mettant au lit, elle le remercia d'avoir arraché les pissenlits — véritable corvée de jardinage. Elle était heureuse de l'avoir avec elle, et même heureuse que personne ne puisse le voir. C'était comme un petit pantin, n'appartenant qu'à elle. Et grâce à lui, elle se sentait tout autre, différente, et même privilégiée. Elle essaya de chasser ces pensées, de peur qu'elles ne lui déplaisent, car il la lorgnait d'un œil vague, comme à l'accoutumée, mais plein de reproche et de ressentiment, lui sembla-t-il. « Vous voulez quelque chose ? demanda-t-elle.

— Non », répondit-il d'un ton bref.

Le lendemain matin, elle trouva sur le carrelage de la cuisine sa Bessie, le cou tordu en un angle bizarre, par rapport au reste du corps. Impulsivement, Eleanor ramassa le petit cadavre et le serra contre son cœur. La tête ballotta en arrière. C'était lui qui avait fait ça, évidemment. Mais pourquoi ?

« Oui, c'est moi », dit-il de sa voix de basse.

Elle tourna les yeux vers l'encadrement de la porte, mais ne l'y vit pas. « Comment avez-vous pu ? Et pourquoi ? » Eleanor se mit à pleurer. S'il avait perdu la chaleur de la vie, le corps de la chatte n'était pas encore raidi par la mort.

« C'est dans ma nature, dit-il sans rire, mais à sa voix, Eleanor sentit qu'il souriait. Maintenant, vous me détestez. Vous souhaitez que je m'en aille. Oui, je vais m'en aller. Sa voix s'affaiblit comme s'il traversait le salon, sans qu'elle puisse toujours le voir. Et pour vous le prouver, je vais claquer la porte, bien que je n'aie pas besoin de porte pour sortir. » La porte claqua.

Elle fixait la porte d'entrée. La porte n'avait pas bougé.

Eleanor enterra Bessie sous la pelouse, entre la maison et la grange. Et la pioche fut lourde à ses mains, et la terre lourde à sa pelle. Elle avait attendu jusqu'en fin d'après-midi, comme si elle espérait, par un quelconque miracle, voir Bessie revenir à la vie. Devant le petit cadavre raidi, Eleanor versa de nouvelles larmes.

Lorsque Vance l'invita à venir prendre le thé, elle refusa. Finalement, Vance passa la voir sans l'avoir prévenue. Eleanor était en train de coudre. Elle avait énormément de travail mais se sentait déprimée et esseulée, ne sachant de quoi elle avait envie, puisqu'elle n'avait pas envie de voir qui que ce soit. Et elle comprit qu'il lui manquait. Pourtant, elle savait bien qu'il ne reviendrait jamais.

Fort déçue d'apprendre qu'elle n'était pas allée voir le Dr Nimms, Vance lui reprocha de se négliger. Mais Eleanor n'éprouvait aucun plaisir à revoir Vance. Vance remarqua également qu'elle avait maigri.

« Ce... ce petit monstre ne t'ennuie plus, au moins ? demanda Vance.

— Il est parti », dit Eleanor en s'efforçant de sourire, sans trop savoir ce que signifiait ce sourire.

« Et comment va Bessie ?

— Bessie a été écrasée par une voiture il y a quinze jours.

— Oh, Eleanor, j'en suis désolée. Pourquoi ne m'as-tu pas... Tu aurais dû me le dire ! Quelle malchance ! Il te faut un autre chaton. C'est toujours la meilleure chose à faire. Tu aimes tellement les chats ! »

Eleanor secoua vaguement la tête.

« Je vais aller voir si je peux te trouver un joli chaton. La chatte siamoise des Carter va avoir une nouvelle portée, et sûrement des bâtards. Mais ils sont en général adorables, même à moitié siamois », dit Vance en souriant.

Ce soir-là, Eleanor ne dîna pas. Elle errait à travers les différentes pièces de la maison, avec un sentiment de vide en songeant non seulement à lui, mais encore aux tristes années qu'elle y avait passées toute seule et aux trois années de bonheur qu'elle y avait eues, du vivant de John. Lui avait tenté d'aller travailler à Millersville, à dix kilomètres de chez eux, mais il avait fini par perdre son travail ; ou plutôt, la compagnie avait fini par fermer ses portes. C'était bien la malchance de ce pauvre John. A quoi bon y repenser à présent, à quoi bon imaginer la vie qu'ils auraient pu mener, si John s'était établi à son compte ? Evidemment, il avait fait une ou deux tentatives dans ce sens, sans grand succès. Enfin, elle repensait surtout au temps où il était encore là, *lui*, le bizarre petit bonhomme qui avait fini par lui faire du mal. Si seulement il pouvait revenir ! Il ne lui referait sûrement plus de telles méchancetés, si seulement elle savait le prendre. Elle l'avait contrarié, en lui disant qu'il n'était pas si mauvais que ça. Pourtant elle le savait, il ne reviendrait jamais plus. Elle travailla jusqu'à dix heures du soir, élargissant, raccourcissant. A croire que les gens devenaient cubiques à présent, songea-t-elle, sans en sourire. Elle tenta à trois reprises d'additionner ce qu'on lui devait pour ce travail, et finit par y renoncer, se sentant incapable de se concentrer là-dessus. Elle regarda encore ses photos, s'attendant vaguement à ne plus l'y voir, comme Vance. Mais il était toujours là, toujours aussi net, et il la regardait. Cela la réconforta un peu, bien que les photos fussent tellement inanimées, tellement plates.

Jamais la maison ne lui avait paru aussi silencieuse. Ses plantes, pour la plupart récemment rempotées, étaient magnifiques. Mais quand elle les regardait, elle éprouvait un malaise. C'était bizarre, d'être tellement attristée de voir des plantes en fleurs. Bizarre aussi, d'éprouver un tel sentiment de solitude, et un désir si vague, mais plus aigu et plus profond qu'après la mort de John.

Un soir, vers neuf heures, Tom Reynolds lui téléphona : sa femme était malade et il devait partir à la base, où il y avait une « alerte ». Pourrait-elle venir garder son épouse ? Il comptait rentrer avant minuit. Eleanor porta un bol de fraises saupoudrées de sucre à Mary Reynolds, qui n'était pas gravement malade et l'en remercia. Ne pouvant rien manger, elle le posa sur la table de nuit, pour le plaisir de le voir.

Eleanor s'entendit bavarder gaiement, comme à son habitude, tout en n'ayant pas le sentiment d'être avec Mary, ni chez les Reynolds. Pas le sentiment d'être « ailleurs », non plus, mais un sentiment d'irréalité. Un rêve n'eût pas été plus irréel.

Après le retour de Tom, vers minuit, Eleanor rentra chez elle. Sans pouvoir se l'expliquer, elle sut qu'elle allait mourir dans la nuit. C'était un sentiment calme, inéluctable. Il eût suffi qu'elle se couche et s'endorme pour ne plus se réveiller. Mais pour être bien sûre de mourir, elle prit sur l'étagère de la cuisine une vieille lame de rasoir — émoussée et rouillée, mais qu'importe et elle alla s'ouvrir les veines des poignets au-dessus du lavabo de la salle de bains. Et le sang coula, coula sans fin sous l'eau froide — dans un dernier souci d'économie, elle ménageait encore le réservoir d'eau chaude, remarqua-t-elle avec un vague amusement. Finalement, elle vit que le flot se raréfiait. Elle prit une serviette de bain et se l'enroula autour des poignets, comme de la laine qu'on dévide. Elle se sentait faible et avait grande envie de s'allonger, mais sans tacher le matelas, si possible. Lorsqu'elle s'étendit sur le lit, le sang n'avait pas encore traversé la serviette. Puis elle ferma les yeux et se désintéressa de la question. Cela n'avait plus aucune importance. Pas plus que les jupes et les robes prêtes ou non, en bas. Les gens viendraient toujours les réclamer.

Eleanor pensa à lui, si petit et si fort, si bizarre et pourtant, si simple, si ordinaire. Il ne lui avait jamais dit son nom. Et elle comprit enfin qu'elle l'aimait.

Un don venu d'ailleurs

Nouvelle inédite. Titre original :
THE TERRORS OF BASKET-WAVING
Traduite par Sylvie Durastanti

Les premières angoisses de Diane lui vinrent par hasard et de façon bien innocente. Elle et son mari, Reg, vivaient à Manhattan, mais ils avaient une petite maison non loin de Truro, sur la côte du Massachusetts, où ils passaient presque tous les week-ends. Diane était l'attachée de presse de l'agence de publicité Retting et Reg, avocat. Tous deux avaient trente-huit ans et gagnaient bien leur vie. Ils étaient sans enfant — volontairement.

Ils prenaient plaisir à se promener le long de la plage, de préférence chacun de son côté. Diane aimait ramasser de jolis galets, des coquillages curieux, des bouteilles de taille et de couleurs variées, des bouts de bois polis par le vent et le sable. Elle rapportait tout cela à la maisonnette grise, qu'ils avaient baptisée « le cabanon », et les gardait quelques semaines ou quelques mois, avant de s'en débarrasser, de crainte de voir le cabanon se transformer en capharnaüm. Un dimanche matin, elle trouva un panier d'osier défoncé et pratiquement décoloré, mais dont l'armature et les flancs étaient demeurés solides. On aurait dit un berceau d'enfant, plus haut, plus large d'un côté que de l'autre et à peu près de la taille d'un nouveau-né ou d'un bébé de six mois. C'est ce qu'on appelle un moïse, se dit Diane.

Etait-il seulement d'origine américaine, ce panier ? C'était amusant de songer qu'il avait pu tomber par-dessus bord ou avoir été jeté à l'eau, une fois usé et défoncé, du haut d'un cargo italien ou d'un paquebot étranger transportant une femme et un enfant. Quoi qu'il en soit, Diane décida de l'emporter au cabanon, où elle le posa sur la véranda, à côté de ses dernières trouvailles — cailloux de couleur, galets tessons de verre polis par la mer. Elle pourrait essayer de le réparer, pour se distraire ; car, dans l'état où il se trouvait, il était inutilisable. Reg s'affairait à dégager avec une pelle à neige les marches de bois envahies par le sable, avant de repiquer une seconde rangée de plantes grasses pour le fixer En le voyant occupé pour une bonne heure et donc au moins jusqu'au déjeuner — de la langouste froide et des pommes de terre en salade attendaient au réfrigérateur — elle eut envie d'essayer de réparer le panier.

Quelques instants auparavant, elle s'était rendu compte qu'elle pourrait utiliser des ramilles qui se trouvaient dans un pot de cuivre, à côté de la cheminée. De l'osier conviendrait sans doute mieux, mais, tout bien considéré, ces ramilles constitueraient un fond plus solide, ce qui permettrait d'utiliser le panier en guise de cache-pot assez grand pour sortir au soleil plusieurs plantes en même temps — si toutefois elle pouvait le réparer.

Diane prit le sécateur et coupa cinq ramilles de longueur égale et neuf autres, plus courtes, pour les entrecroiser avec les premières. Pour autant qu'elle s'en souvienne, ces ramilles d'un brun rougeâtre venaient du pommier émondé d'un voisin. Avisant une pelote de ficelle sur une étagère, Diane se mit immédiatement au travail. Elle ôta les vieux brins d'osier brisés et prit une des longues ramilles. Les bouts effilés et coupés net au sécateur glissaient aisément entre les brins d'osier rigides du rebord du fond. Elle en prit une seconde, puis une troisième. Puis, avant même de nouer les plus longues, elle entrecroisa les plus courtes. Les ramilles étaient juste assez flexibles pour être maniables et assez rigides pour être solides. Aucune ne dépassait. D'instinct, elle les avait coupées à la bonne longueur, en les jaugeant de l'œil ou en les mesurant du pouce avant de les couper. Puis elle prit la ficelle.

Elle l'entortilla autour du bout des ramilles et des brins d'osier joliment noués au rebord, et l'arrêta d'un nœud solide. En deux ou trois endroits, pour éviter de faire un nœud, elle la perdit même entre les brins d'osier. Subitement, elle fut tout étonnée de voir son panier réparé, et de main de maître.

Dans le premier enthousiasme de la fierté, Diane regarda sa montre : il n'y avait guère qu'un quart d'heure qu'elle était rentrée. Comment avait-elle pu réaliser cela en si peu de temps ? Retournant le panier, elle exerça une pression de la paume sur le fond. Au bruit qu'il faisait sous sa main, il semblait avoir du ressort. Et de la résistance. Elle considéra la cordelette proprement entortillée, les ramilles parfaitement entrecroisées, du diamètre d'un stylo, avant de se demander à nouveau comment elle avait bien pu faire cela.

C'est alors qu'elle sentit la terreur l'envahir lentement. Au début, ce ne fut qu'un doute, un soupçon, une question. Aurait-elle par hasard un parent ou un proche aïeul qui fût un remarquable vannier ? Pas à sa connaissance. Cette idée l'amusa et la fit sourire. Elle avait bien eu des grand-mères et des arrière-grand-mères aux doigts de fée, mais le crochet et le macramé ne nécessitaient pas les mêmes dons que la vannerie. La vannerie était un art bien plus primitif. Effectivement, des milliers, sinon des millions d'années avant notre ère, les hommes fabriquaient déjà des paniers. La vannerie avait sans doute précédé la poterie.

Mais comment avait-elle pu réaliser cela, elle ? Les hommes se transmettraient-ils d'une génération à l'autre le souvenir d'une pratique aussi immémorielle, que ses doigts auraient retrouvé instinctivement, par un beau dimanche matin, en plein XXe siècle ? Diane ne trouva pas cette idée très rassurante.

Tout en mettant la table du déjeuner, elle renversa un verre à vin vide, qui ne se brisa pas. Reg déblayait toujours, mais il avait ralenti son effort car il était presque au bout de ses peines. Il était encore un peu tôt pour déjeuner, mais Diane avait tenu à dresser la table et à préparer la sauce de la salade dans le saladier de bois, avant de s'attaquer au travail qu'elle avait rapporté de New York. Elle s'installa enfin avec un bloc de papier de brouillon et un crayon et ouvrit une chemise plastifiée portant en majuscules « Retting », et, en bas de page et en plus petits caractères, son propre nom, Diane Clarke. Elle devait pondre trois cents mots vantant un gadget permettant de mettre sous vide le contenu de sachets de plastique (pommes de terre, oranges, pommes et autres fruits ou légumes). Une fois sous vide, les sacs prenaient moins de place dans le compartiment inférieur du frigo et s'y conservaient plus longtemps, à l'abri de l'air. Elle avait assisté à une démonstration de l'engin en question et en avait une photo. Il se présentait sous la forme d'un tuyau de quarante centimètres de long, adaptable au robinet d'eau froide de l'évier. En s'écoulant, l'eau entraînait une petite turbine, à l'intérieur du tuyau, laquelle créait un vide au moyen d'une aiguille creuse, dans le sachet scellé. Tout en comprenant parfaitement le principe de cette invention, Diane commença à éprouver une sensation curieuse qui la dérouta.

C'était en effet curieux de se trouver assise dans une maisonnette d'un style remontant au siècle dernier, et d'avoir réparé un panier exactement comme auraient pu le faire des hommes vivant des siècles auparavant, tout en essayant de vanter une invention impliquant l'existence de la plomberie moderne, de l'emballage hermétique, du transport mécanisé de fruits et légumes cultivés à des centaines ou des milliers de kilomètres des lieux où ils devaient être consommés. Sans toutes ces inventions, les gens rapporteraient des champs leurs fruits et légumes dans un simple sac, ou dans des paniers semblables à celui qu'elle venait de réparer.

Diane posa son crayon, prit un stylo à bille, alluma une cigarette et jeta sur le papier les premiers mots de son article. « Votre frigo est toujours encombré ? Vous en avez assez de jeter ces fruits que vous pourriez utiliser plus tard ? Alors voici un gadget peu coûteux qui vous intéressera. » Peu coûteux, c'était vite dit. Mais peu importait. Des tas de gens étaient tout prêts à payer cher ce gadget. Et elle aussi serait bien payée, pour cet article. Tout en continuant à écrire, elle revit son moïse et se dit qu'en soi, et sur le plan de l'utilité, un panier présentait tout de même beaucoup plus d'intérêt que cet ustensile. D'ailleurs, à son sens, il était bien normal d'accorder plus d'intérêt à un panier, en vertu de sa simple existence.

« Bonne promenade, ce matin ? » lui demanda Reg, se détendant devant un verre de vin blanc glacé en guise d'apéritif. A travailler en plein air, dans son short, ses sandales et sa chemise déboutonnée, il avait encore bruni et même pris un léger coup de soleil sur les pommettes, remarqua-t-elle en le voyant planté au beau milieu du salon au plafond surbaissé.

« Oui. J'ai trouvé un panier. Assez joli. Tu veux le voir ?

— Volontiers. »

Le précédant sur la véranda, elle lui montra le panier sur la table de bois.

« Il était défoncé, alors je l'ai réparé.

— Tu l'as réparé ? De tes propres mains ? Reg se pencha, admiratif. Ah oui, ça se voit. Joli boulot, Diane. »

Une petite vague d'angoisse, un peu semblable à de la honte, la parcourut. A moins que ce ne fût de la peur. Mal à l'aise, elle vit Reg prendre le panier et en considérer le dessous. « Ce peut être utile pour y mettre du petit bois ou des revues, dit-elle. Et on pourra toujours s'en débarrasser quand on l'aura assez vu.

— S'en débarrasser, non alors ! Il est assez drôle, avec cette forme de berceau...

— C'est l'idée qui m'est venue — qu'il a dû être fait pour un bébé. Elle rentra dans le salon, souhaitant à présent que Reg cesse d'examiner ce panier sous toutes les coutures.

— J'ignorais que tu avais de tels talents, Diane. C'est chez les Eclaireuses que tu as appris ça ? »

Diane laissa échapper un rire. Elle n'avait jamais été

Eclaireuse et Reg ne l'ignorait pas. « N'oublie pas que les Gartner viennent ce soir à sept heures et demie.

— Hum-m. Oui, merci. Je ne l'avais pas oublié. — Qu'y aura-t-il à dîner ? Il ne manque rien ? »

Diane affirma que non. Inutile que Reg descende en ville en voiture. Les Gartner apporteraient des fraises de leur jardin et de la crème.

Les Gartner arrivèrent un peu avant huit heures, et Reg prépara des daïquiris. Il y avait aussi du scotch pour les amateurs, et Olivia Gartner en était. Elle buvait sec et tenait bien l'alcool. Elle était conseillère en investissements et Pete, son mari, professeur de mathématiques à Columbia.

Après avoir un peu nagé, sur le coup de quatre heures, Diane avait cueilli des joncs secs dans les dunes, qu'elle avait mêlés de fleurs des champs bleues, roses et orangées et d'herbes hautes. Puis elle avait arrangé son bouquet dans le panier, qu'elle avait posé sur le plancher, devant la cheminée.

« Eh, c'est ravissant ! » s'exclama Olivia en buvant son second verre, comme si le scotch venait de lui ouvrir les yeux. Elle s'extasiait évidemment sur le bouquet, mais Reg en profita immédiatement pour enchaîner :

« Et regardez le panier, Olivia ! Diane l'a trouvé sur la plage aujourd'hui et l'a *réparé* de ses propres mains. » Et il l'éleva dans les airs pour que Pete et Olivia puissent en admirer le dessous.

Olivia gloussa. « Mais c'est fantastique, Diane ! Splendide ! Quel panier ravissant ! Combien de temps cela vous a-t-il pris ?

— C'est justement ce qui est curieux, commença Diane, ravie de pouvoir en parler. Ça ne m'a pris qu'une quinzaine de minutes.

— Regardez comme elle en est fière ! » dit Reg en souriant.

Pete passait un pouce sur les ramilles du fond, avec un hochement de tête approbateur.

« Oui, c'en était presque — terrifiant, poursuivit Diane.

— Terrifiant ? répéta Pete en haussant les sourcils.

— Je ne m'explique pas très bien, dit Diane avec un sourire aimable, encore qu'elle fût très sérieuse. J'ai eu l'impression de me découvrir subitement un talent ou un savoir caché. Tous mes gestes étaient tellement assurés, que j'en ai été stupéfaite.

— Sans compter qu'il a l'air solide », dit Pete en reposant le panier où Reg l'avait pris.

Puis ils parlèrent d'autre chose, des frais de chauffage qu'ils auraient, s'ils revenaient sur la côte durant l'hiver qui approchait. Ils prirent un autre verre, tandis que Diane apportait le souper froid, avec en entrée, des bols de consommé glacé où flottait une rondelle de citron. Alors qu'ils prenaient place autour de la table, Diane éprouva un sentiment d'insatisfaction. Ou de contrariété. Mais d'où venait-elle, cette contrariété ? Du fait qu'ils s'étaient désintéressés de son panier ? Pourquoi pas ? Après tout, à leurs yeux, ce n'était qu'un vulgaire panier, réparé par ses soins, mais comme n'importe qui en eût été capable. Seulement, n'importe qui en eût-il été capable ? Diane se trouvait au bout de la table, avec le panier à moins de deux mètres d'elle, dans son dos. Et en un sens, elle était contrariée de le savoir à proximité. C'était extrêmement curieux. Il fallait qu'elle aille au fond des choses — au fond du panier, en quelque sorte... mais le moment ne s'y prêtait guère, puisqu'elle devait s'occuper de ses invités, et qu'ils bavardaient avec Reg.

Tandis qu'ils prenaient le café, Diane alluma trois chandelles et la lampe à huile et ils écoutèrent un disque, les *Divertimenti* de Mozart — sans l'écouter vraiment, d'ailleurs, la musique servant seulement de bruit de fond à leur conversation. Mais Diane, elle, l'écoutait. C'était une musique si raffinée, si moderne même — l'expression de toute une civilisation. Elle savourait son cognac, qui lui semblait aussi être le sommet du savoir-faire de l'humanité. A la différence d'un panier qu'un enfant aurait été capable de réparer — enfin, sinon un enfant par rapport aux adultes, du moins un enfant par rapport à l'évolution de l'humanité.

Serait-elle en train de divaguer sous l'effet de l'alcool ?

Diane tira sa longue jupe de cotonnade sur ses genoux. A présent, la conversation roulait sur les arcanes de la politique américaine, où le président pouvait difficilement gouverner, avec les mains liées et même le Congrès contre lui.

Le lundi matin de bonne heure, Diane et Reg rentrèrent à New York en hélicoptère. Ni lui, ni elle n'étaient tenus d'être à leur bureau avant onze heures. Diane avait imaginé que New York et son travail lui sortiraient de la tête les idées troublantes que lui inspirait le panier. Mais il n'en fut rien. A New York, le sentiment qu'elle avait éprouvé au cabanon ne fit qu'empirer, même si la cause en était restée là-bas. D'ailleurs, quel sentiment éprouvait-elle, en fait ? En toutes choses, Diane aimait la précision et n'avait pas peur de mettre sur ses émotions les noms de jalousie, de ressentiment, de défiance ou autres, même si cela ne s'avérait pas toujours flatteur pour son narcissisme. Mais en l'occurrence, qu'en était-il ?

Ce n'était certes pas de la culpabilité qu'elle éprouvait, encore que ce fût tout aussi troublant et déplaisant. Ni de l'envie, au sens où elle eût pu désirer maîtriser l'art de la vannerie (par exemple, pour pouvoir faire un grand panier). D'ailleurs, elle avait toujours considéré la vannerie comme une activité tout juste bonne pour des simples d'esprit. C'était devenu un symbole : désormais, c'était la première activité à laquelle les psychiatres conseillaient aux gens dérangés de s'astreindre pour réagir. Mais tout cela n'avait rien à voir avec ses propres préoccupations.

Diane se sentait dépossédée d'elle-même. Depuis qu'elle avait réparé ce panier, elle n'avait plus le sentiment d'être Diane Clarke, ou du moins pas totalement. Non qu'elle fût devenue une autre, évidemment, ni qu'elle eût, ne fût-ce que vaguement, endossé l'identité d'un lointain ancêtre. Ô combien lointain, d'ailleurs. Non. Elle avait plutôt le sentiment de partager mentalement l'existence de nombreux hommes du passé qui auraient investi son cerveau et son esprit (car Diane ne croyait pas à l'existence de l'âme et jugeait l'idée d'inconscient collectif trop vague pour être valable). Elle avait le sentiment d'être habitée et influencée par des êtres d'origine humaine, et dominée par eux tout comme elle s'était dominée jusqu'alors. Sans être rassurante, cette idée justifiait au moins en partie le malaise qu'elle éprouvait. Ce n'était d'ailleurs pas vraiment une justification ; en fait, cette idée cernait à peu près ses sentiments.

Elle aurait voulu en parler à Reg mais n'en fit rien, craignant de ne pouvoir en parler qu'en phrases vagues, ou stupides. Cinq jours s'étaient écoulés depuis qu'elle avait réparé le panier à Truro et ils allaient repartir passer le week-end au cabanon. Pour elle, ces cinq jours de travail étaient passés comme bien d'autres. Mercredi, elle avait failli avoir une prise de bec avec Jan Heyningen, le responsable artistique, et lui dire ce qu'elle pensait de son mauvais goût et de son esprit borné, mais s'en était abstenue. Elle s'était contentée de ravaler sa fureur. Ce n'était pas la première fois qu'une telle chose arrivait. Et jeudi, elle était allée dîner avec Reg chez des amis. En apparence, une semaine ordinaire.

Mais ce qui sortait de l'ordinaire, c'était le sentiment qui l'habitait. Elle se sentait — comment dire — coupée en deux : souffrirait-elle d'un dédoublement de personnalité ? Tout en feuilletant un catalogue au bureau, Diane joua avec cette idée durant tout le vendredi après-midi. Serait-elle simplement en train de s'imaginer être hantée par des centaines d'ancêtres préhistoriques ? Non, assurément non. Cette idée était encore moins vraisemblable que celle de l'inconscient collectif cher à Jung. Subitement, elle rejeta aussi l'idée du dédoublement de la personnalité. A ce qu'elle avait entendu dire, tous les troubles psychiques difficiles à diagnostiquer étaient taxés de schizophréniques : autrement dit, « schizophrénie » n'était qu'un terme fourre-tout. D'ailleurs, elle ne se sentait ni schizophrène, ni habitée par deux, trois, ou quatre x personnalités, elle avait tout bonnement peur ; elle restait mystérieusement angoissée. Cependant, cette semaine-là, il ne lui était arrivé qu'une mésaventure tout au plus contrariante. Le panier à salade lui avait échappé sur la terrasse, et la salade avait volé en tous sens, les feuilles s'accrochant aux bambous en pots, se prenant aux épines des rosiers, ou s'éparpillant, toutes fraîches lavées, sur le carrelage de tommettes et sur le siège de la balancelle. Et Diane n'avait pu s'empêcher d'en rire, même s'il ne restait plus une feuille de salade dans la maison ! Sans doute sa tension expliquait-elle sa maladresse. Un petit malheur comme celui-là pouvait d'ailleurs survenir à tout moment.

Pendant le vol vers le Cap, il lui vint une excellente idée : celle d'utiliser le panier pour y mettre, non des bouquets, mais tous les objets ramassées sur la plage ou, mieux encore, des pommes de terre et des oignons, dans la cuisine. Autant le traiter comme un vieux panier quelconque : ainsi, il perdrait vite tout pouvoir de l'angoisser. C'était absurde d'être angoissée à cause d'un vulgaire panier !

Aussi, le samedi matin, tandis que Reg tapait sur la vieille machine à écrire qu'ils gardaient au cabanon, Diane alla-t-elle se promener sur la plage avec le panier. Elle avait mis une feuille de papier journal au fond et ramassa bien plus de galets de couleur que d'ordinaire, avec quelques cailloux tout lisses, dont l'un, orangé, ressemblait à s'y méprendre à une mangue, et un curieux bout de bois flotté en forme de boomerang. Comme ce serait curieux, se dit-elle, que ce soit réellement un vieux boomerang, si usé, raccourci et effilé qu'il n'en demeurait plus que la forme ? Elle revint au cabanon, portant à deux mains le panier appuyé sur la hanche, tant il était lourd. Mais à entendre les petits bruits qu'il faisait, au rythme de ses pas, elle ne craignait absolument pas d'en voir le fond céder sous le poids. C'était *son œuvre.*

« *Assez* », se dit-elle.

Quand elle commença à le vider sur la table de bois de la véranda, elle se rendit compte qu'elle avait rapporté trop de galets et rejeta les moins intéressants par-dessus la balustrade de la véranda. Puis elle secoua le papier journal, pour en ôter le sable. Comme elle le replaçait au fond du panier, le soleil tomba sur les ramilles brunâtres et brillantes, entrecroisées et renforcées de ficelle, seulement en quelques endroits. Travail récent, et pourtant... se dit-elle machinalement. Diane sentit alors la même angoisse irrationnelle l'envahir à nouveau, et s'empressa de replacer le papier journal au fond du panier, de manière à dissimuler toute trace de réparation. Puis elle le jeta négligemment sur le sol : elle aurait pu y vider un petit sac de pommes de terre, aussi bien ; mais elle l'avait assez vu.

Environ une heure après, tout en finissant de déjeuner avec Reg qui allumait une cigarette et riait, Diane éprouva un choc comme si — quoi ? Elle s'efforça de se détendre et de concentrer son attention sur ce que lui disait Reg. Mais ses efforts s'avéraient inutiles : elle le voyait bouger les lèvres sans pouvoir l'entendre ni même l'écouter — à croire que le son était coupé. Elle cligna des yeux, s'évertuant à l'écouter. Reg parlait de louer un tracteur pour désensabler le terrain devant la maison et faire un jardinet en terrasse. Diane se rappela qu'ils en avaient fait le projet, quelques semaines auparavant. Seulement, à présent, elle avait l'impression de ne plus être elle-même, l'impression de s'être perdue parmi des millions d'êtres humains, comme on se perd dans une foule immense. Non, se dit-elle, ce n'est pas si simple que ça. Une fois de plus, elle se rassurait avec des mots. Peut-être même évitait-elle par là d'affronter quelque chose. Et quoi, dans ce cas ?

« Qu'y a-t-il ? lui demanda Reg en s'adossant à son siège, détendu.

— Rien. Pourquoi ?

— Tu étais perdue dans tes pensées. »

Diane aurait pu lui répliquer qu'elle venait de concevoir un nouveau projet de travail, ou bien autre chose ; au lieu de quoi, elle dit subitement : « Je pense à prendre un congé. Peut-être d'un mois seulement. Je crois qu'on me l'accorderait sans problèmes et que ça me ferait grand bien. »

Reg prit un air perplexe. « Veux-tu dire que tu t'es sentie fatiguée ? Dernièrement ?

— Non. Mais je me sens mal fichue. Dans un drôle d'état, je ne sais pas. Je pensais qu'en prenant un mois de congé... »

Pourtant, dans un état comme le sien, le travail était censé vous faire grand bien, vous distraire de vos problèmes. Mais elle n'avait pas de problèmes, à proprement parler. Elle était préoccupée, voilà tout.

— Oh... je vois, dit Reg. C'est Heyningen qui te porte sur les nerfs. Peut-être. »

Diane changea de position. Oui, c'est ça, eût-elle pu répondre. Elle prit une cigarette, et Reg lui donna du feu. « Merci. Tu vas sûrement en rire, Reg, mais c'est ce panier qui me tracasse. » Elle le regarda, vaguement honteuse, quoique aussi, et curieusement, sur la défensive.

« Celui que tu as trouvé la semaine dernière !... Tu as peur qu'un bébé se soit noyé dedans en pleine mer ? Et Reg sourit, comme s'il était content de sa petite plaisanterie.

— Non, pas du tout. Nullement. Je te l'ai déjà dit... Ça me tracasse de l'avoir réparé si aisément. Voilà. C'est ça. Et maintenant, tu peux me dire que je suis toquée, je m'en fiche.

— Je ne... te suis... pas très bien.

— Je me suis sentie alors quasiment... préhistorique. Et bizarre. Eh bien, cette impression ne m'a pas quittée. »

Reg secoua la tête. « Je crois te comprendre. Franchement. Seulement, tu peux tout aussi bien considérer que réparer et même fabriquer un panier est une activité des plus simples. Non que je n'admire ton œuvre. Mais disons que ce n'est pas comme si, par exemple, tu t'asseyais au piano et tu jouais un Concerto de Beethoven, sans avoir jamais pris un cours de piano de ta vie. »

« Non. » Elle aurait pu lui faire remarquer qu'elle n'avait jamais pris un cours de vannerie de sa vie. Sans mot dire, elle se demanda si elle pourrait demander un congé dès lundi, histoire d'apaiser son angoisse. Ce serait déjà un premier geste. Elle avait lu quelque part que pour exorciser ses émotions, un geste était souvent nécessaire. Mais le croyait-elle vraiment ?

« Franchement, Diane, demander un congé, c'est une chose. En revanche, ce panier — il est assez remarquable, bien sûr, car il est fait main et on n'en trouve plus de cette forme. Je t'ai déjà vue t'émerveiller devant des pierres que tu avais trouvées. Ce que je comprends parfaitement, puisqu'elles sont belles. Mais te laisser préoccuper par...

— Les pierres, c'est autre chose, coupa-t-elle. Je peux les admirer. Mais à part ça, elles me laissent indifférente. Je te l'ai dit, j'ai l'impression de ne plus être moi... moi-même. Je suis... comme si j'avais perdu toute *identité,* ajouta-t-elle encore, au moment où Reg s'exclamait :

— Oh, Diane ! » Il se leva. « Pourquoi prétends-tu m'avoir déjà dit ça ? Tu ne l'as pas fait.

— Eh bien, c'est fait, à présent. Je me sens comme habitée par d'autres. Et perdue, à cause de ça. Tu me comprends ? »

Reg marqua une hésitation. « Je comprends les mots. Mais non ce que tu éprouves. »

C'était déjà quelque chose. Diane lui en fut reconnaissante et se sentit rassurée d'avoir pu lui confier cela.

« N'abandonne pas cette idée de congé, chérie. Je ne voulais pas te brusquer. »

Diane éteignit sa cigarette. « Je vais y réfléchir », dit-elle, et elle se leva pour aller faire du café.

Cet après-midi-là, après avoir rangé la cuisine, Diane plaça une autre feuille de papier journal au fond du panier, puis y vida le sac de pommes de terre avec deux ou trois oignons, objets familiers, contemporains et périssables, qui plus est. Durant tout le reste de la journée, elle s'efforça de ne plus penser au panier ni au congé qu'elle comptait prendre. Vers sept heures et demie, Reg et elle descendirent en voiture à Truro où un groupe écologique donnait une fête en pleine rue, avec vin, bière, boissons non alcoolisées, saucisses, et juke-box en guise d'orchestre. Ils rencontrèrent les Gartner et quelques autres voisins. Le vin était imbuvable, mais l'ambiance fantastique. Diane dansa avec deux inconnus assez gais et durant quelques heures, se sentit parfaitement heureuse.

C'était absurde et inutile de prendre un mois de congé, se dit-elle ce soir-là, sous sa douche. Pour y avoir ne fût-ce que songé, elle devait avoir perdu l'esprit. Enfin, si ce panier, objet tellement prosaïque de l'avis de Reg, la tracassait tant, il n'y avait qu'à s'en débarrasser, le brûler.

Le dimanche matin, Reg partit en voiture prêter sa perceuse ou un outil quelconque aux Gartner, qui n'habitaient qu'à une dizaine de kilomètres. Sitôt qu'il eût disparu, Diane sortit sur la véranda, remit les pommes de terre et les oignons dans le sac de papier kraft qu'elle avait mis de côté, comme tous les sacs qui arrivaient au cabanon, puis, prenant le panier avec son papier journal et une boîte d'allumettes, elle partit à travers les dunes, en direction du bord de mer. Là, elle frotta une allumette, mit le feu au papier, puis posa le panier dessus. Après une brève hésitation, comme sous l'effet d'un choc, le panier s'enflamma, avec une espèce de craquement. Les flancs, plus secs, prirent plus vite que les ramilles du fond, plus vertes. Avec une branche, Diane ramena chaque brin d'osier pâli dans les flammes, jusqu'au moment où il ne resta que quelques cendres noires et quelques braises jaunâtres qui s'éteignirent et noircirent sous le soleil brillant. Une fois tout disparu, Diane revint au cabanon. Elle respira profondément et s'aperçut qu'elle avait dû, à quelque chose près, retenir sa respiration, durant tout le temps qu'avait mis le panier à brûler.

Elle ne dirait pas à Reg qu'elle s'était débarrassée du panier et elle était sûre qu'il n'en remarquerait pas la disparition.

Le mardi, de retour à New York, elle lui annonça qu'elle avait renoncé à prendre un congé. Il pouvait en déduire qu'elle se sentait mieux; elle ne dit cependant rien de tel.

Elle était débarrassée du panier et ne le reverrait plus, à moins qu'elle ne cherche à en ressusciter le souvenir, ce qui n'était nullement dans ses intentions. Depuis qu'elle l'avait ôté de chez elle, elle se sentait mieux. Elle savait qu'en le brûlant, elle avait tenté de conjurer le sentiment qui l'habitait par un réflexe primitif, si on y réfléchissait, car si le panier était bien tangible, ses pensées ne l'étaient guère. Et il ne lui serait pas si facile de s'en débarrasser.

Trois semaines après avoir brûlé le panier, elle avait encore le sentiment vague et aberrant d'incarner à elle seule toute une humanité. Reg et elle continueraient sûrement à aller passer tous leurs week-ends au cabanon, elle continuerait toujours à écouter Mozart ou Bartok et à se comporter comme si sa vie avait encore quelque intérêt, comme si elle-même avait encore place dans l'évolution de l'humanité. Et cependant, elle sentait qu'elle avait perdu cette place ou ce rôle en brûlant le panier. Elle comprit que durant une semaine, elle avait eu une chance de saisir quelque chose, qu'elle avait ensuite délibérément laissé échapper. De fait, à présent, elle n'était pas plus heureuse qu'au cours de la semaine où le panier réparé était en sa possession. Mais elle était déterminée à ne plus en parler à Reg. Il avait bien failli perdre patience, le samedi précédant le dimanche où elle l'avait brûlé. Et d'ailleurs, qu'aurait-elle pu dire de plus avec des mots ? Rien. Alors, autant cesser d'y penser.

Aventure pour aventure

Titre original de la nouvelle :
THE ADVENTURESS
Traduite par Sylvie Durastanti

ISABELLA venait de se savonner la gorge et le cou et commençait à peine à se détendre sous le jet délicieusement chaud de la douche quand soudain, l'individu montra de nouveau sa face hilare, à moins d'un mètre de son propre visage, en s'agrippant d'une main à l'un des barreaux, pour la lorgner à son aise.

« Cochon ! siffla Isabella entre ses dents en se baissant instinctivement.

— Putain ! » rétorqua-t-il en s'esclaffant.

C'était au moins la troisième fois que ce répugnant personnage venait violer son intimité ! Toujours courbée, Isabella sortit de la douche, prit le flacon de shampooing jaune, en fit gicler un peu dans le porte-savon, après en avoir ôté la savonnette, y fit couler de l'eau chaude et agita la mixture parfumée pour la faire mousser. Elle reposa l'objet à portée de sa main et revint sous la douche, haletante de rage. Qu'il essaie seulement de recommencer ! Dans une attitude de défi, elle savonna son gant et se lava les seins et les cuisses. Le vasistas carré, encastré dans le mur, se trouvait à hauteur de sa tête, sur la gauche, si bien qu'il y avait un interstice entre les carreaux de faïence bleus et blancs de la salle de bains et les gros barreaux de fer, larges comme son poignet, et donnant sur la rue.

« Signora ? » lança à nouveau la voix moqueuse.

A présent, l'homme se tenait des deux mains aux barreaux entre lesquels il passait un visage mal rasé, aux yeux noirs et brûlants, aux lèvres tordues dans un sourire veule. Empoignant le porte-savon, Isabella lui en projeta le contenu en plein visage.

« Ou-ouh ! » La tête disparut.

Touché ! Juste entre les deux yeux. Elle avait même entendu l'eau mousseuse gicler sur la chaussée. Le sourire aux lèvres, Isabella finit tranquillement de se doucher.

Elle n'était pas pressée de voir arriver la soirée, ni le dîner avec le premier secrétaire d'ambassade du Danemark et sa fiancée ; mais comme soirée, elle avait vu pire, et en verrait de pires vers la fin du mois à Vienne, où Filippo devrait assister à de vagues conférences sur les droits de l'homme et la pollution, durant cinq jours. D'ailleurs, Isabella n'aimait ni les Viennois, qu'elle assimilait aux Allemands, ni les Viennoises, qu'elle jugeait frivoles, uniquement préoccupées de leurs toilettes, de celles des autres, et de leur coût.

« Je crois que je préfère celle en soie verte », dit Isabella à Elisabetta, sa bonne, en entrant dans sa chambre, drapée dans une grande serviette de toilette. Sa robe noire, neuve, l'attendait sur le lit. « J'ai changé d'avis, ajouta-t-elle, se rappelant vaguement avoir choisi la noire dans l'après-midi.

— Avec quelles chaussures, signora ? »

Isabella le lui dit.

Déjà huit heures moins le quart. A ce qu'avait dit Filippo, outre le secrétaire danois, un certain Osterberg ou Ottenberg, les deux invités attendus devaient arriver vers huit heures — autant dire huit heures trente sinon plus. Isabella avait grande envie de sortir dans la rue, d'aller boire un espresso au comptoir du bar, comme n'importe quelle Romaine, et grande envie aussi de découvrir si le voyeur traînait toujours dans les parages. En fait, il y avait deux obsédés dans le quartier, le second étant un individu plutôt efflanqué, en imper informe et lunettes noires. Celui-là, du genre peloteur, lui avait tripoté les fesses à une ou deux reprises, alors qu'elle attendait que le portier vienne lui ouvrir le portail. Car, à moins de prendre sur elle une clé grande comme le bras, Isabella devait se faire ouvrir par le portier. Le peloteur avait l'air plus propre que le voyeur, quoique plus sournois ; et il ne souriait jamais.

« Je sors prendre un café, dit Isabella.

— Vous préférez sortir ? » interrogea Elisabetta, sous-entendant qu'elle pouvait faire du café, si la signora le désirait. Elisabetta, qui avait la quarantaine et était veuve depuis un an, était toujours en demi-deuil avec les cheveux tirés en un chignon.

Avec un hochement de tête, Isabella jeta une cape sur ses épaules et sortit. Elle traversa la cour pavée, inclinée en pente douce vers une rigole centrale, et trouva l'un des trois portiers qui montaient la garde à tour de rôle aux portes du palazzo que se partageaient six locataires fortunés. C'était Franco qui était de service et leva les lourds épars avant d'entrouvrir les portes pour la laisser passer.

Isabella se retrouva dans la rue. En liberté ! Se redressant de toute sa taille, elle respira profondément. Un gamin à bicyclette sifflotait. Une vieille femme en noir la dépassa en se dandinant péniblement, sous le poids d'un cabas d'où émergaient des spaghettis et des oignons enveloppés dans du papier journal. Un bruyant air de jazz s'échappait d'un poste de radio par une fenêtre ouverte. Le fond de l'air promettait un été brûlant. En regardant aux alentours, Isabella ne vit aucun de ses deux rôdeurs, de ses deux persécuteurs, et s'aperçut qu'elle en éprouvait une vague déception. Elle pénétra néanmoins dans le café-bar d'en face, consciente que sa toilette et sa coiffure soignées détonnaient singulièrement, parmi la clientèle ordinaire. Elle lança un chaud sourire au serveur, qui la connaissait bien, à présent.

« *Signora ! Buon giorno !* Belle journée, non ? Que désirez-vous ?

— Un espresso, per piacere. »

Isabella prit conscience d'être connue dans le voisinage comme la riche et indubitablement jolie épouse d'un cadre gouvernemental, d'un homme déjà important à moins de quarante ans. Et quoi d'autre, se demanda Isabella en sirotant son espresso. Filippo et elle avaient une fille de quatorze ans, Susanna, en pension en Suisse. Susanna lui écrivait une fois par semaine, et Isabella ne manquait jamais de lui répondre. Mais finirait-elle par *aimer un peu* sa propre fille, quand elle aurait dix-neuf ou vingt-deux ans ? Qu'allait devenir Susanna ? Se passionnerait-elle jamais pour autre chose que l'équitation et les chevaux, comme par exemple l'anthropologie et la géologie, auxquelles elle s'était vaguement intéressée l'an passé ? Ou allait-elle suivre un chemin tout tracé, se marier à vingt ans, sans avoir terminé ses études, en ne comptant que sur ses charmes pour séduire un homme « comme il faut », sans avoir appris ce qu'était réellement la vie ? D'ailleurs, qu'était réellement la vie ? Isabella regarda autour d'elle, comme si elle avait la moindre chance de le découvrir dans ce café. Issue d'un milieu intellectuel, Isabella avait fait deux années de fac à Milan, et ne se considérait pas comme une sotte épouse. Filippo était bel homme et avait une belle carrière devant lui. Mais surtout, le *père* de Filippo, lui, jouissait d'une position importante dans un ministère et d'une grosse fortune. Le seul problème, c'est que la femme d'un diplomate était toujours tenue de se montrer polie et aimable envers des gens qu'elle exécrait ou qui l'ennuyaient et de ne jamais ouvrir la bouche quand elle en avait envie. Et, parfois, Isabella avait envie de ruer dans les brancards, d'aller faire la charité dans les taudis ou, tout simplement, de s'amuser.

Elle termina son café, laissa cinq cents lires sur le comptoir et, sans s'en éloigner, se retourna pour embrasser la salle du regard, dont deux tables étaient occupées par deux couples, sans doute d'amoureux. Sur ces entrefaites, un mendiant aveugle entra, avec une canne blanche.

Et sur ses talons, son voyeur aux yeux noirs... Isabella sentit ses yeux s'illuminer comme si son amant en personne venait d'entrer.

L'homme sourit. Puis en se rengorgeant légèrement, il avança en direction du bar, sans toutefois oser l'approcher. Il la déshabilla du regard, à la façon d'un client évaluant une prostituée.

Isabella releva le menton et sortit du café.

L'homme la suivit. « Vous êtes très belle, signora, lui dit-il. J'en sais quelque chose, vous ne croyez pas ?

— Vous pouvez garder vos sales idées pour vous-même ! répliqua Isabella en traversant la rue.

— Ma belle putain — la femme de mes rêves ! »

Isabella s'avisa qu'il avait les yeux injectés de sang. Parfait ! Elle sonna le portier. Du coin de l'œil, elle vit alors quelqu'un l'approcher sur la gauche. Le peloteur, le minable, le détraqué ! Toujours en imper, mais sans lunettes, avec un léger sourire aux lèvres. Isabella lui fit face, en s'adossant au portail.

« Oh, comme j'aimerais te... », lui souffla-t-il en passant devant elle, mais si près qu'elle crut sentir son haleine sur sa joue, tout en lui claquant la hanche de la main gauche. Il avait des pommettes saillantes et un ou deux stigmates de petite vérole. Répugnant personnage ! Et quels mots répugnants il s'était permis !

De l'autre côté de la rue, le voyeur observait la scène ; il gloussait silencieusement en se balançant sur ses talons.

Franco ouvrit le portail. Et si elle s'en plaignait à Filippo ? Mais elle se souvint de l'avoir déjà fait, un mois ou deux auparavant. « Ça te plairait, *toi,* qu'un psychopathe vienne te lorgner, à chaque fois que tu prends une douche ? » lui avait-elle dit, déclenchant une hilarité bien rare chez lui. « Sûrement, si c'était une *femme !* » Puis il lui avait conseillé de ne pas prendre la chose au tragique, en promettant d'en parler au portier, ou quelque chose comme ça.

Ce n'est qu'une fois le dîner fini et le café servi au salon qu'Isabella eut l'impression de s'éveiller. Le goût du café lui rappela son après-midi, son voyeur brun aux yeux rougis rentrant dans le bar et osant lui adresser *de nouveau* la parole !

« Nous serons également à Vienne vers la fin du mois », dit la fiancée du premier secrétaire danois.

Isabella l'aimait bien : elle s'appelait Gudrun et avait l'air franc, pas snob et rayonnait de santé. Mais Isabella s'aperçut qu'elle n'avait rien à dire, hormis : « Avec plaisir », expression qui lui venait automatiquement aux lèvres depuis quinze ans qu'elle était elle-même femme de diplomate. A certains moments, à certaines heures, elle se sentait devenir folle — folle d'ennui. Tout comme maintenant. Et là, elle se sentit prête à faire un scandale, à se lever et à hurler, à annoncer qu'elle allait sortir faire un tour (oui, et prendre un autre espresso dans le même bar minable), ou à leur dire qu'elle en avait marre d'eux et même de Filippo, affalé, jambes croisées, dans un fauteuil, en smoking impeccable et chemise à jabot, et en grande conversation avec trois autres hommes. Grand et mince, Filippo avait l'air distingué, avec ses tempes légèrement grisonnantes. Et il plaisait aux femmes, Isabella ne l'ignorait pas. Mais s'il était bel homme, il était piètre amant : Isabella se demanda si les femmes s'en doutaient.

Ce soir-là, avant de se coucher, Isabella dut revoir la liste des courses avec Luigi le cuisinier, qui irait de bon matin acheter du poisson frais, puisque la signora l'avait suggéré. Luigi se permit de lui recommander des côtelettes d'agneau, au lieu de tournedos.

Tout en se déshabillant, Filippo la complimenta : « Osterberg t'a trouvée charmante ! »

Ils partageaient le même lit, mais un lit si large que Filippo pouvait relire ses notes et textes divers à la lumière de sa lampe de chevet sans la déranger.

Le surlendemain soir, vers les sept heures, Isabella prenait sa douche quand son voyeur brun se manifesta dans l'encadrement du vasistas de la salle de bains en lui lançant « Salut, ma jolie ! C'est pour moi que vous vous faites belle ? »

Ne se sentant guère d'humeur à répliquer, Isabella sortit de la douche.

« Ah signora, il ne faut pas dissimuler une telle beauté ! N'essayez pas... »

« J'ai prévenu *la police !* » hurla Isabella en éteignant la lumière de la salle de bains.

Ce soir-là, Isabella déclara à Filippo dès son retour : « Il faut faire quelque chose, mettre une glace dépolie à ce vasistas...

— Mais tu disais que ça rendrait la salle de bains trop humide.

— Je m'en fiche ! C'est révoltant ! J'ai averti les portiers, enfin, Giorgio. Il ne fait rien, c'est évident ! Filippo ?

— Oui, ma chère. Ecoute, ne pourrait-on parler de cela plus tard ? Il faut au moins que je change de chemise, car nous devrions déjà être là-bas... » Il consulta sa montre.

Isabella, elle, était prête. « Je veux ton pistolet à gaz lacrymogène. Tu me l'avais montré, tu t'en souviens... Où est-il ? »

Filippo soupira. « Dans le tiroir du haut de mon bureau, à gauche. »

Isabella alla dans le bureau de Filippo. Le pistolet en question était de la taille d'un stylo, un peu épais. Avec un sourire, Isabella posa le doigt sur la détente, s'imaginant contre-attaquer.

« Fais attention avec cet engin, dit Filippo comme ils quittaient le palais. Je ne veux pas que tu aies des démêlés avec la police à cause d'un...

— Que j'aie des démêlés avec la police, *moi !* Mais de quel côté es-tu ? » lança Isabella dans un rire, se sentant rassurée d'être armée.

Le lendemain, sur le coup de cinq heures, Isabella passa à la pharmacie acheter des Kleenex, avec une nouvelle eau de Cologne que lui proposa le pharmacien et dont le flacon lui plut. Puis elle se dirigea vers le café, l'œil aux aguets. Tête nue, en robe d'été, avec juste un soupçon de rouge, elle était en beauté et en avait pleinement conscience. De l'autre côté de la rue, elle vit le type à l'imper et aux lunettes noires passer devant la porte de chez elle, sans la remarquer : elle en fut vaguement déçue. Elle entra dans le bar et commanda un espresso. Puis, chose exceptionnelle, alluma une cigarette.

Le barman se réjouit du beau temps et la complimenta sur sa beauté.

Isabella le remercia machinalement, sans prêter réellement

attention à ses propos. Quand elle ouvrit son sac pour régler son espresso, elle sentit le pistolet, le prit et le reposa avant de prendre son porte-monnaie.

« *Grazie, signora !* »

Comme à son habitude, elle lui avait laissé un généreux pourboire.

Elle allait se diriger vers la porte quand entra le voyeur, son persécuteur attitré, qui eut l'audace de lui adresser un large sourire en hochant la tête, comme s'ils étaient de grands amis. Isabella leva le menton d'un air dédaigneux, tout en lui lançant un regard appréciateur, où il pouvait fort bien lire une invite. C'était délibéré de sa part. L'individu n'eut pas l'audace de lui adresser la parole dans le café, mais il la suivit effectivement dehors. Isabella évita de le regarder. Ses chaussures n'étaient même pas correctement cirées. Comment pouvait-il bien gagner sa vie, elle se le demandait.

Une fois devant sa porte, Isabella fit mine de chercher sa clé dans son sac. Mais elle y prit le pistolet, ôta le cran de sûreté, et posa le pouce sur la détente.

« *Bellissima signora* », s'écria-t-il alors, en jubilant tellement qu'il avait du mal à prononcer ces mots. « Quand me laisserez-vous... »

Isabella leva le gros stylo et appuya sur la détente, lui projetant le jet lacrymogène en plein dans les yeux.

« Oh ! Oooooh ! » grogna-t-il en se laissant choir sur un genou, tout en plaquant une main sur ses yeux.

L'odeur âcre du gaz monta aux narines d'Isabella et la fit cligner des yeux, qui s'emplirent de larmes. Remarquant que le voyeur avait peine à se redresser, un passant s'apprêtait à lui prêter main-forte, mais sans hâte excessive. A cet instant, le portier ouvrait le portail. Isabella se glissa dans la cour de chez elle. « Merci, Giorgio. »

Le lendemain matin, elle et Filippo partirent pour Vienne. Isabella redoutait particulièrement ce séjour. Passé onze heures et demie du soir, Vienne est absolument mortelle, sans un seul bar intéressant d'ouvert. Epouvantable ! Mais l'idée d'avoir vaillamment contre-attaqué — sinon attaqué — remonta le moral d'Isabella.

A l'instant où elle allait monter en voiture avec Filippo pour se faire conduire à l'aéroport par leur chauffeur, elle eut la satisfaction d'apercevoir son voyeur affublé de lunettes noires. L'homme venait de s'arrêter à dix mètres de la limousine, et regardait le chauffeur en livrée mettre les bagages dans le coffre. Isabella espérait que ses yeux le faisaient terriblement souffrir. Elle avait remarqué qu'il restait quatre autres cartouches à gaz dans le tiroir de Filippo et comptait bien garder son engin chargé. Car ce type reviendrait sûrement à la charge ! D'ailleurs, elle pourrait également s'en servir contre son peloteur. Car il n'avait pas peur d'approcher de trop près, celui-là !

« Pourquoi traînes-tu, Isabella ? Tu as oublié quelque chose ? » demanda Filippo qui lui tenait la portière ouverte.

Isabella s'aperçut alors qu'elle était toujours sur la chaussée, et savoura l'idée que le voyeur allait la voir se glisser à l'abri de la rutilante limousine, avant de mettre des centaines de kilomètres entre elle et lui. « Je suis prête ! » dit-elle en montant en voiture. Elle n'allait pas dire à Filippo : « Voilà mon voyeur. » Elle avait engagé contre cet individu une guerre qu'elle préférait garder secrète. Et elle espérait bien lui avoir définitivement abîmé les yeux.

Cette petite revanche l'aida à supporter Vienne. Elisabetta lui manquait ; généralement, les femmes de la plupart des membres du corps diplomatique voyageaient avec leur camériste, mais en l'occurrence, Filippo s'y était opposé. « Patiente seulement deux ans, d'ici à ce que j'aie obtenu ma promotion », lui avait-il dit. Des années. Ce simple mot horripilait Isabella. Comment supporter ça ? Pour se rendre à tous ces dîners collet monté où les Autrichiens baragouinaient un mauvais français ou un italien lamentable, Isabella prenait son pistolet à gaz lacrymogène dans son sac. Elle le glissa même dans sa pochette pour se rendre au gala de l'opéra. Durant toute la représentation du *Vaisseau fantôme,*

Isabella, jambes croisées et pieds serrés, ne rêva que de reprendre l'attaque, une fois rentrée à Rome.

Puis Filippo lui annonça qu'il devait consacrer sa dernière soirée viennoise à une réunion nocturne avec quatre représentants du comité des droits de l'homme, ou quelque chose du même genre. Isabella comptait qu'il rentrerait à l'hôtel vers trois heures du matin au plus tard ; mais il n'apparut qu'à sept heures et demie, visiblement harassé et légèrement ivre. En dépit de toutes les précautions qu'il prit, il la réveilla.

« Ce n'est rien, crut-il nécessaire de lui dire, assez curieusement. Il faut que je prenne une douche et que je dorme un peu. Pas de rendez-vous avant... onze heures du matin et je peux me permettre d'être un peu en retard. » Et il fit couler sa douche.

C'est alors qu'Isabella revit la fille à laquelle il avait parlé durant la soirée en fumant un « bon cigare », selon ses propres termes, — une blonde autrichienne qui arborait ce sourire particulier aux femmes lorsqu'elles voulaient signifier : « Faites de moi ce que vous désirez : je suis à vous, du moins pour cette nuit. » Avec un soupir, Isabella se tourna dans son lit, en s'efforçant de retrouver le sommeil, tout en sentant bien dans sa rage qu'elle ne pourrait se rendormir avant qu'il ne soit temps de se lever et de prendre le petit déjeuner. Le salopard ! Elle n'ignorait pas que Filippo était allé rejoindre la fille dans son appartement ou à son hôtel, et savait que si elle prenait la peine de renifler sa chemise ou les épaules de son smoking, elle sentirait le parfum de la fille, mais cette seule idée la révoltait. Evidemment, elle-même avait eu deux, non, trois amants depuis leur mariage, mais ç'avait été des aventures si brèves ! Et si discrètes ! Aucun de leurs serviteurs n'en avait eu vent. A présent, Isabella soupçonnait Filippo d'avoir à Rome une maîtresse, une certaine Sibilla, une brune de type plutôt gitan. Apparemment, seul l'inintérêt de l'aventure justifiait la discrétion de Filippo. Mais la blonde de ce soir, elle, était exactement son genre de femme. Elle entendit Filippo se laisser tomber sur le lit jumeau accolé au sien. Il allait dormir comme une souche et se lever dans trois heures, frais comme l'œil.

Quand Isabella et Filippo rentrèrent à Rome, le signor-voyeur fut au rendez-vous dès le premier soir, lorsque Isabella prit sa douche, vers sept heures trente. Pour de la fidélité, c'était de la fidélité ! Isabella se rencoigna en gloussant de façon nettement audible. Lui s'empressa d'en profiter.

« Ah, la dame de mon cœur est ravie ! Elle rit ! » Il s'était laissé retomber au sol, mais sa voix lui parvenait nettement. « Allons, laissez-moi en voir plus. *Plus !* » Ses mains agrippèrent à nouveau les barreaux, et elle distingua son visage souriant, aux yeux noirs et toujours brillants.

« Allez-vous-en ! » cria-t-elle, en sortant de la douche. Elle se sécha tout contre le mur, à l'abri de ses regards.

En revanche, l'autre cinglé, le peloteur, avait apparemment disparu, lui. Du moins Isabella ne le revit-elle pas durant les trois ou quatre jours qui suivirent son retour de Vienne. Chaque jour, ou presque, elle allait prendre un express au café d'en face et se rendait souvent deux fois par jour en taxi voir des amis Via Venetto ou faire des courses Via Condotti. Quand elle franchissait le portail du palais, Yeux-de-braise était fréquemment, sinon toujours, fidèle au rendez-vous. Isabelle l'imaginait — se plaisait à l'imaginer — amoureux d'elle, même si ses stupides réflexions visaient soit à la faire rire, soit, comme elle devait l'admettre, à la choquer et l'insulter. Et en vertu de ce raisonnement, elle concevait son voyeur comme un rival de Filippo. Ainsi lui vint l'idée de flanquer à Filippo une bonne frousse.

« Voudriez-vous venir prendre le café ce soir après dîner ? », murmura-t-elle donc un soir à Yeux-de-braise, coupant court au flot d'insanités qu'il lui débitait, avant de sonner le portier.

L'homme en resta bouche bée, révélant des dents douteuses.

« Ghiardini. A dix heures et demie. Le portier vous fera

entrer. Le portail s'ouvrit. Et habillez-vous un peu », murmura-t-elle encore.

Ce soir-là, Isabella apporta davantage de soin que d'ordinaire à sa toilette. Filippo et elle devaient d'abord se rendre à un cocktail à l'Hotel Eliseo. Isabella ignorait quelle ambassade donnait ce cocktail et s'en moquait, d'ailleurs. Elle et Filippo en repartirent vers dix heures quinze dans la voiture du corps diplomatique, suivis d'autres Italiens, d'Américains et même d'un couple d'Allemands. Filippo et Isabella arrivèrent les premiers chez eux. Sur les ordres d'Isabella, Luigi et Elisabetta avaient préparé des boissons, avec de la glace et des petites saucisses d'apéritif.

Pourquoi ne pas avoir dit à Yeux-de-braise de venir à onze heures ?

Or, Yeux-de-braise eut l'intelligence de ne pas se présenter avant onze heures. Isabella eut un coup au cœur en le voyant entrer dans le salon dont Luigi venait d'ouvrir les portes. Nombre d'invités s'y trouvaient déjà, bavardant debout pour la plupart, verre en main, si bien que, dans l'animation générale, nul ne remarqua le nouveau venu. Isabella vit Luigi lui apporter un verre. Il était au moins en costume sombre, cravate et chemise blanche plutôt chiffonnée. Isabella bavardait avec un gros Américain et sa femme. Elle détestait l'anglais mais le parlait correctement. Filippo venait de délaisser son quarteron de diplomates pour s'intéresser à deux jolies femmes installées sur le canapé, devant lesquelles il faisait le paon, comme s'il espérait les fasciner par sa prestance et ses fadaises. C'étaient des Allemandes, sans doute secrétaires ou épouses de diplomates. Devant ce spectacle, Isabella faillit ricaner.

Un whisky à la main, son voyeur n'avait pas quitté les alentours du buffet, et elle fit mine d'aller remplir sa coupe de champagne. Sur un regard d'encouragement qu'elle lui jeta, il s'approcha. Pour Isabella, c'était le seul être intéressant de la pièce. Bien décidée à ne pas lui parler ni le regarder, elle se versa du champagne, concentrant son intérêt sur l'opération qu'elle effectuait.

« Bonsoir, signora, dit-il en anglais.

— Bonsoir. Et comment vous appelez-vous ? lui demanda-t-elle en italien.

— Ugo. »

Isabella tourna les talons et s'éloigna avec grâce. Durant quelques instants, elle se montra une parfaite hôtesse, passant d'un groupe à l'autre, bavardant, s'assurant que chacun était bien servi. Les gens se détendirent, se laissant aller à rire un peu plus fort. Mais, tout en parlant avec quelqu'un, Isabella, qui surveillait Ugo du coin de l'œil, le vit empocher une statuette étrusque. Sans hâte excessive, elle revint droit sur lui.

« Remettez ça où vous l'avez pris ! » souffla-t-elle entre ses dents, avant de s'éloigner.

Un peu gêné, mais pas trop, apparemment, Ugo reposa l'objet.

Cependant, Filippo avait remarqué qu'elle avait parlé à Ugo. Il se leva pour prendre un autre verre et s'approcha d'elle. « Qui est ce type brun, là-bas ? Tu le sais ? »

Isabella haussa les épaules. « Un garde du corps, peut-être ? »

La soirée se termina sans encombre, Ugo s'étant éclipsé sans qu'Isabella l'ait remarqué. Toutefois, quand Isabella revint au salon, pensant y retrouver Filippo, elle n'y vit plus personne. « Filippo ? », appela-t-elle, le croyant dans la chambre à coucher.

De toute évidence, Filippo était reparti avec certains de leurs invités, sûrement pour rejoindre une des blondes. Isabella l'aurait parié. Alors, chose rarissime, elle se servit une dernière coupe de champagne. Tout compte fait, cette soirée n'avait pas été une réussite, pour elle.

Quand, le lendemain matin, elle fut réveillée par Elisabetta, qui lui apportait son petit déjeuner, Filippo n'était toujours pas rentré. Bien entendu, Isabella ne fit aucun commentaire. Elle terminait son café au lait quand il arriva. Il prétendit avoir passé la nuit à discuter avec les Américains ; maintenant, il devait se changer.

« Ah bon, elle est américaine, cette blonde en robe bleue ? Je la croyais allemande, comme l'autre blonde », dit-elle.

C'était donc elle qui venait d'ouvrir les hostilités. Mais apparemment, que ça lui plaise ou non, Filippo s'en moquait.

« Quelle vie prétends-tu *me* faire mener ? hurla Isabella. Tu me prends pour quoi ? Une *potiche ?* Une figurante, toujours là pour dire *buona sera* — et sourire !

— Mais je ne serais rien, sans toi. Tous les hommes occupant une position officielle ont besoin d'une femme. Et tu es une merveilleuse hôtesse, Isabella, vraiment, dit Filippo, pour tenter de la calmer.

— Hôtesse ! rugit Isabella. Je déteste ce mot ! Et amener tes maîtresses dans cette maison...

— Jamais ! répliqua fièrement Filippo.

— Au moins deux. Et tu en as combien, maintenant ?

— Serais-je le seul homme de Rome à avoir une ou deux maîtresses ? Il avait retrouvé son calme et entendait défendre ses droits. Après tout, il entretenait Isabella et leur fille ; et sur un grand pied, encore. Et si ça ne te plaît pas... », lança-t-il, sans aller plus loin.

Ce jour-là, plus que d'ordinaire, Isabella eut envie de voir Ugo. Elle sortit vers midi et alla prendre un américano au bar. Exceptionnellement, elle le but à une table, et elle le terminait quand Ugo fit son entrée. Il était fidèle, lui. Ou cinglé. Ou les deux. Sans le regarder, elle sut qu'il l'avait vue. Elle laissa de la monnaie sur la table et sortit. Ugo la suivit. Elle s'éloigna dans la direction opposée à celle du palais, sachant qu'il comprendrait qu'elle voulait qu'il la suive.

Sitôt passé le coin de la rue, Isabella se tourna vers lui. « Vous vous en êtes très bien tiré hier soir, excepté cette tentative de...

— Ah, désolé, signora, coupa-t-il avec un sourire.

— Et quelle est votre profession, si je puis me permettre ?

— Journaliste, à l'occasion. Et photographe — indépendant, vous voyez.

— Vous aimeriez gagner un peu d'argent ?

— Si je peux le dépenser pour vous, oui, signora. »

Il se contorsionna, tandis que son sourire s'élargissait.

« Pas de fadaises. Il était passablement négligé, avec ses vieilles chaussures et son tee-shirt crasseux sous sa veste. A quand remontait son dernier bain ? Isabella regarda à droite et à gauche, pour s'assurer que personne ne les observait. Ça vous intéresserait de kidnapper un homme riche ? »

Ugo n'eut qu'une brève hésitation. « Pourquoi pas ? dit-il, en haussant les sourcils. Dites-moi qui ?

— Mon mari. Il vous faudra un ami, avec une voiture et un pistolet. »

Ugo se permit un nouveau sourire, mais désormais, elle avait capté son attention.

C'est dans la matinée qu'Isabella avait conçu son plan. Elle apprit à Ugo qu'elle et Filippo comptaient acheter une maison aux alentours de Rome et qu'elle avait les noms de diverses agences immobilières. Elle pourrait prendre rendez-vous avec l'une pour vendredi matin, à neuf heures, par exemple, et se prétendre indisposée au dernier moment, pour laisser Filippo y aller seul. Ugo devrait être devant chez eux avec une voiture, un peu avant neuf heures.

« Pour le rendez-vous, je ne peux pas truquer les heures, sinon Filippo risquerait de me soupçonner, expliqua Isabella. Ces agents immobiliers sont toujours légèrement en retard. Quant à vous, il faudra que vous soyez là dix minutes plus tôt. Je veillerai à ce que Filippo soit prêt. »

Isabella continua à lui expliquer l'affaire, tout en marchant lentement, afin de moins attirer l'attention qu'en restant plantés au coin de la rue. Ugo et son ami pourraient-ils séquestrer Filippo durant une nuit, en un lieu quelconque, pour lui laisser le temps d'obtenir de l'argent du gouvernement, une fois reçu leur prétendu message ? Ugo pourrait-il lui téléphoner ou lui faire porter un message par quelqu'un de confiance ? Pas de problème, dit Ugo. Au cas où il devrait assommer Filippo, Isabella le pria de ne pas y aller trop fort. Et Ugo comprit parfaitement.

Quelques instants plus tard, ils se séparèrent, l'affaire étant fixée au vendredi matin. Le lendemain était le jeudi : si Ugo avait pu parler à son ami et tout arranger, il n'aurait qu'à adresser à Isabella un signe convenu, un simple hochement de tête, quand elle sortirait prendre un express, le lendemain, sur le coup de cinq heures.

Isabella était tellement remontée que cet après-midi-là, elle alla voir son amie Margherita, Via Veneto. Margherita lui demanda si elle avait pris un amant. Isabella éclata de rire.

« Non, mais je crois que Filippo a pris une maîtresse », répliqua-t-elle.

Le jeudi après-midi, Filippo remarqua également qu'Isabella était de bonne humeur. Et le jeudi soir, il rentra avec elle, après avoir dîné en tête à tête au restaurant, à une table de vingt couverts. Isabella ôta ses chaussures et passa au salon. Se rappelant qu'il avait rendez-vous de bonne heure avec l'agent immobilier, Filippo se mit à jurer. Il était déjà minuit passé.

Le lendemain matin, Elisabetta les réveilla à huit heures trente avec le plateau du petit déjeuner et Isabella fit semblant d'avoir la migraine.

« Inutile que j'y aille, si tu n'y vas pas, dit Filippo.

— Tu pourrais au moins voir si la ou les maisons sont intéressantes, lui répliqua-t-elle d'une voix ensommeillée. « Ne rate pas ce rendez-vous, ou ils risquent de ne plus nous en donner d'autres. »

Filippo s'habilla.

Isabella entendit sonner au portail. Filippo quitta la chambre pour aller reprendre un peu de café au salon ou à la cuisine. Il était neuf heures moins deux. Isabella s'empressa de se lever, de passer un chemisier, un pantalon et des sandalettes, afin de recevoir les agents immobiliers qui seraient sûrement en retard de vingt minutes.

Ce fut effectivement le cas. Elisabetta les annonça : deux messieurs que le portier venait de faire entrer dans la cour. Tout semblait bien se dérouler : Filippo n'était plus en vue.

« Mais je croyais mon mari déjà parti avec vous ! Elle leur

expliqua que son mari avait quitté la maison vingt minutes auparavant. Malheureusement, je crains de devoir vous prier de m'excuser. Car aujourd'hui, j'ai la migraine. »

Les gens de l'agence exprimèrent leur déception, sans oser toutefois se montrer désagréables, car les Ghiardini restaient des clients intéressants en puissance. Isabella leur promit de les rappeler très prochainement.

Puis elle sortit prendre un Cinzano en guise d'apéritif, se sentant rassurée de ne pas voir Ugo dans les parages. Elle s'apprêtait à répondre à une lettre de Susanna reçue le matin même, quand le téléphone sonna. C'était Vicente, le collègue de Filippo, qui demandait où était son mari. Filippo était censé le rejoindre avant midi pour discuter avant qu'ils n'aillent ensemble déjeuner avec quelqu'un « d'important », au dire de Vicente.

« Ce matin, il s'est passé une chose curieuse, répondit négligemment Isabella, sans pouvoir s'empêcher de sourire. Filippo était parti à neuf heures avec des gens d'une agence immobilière, à ce que je croyais, et puis...

— Et puis ?

— Ma foi, je n'en sais rien. Il ne m'a pas rappelée depuis, répliqua Isabella, estimant qu'elle en avait assez dit. Et j'ignore quels rendez-vous il avait dans la journée. »

Vers quatre heures, Isabella sortit poster sa lettre pour Susanna. Susanna avait fait une chute de cheval en sautant un obstacle ; le cheval l'avait entraînée dans sa chute et c'était miracle qu'elle ne se fût rien cassé. Il lui fallait de nouvelles culottes de cheval, avec un ouvrage sur les cathédrales d'Allemagne, qu'elle devait découvrir avec toute sa classe à l'occasion des vacances. Isabella lui envoya donc un chèque sur leur banque suisse. Elle venait à peine de rentrer et de refermer sa porte, quand sonna le téléphone.

« Signora Ghiardini, dit une voix rappelant celle d'Ugo, mais apparemment étouffée par un mouchoir. Nous détenons votre mari. N'essayez pas de découvrir où il se trouve. Nous voulons cent millions de lires. Vous avez compris ?

— *Où* est-il ? implora Isabella, jouant la comédie, comme

si Elisabetta ou quelqu'un d'autre risquait de l'entendre — chose impossible, à moins que Luigi n'eût décroché le téléphone du salon. Elisabetta avait pris son après-midi.

— Ayez l'argent prêt dès demain midi. Ne prévenez pas la police. Ce soir à sept heures, un messager vous dira où l'apporter. » Ugo raccrocha.

Tout semblait se dérouler à merveille, et exactement selon ses prévisions ! A présent, elle devait alerter sans tarder Caccia-Lunghi, patron de Filippo et supérieur hiérarchique de Vicente au ministère de l'Assistance publique et de l'Environnement. Auparavant elle alla dans la salle de bains et, certaine, pour une fois, de ne pas être observée par Ugo, se lava le visage et se refit une beauté, afin de se sentir plus sûre d'elle. D'ici peu, Ugo et son ami allaient se remplir les poches, grâce à elle : Ugo serait alors son esclave, tant qu'il lui plairait ; car s'il se rebellait, elle pourrait toujours le menacer de tout révéler. Et si lui la menaçait de tout révéler, il lui suffirait de nier : entre sa parole et la sienne, la police n'hésiterait guère.

« Vicente ! s'écria Isabella d'une voix affolée — s'étant finalement décidée à commencer par prévenir Vicente lui-même par téléphone. Filippo a été enlevé ! Voilà pourquoi il ne s'est pas manifesté ce matin ! Les kidnappeurs viennent de m'appeler : ils veulent cent millions de lires pour demain midi ! » Evidemment, poursuivit-elle, Filippo et elle n'avaient pas tant d'argent en banque, et puisque Filippo travaillait pour le gouvernement, le gouvernement pourrait sûrement faire quelque chose...

Vicente poussa un soupir parfaitement audible. « Le gouvernement a eu assez de problèmes de ce genre. Vous feriez mieux d'appeler le père de Filippo, Isabella.

— Mais il est tellement borné ! Le kidnapper m'a menacée de jeter à l'eau Filippo !

— C'est ce qu'ils disent tous. Essayez donc auprès de son père, ma chère. »

C'est ce que fit Isabella. Elle ne réussit pas à le joindre avant six heures du soir, car auparavant, il était « en conférence » Dieu sait où. « Filippo vous a déjà appelé aujourd'hui ? » lui demanda Isabella. Devant sa réponse négative, elle lui expliqua que Filippo avait été enlevé et que ses ravisseurs exigeaient cent millions de lires pour le lendemain midi.

« Quoi ? Enlevé ? Et ils les exigent de moi ? Pourquoi de *moi ?* bredouilla le vieux. Mais le gouvernement ! Filippo travaille pour le gouvernement !

— J'ai déjà demandé à Vicente Carda. Isabella expliqua. avec des larmes dans la voix, à quel refus elle s'était heurtée, faisant traîner son histoire en longueur pour lui laisser le temps de bien saisir dans quelle situation se trouvait son fils.

— *Va bene, va bene,* dit Pietro Ghiardini, d'une voix de vaincu. Je peux donner soixante-quinze millions. Pas plus. Quelle histoire ! Dire qu'en Italie... » poursuivit-il, du ton d'un homme sur le point d'avoir une attaque.

Isabella le remercia, tout en se sentant profondément déçue. Le complément, elle allait devoir le tirer de leur propre compte — à moins de pouvoir s'entendre avec Ugo. Le vieux Pietro lui promit qu'elle aurait l'argent dès dix heures, le lendemain matin.

Si Filippo et elle étaient invités ce soir, elle s'en fichait. Elle dit à Luigi de renvoyer tous les gens qui pourraient se présenter dans la soirée, sur l'excuse qu'il y avait une crise domestique — excuse qu'ils pourraient interpréter à leur guise. A l'égal d'Elisabetta, Luigi se montra très touché et très compréhensif.

Ugo la rappela vers sept heures. Quoiqu'elle fût seule dans la chambre, elle joua la comédie comme si on pouvait l'entendre — chose impossible, à moins que Luigi n'ait décroché le téléphone du salon. Sa voix trahissait l'angoisse, la colère et la peur à l'idée de ce qui pourrait arriver à son mari. Ugo fut bref. Elle devrait le retrouver dans un petit square dont le nom, qu'elle griffonna aussitôt sur un bout de papier, lui était totalement inconnu, le lendemain à midi, avec cent millions de lires en billets usagés, et cinquante mille en petites coupures dans un cabas ou un papier. Après quoi,

Filippo serait immédiatement libéré aux alentours de Rome, sans qu'Ugo précise où :

« Venez *seule.* Filippo va bien, dit Ugo. Au revoir, signora. »

Vicente l'appela aussitôt après. Isabella lui apprit ce qu'elle devait faire et lui annonça que le père de Filippo donnait soixante-quinze millions. Le gouvernement pourrait-il mettre le reste ? Vicente lui répondit que non, en lui souhaitant bonne chance, ainsi qu'à Filippo.

Et ce fut tout. Si bien que le lendemain matin, de bonne heure, Isabella alla retirer à la banque vingt-cinq millions sur leur propre compte courant et leur compte d'épargne, ce qui représentait un tel trou qu'avant de rentrer, elle dut faire opérer un transfert de leur compte suisse. A dix heures et demie, un chauffeur en uniforme et guêtres, sans doute armé, à en juger par la bosse qui déformait sa tunique, arriva avec une serviette sous chaque bras. Isabella le fit entrer dans sa chambre pour le laisser transvaser l'argent dans un cabas de plastique noir et de tissu écossais bleu, appartenant à Elisabetta. Elle-même n'avait nulle envie de compter tous ces billets usagés.

« Vous êtes sûr qu'il y a bien le compte ? » demanda-t-elle.

Sans se départir de son calme et de sa politesse, le chauffeur le lui assura et, une fois l'opération terminée, repartit avec ses serviettes vides.

Isabella commanda un taxi pour onze heures et quart, car elle ignorait combien de temps il lui faudrait pour se rendre au petit square, surtout avec les encombrements qui pouvaient se présenter.

« Je ne peux pas venir avec vous, signora — ne serait-ce que dans le taxi ? lui demanda au moins à dix reprises Elisabetta, qui se faisait du souci.

— Ils vous prendraient pour un homme déguisé et armé », répliqua Isabella, qui comptait renvoyer son taxi deux rues avant d'arriver au square.

Le taxi arriva. Isabella annonça qu'elle serait de retour vers une heure. Elle avait cherché le square sur son plan de Rome, qu'elle emporta avec elle, au cas où le chauffeur de taxi ignorerait où il se trouvait.

« En voilà, une adresse ! dit le chauffeur de taxi. Je ne vois pas où cela peut être ! Et vous non plus, évidemment ! »

Isabella prétendit que c'était l'adresse de la mère de sa vieille nourrice, à laquelle elle apportait des vêtements, ajouta-t-elle pour justifier la présence du cabas bourré mais pas très lourd.

Le taxi la laissa donc là, Isabella ayant prétendu qu'elle n'était pas sûre du numéro, mais pourrait toujours demander à des voisines. Elle se retrouva seule, une fortune à la main.

Il y avait effectivement un petit square, et là se tenait Ugo, en avance tout comme elle, qui lisait un journal sur un banc. Isabella entra sans se presser dans le petit square, qui comptait trois ou quatre arbres mal entretenus et une allée dallée. Sur le seul banc au soleil, une vieille dame tricotait. Apparemment, c'était un quartier plutôt ouvrier, ou un quartier de gens âgés. Ugo se leva et vint à sa rencontre.

« *'Giorno, signora,* dit-il négligemment, avec un de ces hochements de tête polis qu'on réserve aux vieilles connaissances, tout en l'entraînant vers la chaussée. Vous allez bien ?

— Oui. Et...

— Il va très bien. — Merci pour ceci, dit-il avec un coup d'œil vers le cabas. Sitôt vérifié que tout est en ordre, Filippo sera libéré. Il eut un sourire rassurant.

— Où allons-nous...

— Ici, coupa-t-il. Il la poussa sur la gauche, vers la rue, où attendait une voiture dont la portière s'ouvrit subitement devant elle. Il ne l'avait pas poussée très brutalement, mais sous l'effet de la surprise, le sang afflua aux joues d'Isabella. L'homme au volant se tourna à demi, pointant sur elle un pistolet qu'il tenait à hauteur du siège.

— Restez tranquille, signora Isabella, et il n'y aura pas de problèmes, personne ne sera blessé », dit-il.

Ugo monta à l'arrière et claqua la portière. La voiture démarra aussitôt.

Isabella se rendit compte qu'elle n'avait même pas eu le réflexe de hurler. A deux mètres de là, elle entrevit un passant avec une serviette sous le bras, mais les yeux fixés droit devant lui. Ils sortirent rapidement de la ville, et peu à peu, les maisons se firent rares, perdues au milieu des champs et des bois. L'homme au volant portait un chapeau. « Ne devrais-je pas *joindre* Filippo, Ugo ? » demanda-t-elle.

Ugo se mit à rire, puis demanda à l'homme au volant de s'arrêter devant un routier. Là, Ugo descendit de voiture, en disant qu'il n'en avait que pour une minute. Il avait vérifié le contenu du cabas, histoire de s'assurer qu'il n'était pas bourré de papier journal. L'homme au volant se tourna vers elle.

« Que la signora reste tranquille, dit-il. Tout va bien. » Il avait un épouvantable accent de voyou milanais, mais visiblement, s'efforçait de se montrer rassurant, de peur que cette femme ne se mette à hurler comme une sirène. Il mâchait nerveusement un chewing-gum.

« Où m'emmenez-vous ? »

Ugo revint.

Isabella put rapidement voir où ils l'emmenaient. Ils s'arrêtèrent devant une ferme, dont les occupants semblaient partis depuis peu, à en juger par la lessive étendue sur un fil et la vaisselle traînant dans l'évier, quoique Ugo et son copain Eddy parussent en être pour l'instant les seuls occupants. Isabella avisa un cendrier contenant des mégots de cigarettes turques que fumait Filippo, et sur le sol, un paquet de même marque, vide et froissé.

« Filippo a été libéré, Signora, lui annonça Ugo. Avec de quoi prendre un taxi et, bientôt, vous pourrez l'appeler chez vous. Asseyez-vous. Voulez-vous un café ?

— Ramenez-moi à Rome ! cria Isabella. Mais elle avait compris. A présent, c'est elle qu'ils avaient enlevée. Si vous croyez qu'il nous reste de l'argent, vous vous trompez, Ugo, et vous aussi, lança-t-elle au chauffeur. C'était un gros type d'un certain âge qui se servait un whisky en souriant.

— De l'argent, il y en a toujours, dit Ugo avec assurance.

— Cochon ! lui lança Isabella. J'aurais dû m'en douter dès le premier instant où vous m'avez lorgnée dans ma salle de bains ! C'est tout ce que vous savez faire, espèce de larve ! L'idée qu'ils pourraient la violer lui traversa alors l'esprit mais sa rage l'emporta sur la peur. Après que j'ai voulu vous aider, vous faire gagner un peu d'argent ! *Regardez* tout cet argent ! »

Assis à même le plancher, cigare aux lèvres, Eddy était justement occupé à le compter, comme un gosse devant un nouveau jouet ou un jeu inconnu.

« Asseyez-vous, Signora, tout s'arrangera quand nous appellerons votre mari. »

Isabella s'assit sur un canapé de skaï défoncé. Après avoir traversé la cour malpropre de la ferme, elle avait les talons de ses chaussures crottés de boue. Ugo apporta du café bouillant. Isabella apprit qu'un autre copain d'Ugo avait ramené Filippo dans une autre voiture et l'avait déposé Dieu sait où, pour le laisser rentrer par ses propres moyens.

« Il va très bien, Signora », l'assura Ugo, en lui apportant une assiette de jambon et de fromage pas très appétissante. Son comparse se leva et alla chercher une corbeille de pain et une bouteille de vin infect. Les hommes avaient grand-faim. Isabella refusa tout, y compris le whisky et le vin. Quand ils eurent fini de manger, Ugo demanda à Eddy de prendre la voiture et d'aller téléphoner à Filippo. Il n'y avait pas de téléphone à la ferme. Comme Isabella se repentait de ne pas avoir pris son pistolet sur elle ! Dire qu'elle avait cru se retrouver avec des amis !

Ugo sirota son café, fuma une cigarette et s'efforça de calmer la colère d'Isabella. « Dès ce soir, ou dès demain matin, vous serez de retour chez vous, Signora. Sans le moindre mal ! Et ici, vous avez une chambre, rien que pour vous ! Même si le lit n'est pas aussi confortable que le vôtre ! »

Isabella se refusa à lui répondre et, tout en se mordant les lèvres, se dit qu'elle s'était mise dans un beau pétrin, qui leur coûtait déjà, à Filippo et à elle, vingt-cinq millions de lires et risquait de leur en coûter cinquante de plus (ou tout autre valeur à laquelle on l'estimerait), car le père de Filippo refuserait peut-être de payer sa rançon à elle.

Eddy revint, l'air déçu, pour rapporter dans son répugnant argot que Ghiardini lui avait conseillé d'aller se faire mettre.

« Quoi ? Ugo bondit de sa chaise. Nous allons essayer à nouveau. En le menaçant — tu ne l'as pas menacé... »

Eddy hocha la tête. « Il m'a dit... » et répéta la même phrase révoltante.

« On verra ça ce soir, vers sept heures, dit Ugo.

— Combien exigez-vous ? demanda d'un ton aigu Isabella, incapable de refréner plus longtemps sa curiosité.

— Cinquante millions de lires, Signora, répliqua Ugo.

— Mais nous ne les avons pas... après *ça !* s'écria-t-elle en désignant le cabas dans un coin de la pièce.

— Ha-ha, s'esclaffa Ugo. Les Ghiardini n'ont pas cinquante millions de lires, ni le gouvernement, ni papa Ghiardini ! »

L'autre annonça qu'il allait faire un petit somme dans la pièce voisine. Ugo alluma son transistor et écouta de la pop-music. Isabella se rencoigna dans l'inconfortable canapé, refusant toujours d'ôter son manteau. Ugo, apparemment enivré de voir une telle fortune dans un coin de la pièce, allait et venait en réfléchissant et en parlant tout seul. Le pistolet se trouvait sur la table, à côté du transistor. Isabella songea à s'en emparer pour en menacer Ugo, tout en songeant que si Eddy se réveillait, elle ne pourrait sûrement pas tenir en respect les deux hommes.

Quand Eddy se réveilla et revint dans la pièce, Ugo annonça qu'il allait essayer d'appeler Filippo, pendant qu'Eddy surveillerait Isabella. « Et pas de blague ! » lança Ugo sur un ton d'adjudant avant de sortir.

Il était un peu plus de six heures.

Eddy tenta de parler à Isabella de la tactique révolutionnaire et du passé de journaliste et de photographe — sans doute à scandales, songea-t-elle — d'Ugo. Isabella était furieuse, surtout après elle-même, de s'entendre répondre, ne fût-ce que d'un mot, aux divagations stupides d'Eddy. Il lui raconta encore qu'avec l'argent de la rançon de Filippo, il allait pouvoir s'acheter une maison. Ugo, de son côté, allait pouvoir mener une vie décente, ce qu'il méritait bien, de l'avis d'Eddy.

« Il mérite surtout d'être derrière des barreaux, pour la sécurité d'autrui ! » lui rétorqua Isabella.

Ugo revint en voiture et rentra, la lippe encore plus molle qu'à l'ordinaire et l'air perplexe. « Faut la relâcher, il pourrait retrouver l'origine de l'appel », dit-il en claquant des doigts pour faire presser son complice.

Eddy se précipita aussitôt sur le cabas et le porta à la voiture.

« Votre mari a dit que vous pouviez aller au diable, dit Ugo. Il ne veut pas payer un sou. »

La nouvelle pénétra son esprit. Elle se leva, la peur au ventre, comme si elle était nue, en dépit de son manteau et de sa robe. « Il plaisantait. Il va... Mais en fait, elle savait que Filippo ne ferait rien. Où allez-vous m'emmener ? »

En se renversant en arrière, Ugo se mit à rire, à rire de bon cœur, à rire d'Isabella et de lui-même. « Alors, comme ça, j'ai perdu cinquante millions ! Une misère, hein ? Mais c'est vous, la plus à plaindre ! Ha ! ha ! ha !... Allons, Signora Isabella, qu'avez-vous dans votre sac ? Voyons voir. » Il lui arracha son sac des mains.

Isabella avait vingt mille lires dans son portefeuille, qu'Ugo jeta d'un geste large sur la table avant d'éteindre le transistor.

« Allons-y », dit-il, montrant la porte en souriant. Eddy avait mis le contact de la voiture. L'hilarité d'Ugo semblait contagieuse et, en entendant ses commentaires, Eddy se mit également à rire. *La dame ne valait rien !* Telle était l'idée générale. *La donna valo niente,* entonnèrent-ils en chœur.

« Vous n'allez pas vous en tirer comme ça, espèce de merde ambulante ! » lança Isabella à Ugo.

Eux ne firent qu'en rire.

« Ici. Parfait », hurla soudain Ugo, qui était monté à l'arrière avec Isabella, et Eddy se gara sur le bord de la route.

Où se trouvaient-ils ? Sans en être sûre, Isabella avait cru qu'ils rentraient à Rome. Oui. Elle vit de grands immeubles, et au moment où elle descendait de voiture, à moitié éjectée par Ugo, un camion passa.

« Vos chaussures, Signora. Ha ! ha ! » Il la poussa contre la voiture et se pencha pour les lui ôter. Elle lui décocha une ruade, mais il ne fit qu'en rire. Puis elle lui envoya un coup de sac en plein sur la tête et faillit perdre l'équilibre, pendant qu'il lui arrachait sa seconde chaussure. Les chaussures à la main, Ugo sauta dans la voiture qui redémarra.

Cela lui fit un choc terrible de se retrouver en bas de soie, et sans chaussures. Isabella se mit à marcher en direction de Rome. Dans le crépuscule, elle distinguait des phares approchant de droite et de gauche. Elle allait se faire emmener en stop jusqu'au premier routier, et, de là, appeler un taxi qu'elle paierait une fois chez elle, car il ne lui restait plus que mille lires. Un poids lourd passa, sans que le chauffeur remarque les signes frénétiques qu'elle lui faisait, pas plus qu'un homme seul qui la dépassa en voiture. Elle était prête à monter en stop avec le premier venu. Elle continua à marcher, sentant que ses bas de soie s'étaient déchirés aux talons et, lorsqu'elle s'arrêta pour ôter quelque chose qui la gênait, elle vit son pied en sang. Ce n'est qu'au bout de vingt pénibles minutes qu'elle atteignit enfin un routier, qui se trouvait de l'autre côté de la route. Là, elle demanda humblement si elle pouvait téléphoner, tout en produisant son argent.

Le garçon, assez jeune, la déshabilla du regard avec un sourire déplaisant. Sans doute se figurait-il qu'elle venait d'être abandonnée sur la route par son petit ami. Il lui donna le numéro d'une compagnie de taxi qu'elle appela. Dans dix minutes, lui répondit-on. Se sentant vraiment misérable, elle alla attendre devant la porte, à côté du portemanteau, honteuse de ses bas déchirés et de ses pieds sales. Les serveurs la lorgnaient en passant devant elle et elle dut expliquer au patron, plutôt collet monté, qu'elle attendait un taxi.

Le taxi arriva enfin. Le chauffeur prit un air méfiant quand elle donna son adresse et elle faillit fondre en larmes en lui expliquant que son mari paierait la course.

En appuyant sur la sonnette, elle s'affala contre le portail, comme si elle était déjà chez elle. Giorgio vint ouvrir. Filippo traversait la cour, l'air mauvais.

« Le taxi, dit Isabella.

— Comme s'il me restait un sou », grommela Filippo en portant la main à sa poche.

Les derniers pas qu'elle fit pour traverser la cour lui coûtèrent le martyre ; Elisabetta sortit de chez eux et s'empressa de venir l'aider.

Elisabetta prépara du thé. Puis Isabella prit un bain. En lavant ses pieds boueux et ensanglantés, elle fit disparaître la souillure de la répugnante compagnie d'Ugo et de son complice. Elle se désinfecta la plante des pieds à l'alcool, avant de mettre une robe de chambre et des chaussons de laine blanche. Elle considéra d'un œil furieux le vasistas de la salle de bains, certaine qu'Ugo ne s'y montrerait plus. Dès qu'elle sortit de la pièce, Filippo lui lança :

« Tu n'as pas oublié, je suppose, que ce soir, nous avons à dîner le consul de Grèce et sa femme. Avec deux autres invités. Nous serons donc six, en tout. Je m'apprêtais à les recevoir seul, en t'excusant. » Son ton était glacial.

Effectivement, Isabella s'en souvenait, mais elle avait cru que la soirée serait remise. Or rien n'était remis. Désormais, elle le voyait bien, la vie continuerait comme à l'accoutumée, sans qu'elle puisse échapper à la moindre obligation. La seule différence, c'est qu'ils étaient plus pauvres. Isabella se reposa un peu sur son lit, en feuilletant des journaux et des revues, puis se leva et entreprit de s'habiller. Filippo entra, sans avoir pris la peine de frapper.

« Mets ta robe pêche ce soir, pas celle-là, lui dit-il. Il faut les égayer, ces Grecs. »

Isabella ôta la robe marine qu'elle venait de passer.

« Je sais que c'est toi qui as monté ce coup, poursuivit Filippo. Ils étaient prêts à me tuer, ces voyous — ou en avaient tout l'air. Mon père est furieux ! Quels arrangements stupides ! Seulement, moi aussi, je peux prendre des arrangements. Attends un peu, et tu verras ! »

Isabella ne dit rien. Elle aussi, elle pourrait prendre ses propres arrangements, à l'avenir ! Elle jeta un regard à Filippo. Puis, en grinçant des dents, elle glissa ses pieds enflés dans les chaussures qu'elle devait porter pour la soirée. Quand elle se leva, elle s'aperçut qu'elle boitillait.

La nuit du mépris

Nouvelle inédite. Titre original :
I DESPISE YOUR LIFE
Traduite par GEORGES FRADIER

Un trou, c'est un trou, se disait Ralph en contemplant le trou de la serrure. Il tenait la clef à la main, prêt à l'y introduire, mais il hésitait encore. Il pouvait aussi bien sonner : on l'attendait.

Il tourna sur lui-même, en traînant la semelle de ses bottes de cow-boy, et se retrouva face à la porte. Après tout, c'était l'appartement de son père et il avait la clef. Il serra les dents, retroussa la lèvre supérieure, enfonça la clef dans la serrure et ouvrit.

Il y avait de la lumière au fond et à droite du salon. « Jour, Ppa ! » lança-t-il en se dirigeant vers la pièce. Un vieux sac de cuir lui pendait à l'épaule.

« Salut, Ralph. » Son père, debout, portait un chandail, un pantalon de flanelle gris et des chaussures d'intérieur. Sa pipe entre les doigts, il inspecta Ralph des pieds à la tête. Ralph était plus grand que son père. Tout est en ordre, bien rangé comme d'habitude, constata-t-il, les deux canapés, les fauteuils, le livre posé sur le bras de l'un d'eux, où son père devait être en train de lire.

« Comment ça va, Ralph ? Tu as l'air… en pleine forme. »

Vraiment ? Ralph regarda son jean crasseux et se rappela qu'il ne s'était pas rasé depuis l'avant-veille. Tout un côté de ses cheveux blonds coupés court était d'un rose profond parce que quelqu'un y avait étalé une couche de teinture cette nuit, ou plutôt ce matin. Il savait que son père n'allait pas en parler, mais il voyait son sourire vaguement amusé. Mauvais, pensa Ralph. Ces gens-là étaient l'ennemi. On ne devait pas l'oublier.

« Assieds-toi donc. Qu'est-ce qui t'amène ? Tu prends une bière ?

— O.K., merci. » Ralph avait la cervelle un peu molle en ce moment. Une heure plus tôt, il était rudement plus dynamique et plus planant, quand il fumait avec Cassie, Ben et Georgie à la Planque. La Planque... C'est pour ça qu'il était venu, il ferait bien de se mettre à la tâche. En attendant, une bière pouvait s'accepter, « sur le plan social », comme ils disaient. Ralph saisit la boîte glacée que son père lui tendait.

« Tu ne veux pas de verre, je suppose ? »

Non, Ralph n'en voulait pas, et après ? Il renversa un peu la tête et se mit à têter le triangle découpé dans la boîte. Encore un trou, ce triangle... « La vie, c'est une question de trous, hein ? »

Son père eut un sourire contraint. « Qu'est-ce que tu veux dire par là ? Assieds-toi, Ralph. Tu as l'air fatigué. Tu t'es couché tard ? » Il prit le fauteuil, plaça une marque dans le livre, posa le livre sur un guéridon.

« Ben oui... On a répété, comme d'habitude. Ça prend toujours plus de temps qu'on croit. Ralph se laissa tomber sur le divan. On va... » Où en était-il ? Il avait projeté de parler du disque qu'ils allaient enregistrer dimanche dans un local du Bronx. *Les Plastics.* C'était le nom du groupe. Cassie était terrible à la basse, chose rare pour une fille. D'ailleurs Cassie était terrible pour tout. Elle était leur mascotte, leur toutou, elle faisait même la bouffe. « Il y a une cuisine, là où on habite, dit-il pour finir.

— J'espère bien. C'est un grand appartement, alors ?

— Ben oui, un ancien atelier, en fait. Un loft. Il y a une très grande pièce, une petite chambre à coucher, cuisine, salle de bains. Ça fait que... Enfin il me faudrait cent dollars pour payer ma part. Du loyer. Je veux dire, jusqu'à ce qu'on enregistre notre disque dimanche, dans le Bronx. C'est pour ça qu'on répète. »

Son père acquiesça calmement. « Et le disque sera commercialisé ?

— Evidemment, dit Ralph, sachant qu'il mentait ou que la « commercialisation » était pour le moins douteuse. Il y a dix chansons. C'est pas rien. Comme titre on a choisi *Night on the Tiles.* Par *les Plastics.* »

Son père jouait avec sa pipe. Il se mit à tasser le tabac à l'aide d'un gadget qui ressemblait à un clou.

Dur, dur, pensa Ralph avec impatience, le silence se prolongeant. « C'est pas que ça me plaise de te demander... » Rien de plus faux : ça ne le gênait pas du tout de demander cent dollars. Qu'est-ce que cela représentait pour son père ? L'addition d'un repas d'affaires.

« Cette fois c'est non, Ralph. Désolé.

— Comment ? Ralph sentit un sourire poli lui étirer les lèvres, un sourire de feinte incrédulité. Qu'est-ce que c'est pour toi, cent dollars ? Il faut qu'on paye le loyer, chacun doit cotiser, et puis on veut enregistrer ce disque. Il s'agit de boulot, c'est vachement important.

— Et le disque précédent ? Et celui d'avant ? Est-ce qu'ils *existent* seulement, ces disques ? Stephen Duncan poursuivit sans écouter les protestations de son fils. Tu as vingt ans, Ralph, tu te conduis comme un gamin de dix et tu veux que je continue à en faire les frais. »

Son père souriait toujours, mais il s'échauffait. Cela arrivait rarement. « Tu donnes mille dollars par mois à Maman, répliqua Ralph, et tu ne le sens même pas passer ! »

Steve se mit à rire : « Dans ce cas, pourquoi ne demandes-tu pas à ta mère ? »

Le pied du mur... La mère de Ralph était retournée en Californie, chez ses parents. Elle avait divorcé un an auparavant. C'est elle qui avait voulu le divorce ; il y avait eu une vilaine histoire à propos de l' « autre », Bert, son amant, mais ils avaient rompu après le divorce, et quant aux relations de Ralph avec sa mère, elles n'avaient rien à voir avec cette affaire. Sa mère n'aimait pas son style de vie. Quand il avait été expulsé de Cornell au milieu de la deuxième année pour notes insuffisantes, elle s'était montrée étonnamment dure, et quand il s'était joint à un groupe de musiciens à New York, elle avait pratiquement cessé de lui adresser la parole. Même son père avait été plus compréhensif. Et maintenant, ce père qui gagnait des quintaux de fric avec son usine d'outillage dans le New Jersey, possédait maison et bateau à Long Island, renâclait pour cent minables dollars ! Ralph eut envie de lui crier qu'il n'était qu'un vieux pingre de quarante-six ans, un vestige d'une autre époque, mais à l'idée que tout n'était peut-être pas perdu, il préféra rester prudent. « C'est un cas d'urgence, P'pa. Il y a quinze jours à passer qui sont vraiment importants, et si on...

— Oh, bon Dieu, Ralph, combien de fois as-tu dit ça ? Fais un petit effort, trouve un emploi. N'importe lequel. Travaille comme vendeur. Bien des gens ont commencé par là, qui valaient mieux que toi ! »

Voilà, l'ennemi se découvrait. La lèvre supérieure de Ralph se retroussa, comme au moment où il avait mis la clef dans la serrure, mais il continua poliment sans élever la voix. « C'est drôlement négatif, ce que tu dis. Ce genre de boulot, c'est la négation de la vie, c'est la mort. »

Le père éclata de rire en secouant la tête. « Dis donc, qu'est-ce que tu as pris aujourd'hui ? Du LSD ? Tu as pris quelque chose. Tu parles de mort et tu n'es même pas capable de soigner ta santé. De qui te moques-tu ?

— J'ai rien pris du tout ! Simplement, on a travaillé tard hier soir. On a répété. C'est du travail. Et on compose la musique nous-mêmes. C'est Ben qui fait ça. »

De nouveau le signe de tête condescendant de son père. « Tu ne t'es jamais intéressé à la musique jusqu'à ces derniers temps. Maintenant tu ne jures que par la clarinette ! Bel instrument, d'ailleurs. Mozart a composé pour la clarinette, toi tu t'en sers pour de la saloperie. Rends-toi compte, Ralph ! *Les Plastics !* C'est un nom qui vous va très bien. » Il se leva, les lèvres serrées, tendu. « Désolé, Ralph, mais je dois sortir dans dix minutes. J'ai rendez-vous à l'hôtel Algonquin avec un type de Chicago. Le boulot, tu comprends... Ralph, cette histoire de musique, je vois ça partout. Ces groupes pop minables...

— Rock, corrigea Ralph.

— Bon, groupes rock. Il y a un certain stade de musique qu'on pourrait intégrer aux programmes scolaires. Une année de clarinette ou de guitare ou de n'importe quoi. De la musique de troisième ordre et puis on laisse tout tomber. »

Il essayait un peu d'être sympa, Ralph le voyait bien. « D'accord, c'est peut-être un certain stade. Mais aide-moi à le franchir quelque temps. Tu crois que ça te tuerait ?

— C'est toi que ça pourrait tuer. Tu as même maigri. Je préfère ne pas penser aux cochonneries que vous ingurgitez, vous les jeunes... »

Ralph se leva en titubant un peu, mais c'était à cause des talons de ses bottes. Il était prêt à s'en aller, plus que prêt. « Moi, je pense que ta vie ne vaut pas mieux que ces cochonneries !

— Tu dis n'importe quoi, Ralph. »

Ralph marcha vers la sortie. Quand il eut ouvert la porte, il se retourna. Il fit comme si ce geste était machinal, mais il n'y avait pas pensé un seul instant. « Au revoir, P'pa », dit-il.

Vingt minutes plus tard, il était de retour à la Planque. Il avait marché un moment, pour oublier sa déception, ou pour essayer, puis il avait pris le bus. Maintenant, il respirait. Etre chez soi ! Les grands murs blancs, le plafond blanc très haut, semblaient de vastes espaces vierges. Cassie avait mis la stéréo à fond et dansait seule, en faisant claquer doucement ses doigts. Elle l'avait accueilli d'un simple petit signe de tête, mais cela ne faisait rien. Il était content. Ben, qui grattait sa guitare pour accompagner la musique électronique, émit un « Salut ! » de bienvenue. Dans la salle de bains, un inconnu, en slip, se lavait les cheveux dans le lavabo et Georgie barbotait dans la baignoire. Ralph eut besoin d'utiliser les w.-c. Ce qu'il fit. En rentrant dans la salle de séjour, il vit sortir de la petite chambre un type et une fille qu'il ne connaissait pas. Ils s'assirent sur l'un des deux grands lits réunis qui servaient de canapés dans la journée et allumèrent une cigarette. Cassie leur sourit et cria quelque chose que la musique empêchait d'entendre. Ralph vit qu'ils avaient jeté leur manteau dans le coin près de la table à tréteaux, qui servait toujours de vestiaire aux visiteurs. Avait-on invité des gens ce soir ? Huit heures à peine. Un peu tôt pour arriver.

Tout à coup, il eut une idée : donner une soirée pour réunir le montant du loyer. Sur les quatre, Ralph n'était pas le seul à manquer d'argent en ce moment. Ils feraient payer cinq dollars d'entrée — enfin trois — et les gens pourraient apporter du scotch ou ce qu'ils voudraient.

Ralph s'approcha de Cassie et lui hurla son idée aux oreilles.

Les yeux gris-bleu de Cassie s'éclairèrent : elle fit un signe d'approbation et alla crier à son tour dans les oreilles de Ben.

Il n'y avait qu'à prévenir quelques personnes soigneusement choisies, une trentaine peut-être. Elles pourraient en amener d'autres, mais elles suffiraient à financer l'opération. On était mercredi. La fête aurait lieu samedi.

« Viens à *neuf heures,* vociférait Cassie au téléphone. Tu veux le dire à Teddie et Marcia ? Ça me fera économiser un appel. »

La bande d'enregistrement en arrivait au passage où la voix humaine prenait le relais, donnant toujours à Ralph l'impression d'une psalmodie :

« La vie t'a servi
La vie t'a servi... »

Comment fallait-il prendre une phrase pareille ? « Tu as eu ton compte ? » Ou alors « Tu as eu ton content ? » En mal, ou en bien ? Cassie, c'était bien... Elle leur appartenait, à tous les trois : Georgie le pianiste, Ben le guitariste, et lui. C'était bien... Pas de disputes, pas de jalousie débile. Pas de ces salades qui agitaient les morts-vivants comme son père.

« Des morts-vivants ! » hurla Ralph en levant simultanément la main et un pied botté. Il effleura le bord de son Stetson d'occasion, ce qui lui rappela qu'il l'avait toujours sur la tête. « J'ai vu mon vieux ! » cria-t-il en l'ôtant d'un geste théâtral.

Personne n'entendit. Le type qui se lavait les cheveux sortit de la salle de bains, une serviette sur la tête, buta sur Cassie, et, toujours aveuglé par sa serviette, se cogna dans les lits sur lesquels il finit par s'écrouler. Le couple inconnu avait disparu.

Vers minuit, Cassie prépara des saucisses de Francfort qu'ils mangèrent à la cuisine, une grande assiette pleine de moutarde sur la table. La musique continuait. Puis Cassie passa dans la petite chambre et, d'une cachette (ce n'était presque jamais la même) rapporta un bâton de came. C'est Georgie qui fit le service, en raclant le bâton blanc avec une lame de rasoir au-dessus d'une plaque de marbre aux bords déchiquetés qu'il tenait sur ses genoux gainés de cuir. Soigneusement, il aligna quatorze rangs égaux de poudre blanche qu'ils se mirent tous à renifler, chacun à son tour, avec calme et courtoisie. Deux prises pour chacun des cinq, restaient quatre rangs. Ralph offrit galamment sa deuxième part à Cassie qui le récompensa d'un sourire et d'un baiser sur la bouche. Il s'était assis près d'elle au bord du grand lit où ils se tenaient tous les cinq, penchés sur la plaque de marbre. « *Faut — oh oh — bagarrer — eh eh* ». Les autres percevaient-ils les mêmes paroles ?

Plus tard, le mec qui s'était lavé les cheveux se fit jeter sans cérémonie dans l'escalier : Ben pouvait se fâcher, quelquefois.

« C'est pas très sympa ! » cria Cassie, tout en dansant d'un bout à l'autre du séjour et en faisant claquer ses doigts en souplesse, comme d'habitude.

Ralph ne demanda pas ce qui s'était passé. Il avait cru entendre Cassie dire que le type avait apporté la came ; dans ce cas on l'avait sûrement payé. Non ? Et alors ? Quelle importance ? Zéro. Le loyer, oui, c'était important. Et ça allait s'arranger. Il contemplait fixement Cassie, qui pourtant dansait avec Georgie. Ben avait repris sa guitare. Ralph n'avait pas envie de danser. Il avait sommeil.

A l'heure du coucher, c'est lui qui partagea le lit de Cassie dans la petite chambre. Ils n'arrivèrent pas à faire l'amour. En fait, il n'essaya pas vraiment. Mais rien que de tenir une fille dans ses bras, comme disaient les chansons rétro, c'était super.

Le lendemain, le projet de fête payante commença à se préciser vers midi, au petit déjeuner. « On fait une hyper soirée disco, dit Ben. On colle la bouffe sur les lits, comme ça les gens s'assoient par terre et n'ont qu'à se servir.

— Moi, je décorerais avec une composition végétale. *Surréaliste,* fit Georgie, le regard illuminé, la bouche pleine de pain aux raisins. Il avait gominé ses mèches blondes qui formaient un hérisson bien ciré.

— Faut des gobelets en carton, dit Cassie. Pour éviter la casse. On a de quoi acheter des gobelets ? »

Ralph intervint : « On a au moins cinquante pots de confiture vides. Et puis, minute, faut que ça rapporte, ce truc. Qu'est-ce que vous en pensez ? Si on faisait une liste d'invitations triées sur le volet, pas plus d'une vingtaine, pour ne pas voir arriver une bande de fauchés.

— Mais non, dit Ben. On va mettre une affiche au bar d'en bas avec, en grosses lettres : « Entrée, trois dollars. Si tu payes pas, zéro pour le disco. Je suis sûr qu'il y aura du peuple. »

Samedi, c'était dans deux jours. Ils ne dormiraient guère cette nuit-là, pensa Ralph. Tant pis, ils n'auraient besoin d'être au Bronx qu'à midi ; d'ailleurs, rien ne commençait jamais avant trois heures. Et puis, ils avaleraient quelques pilules magiques, et l'enregistrement n'en serait que meilleur. Ils devaient graver cinq morceaux, la moitié du disque, dimanche.

L'après-midi, Cassie calligraphia un texte sur un grand carton :

SOIRÉE SPÉCIAL LOYER
AIDEZ-NOUS A LE PAYER !
SAMEDI A PARTIR DE 21H
103 FROTT ST. (2e étage)
BOUM DISCO-ÉLECTRO-SUPER
BIENVENUE A TOUS NOS FRÈRES
(C'EST PAS UNE ÉGLISE, ATTENTION !)
ENTRÉE $ 3,00 NET
NE RESTEZ PAS SECS
APPORTEZ VOS MUNITIONS

La dernière ligne était, selon Cassie, un compromis. On ne disait pas qu'on n'offrait aucun rafraîchissement, ç'aurait été faux, mais on laissait entendre que les gens qui tenaient à telle boisson ou tel autre adjuvant feraient mieux de l'apporter pour être sûrs d'en avoir. En travaillant, Cassie avait siroté pas mal de bière ; au bout d'une heure elle s'arrêta, fatiguée mais soutenue par les compliments des garçons qui admiraient son œuvre d'art. Elle avait dessiné deux personnages nus en train de danser, avec des raisins secs collés aux endroits stratégiques. Deux nus efflanqués, colorés en bleu.

« C'est super ! On en a plein la vue ! » dit Ben.

Elle se jeta sur le lit, heureuse, et ferma les yeux, bras en arabesque au-dessus de la tête. Ralph la trouvait vraiment belle avec ses cuisses bien moulées par le jean et le chemisier tendu sur ses seins qu'on voyait un peu entre les boutons écartés.

Ralph fut chargé de l'affichage et sortit, muni d'une enveloppe où Cassie avait mis une demi-douzaine de punaises. Pour une raison quelconque (en fait, il savait pourquoi) on le jugeait un peu plus régulier que les autres, plus respectable. Jusqu'à présent, il n'avait pas d'ardoise chez Ed Meecham, le propriétaire du bar, alors que les autres en avaient tous, pas très grosses, d'ailleurs, Ed pouvant faire crédit de vingt dollars au plus. Dans un grand bruit de bottes, Ralph, l'affiche à la main, entra, en quête d'un emplacement libre, en inspectant les tables, les chaises de bois, et surtout les murs déjà couverts d'affiches d'expos, d'offres de ventes d'occasion, d'annonces de logements à partager et de caricatures d'habitués. Ralph salua quelques types tassés sur leur bière, ou leur café, et s'avança vers Ed Meecham qui se tenait derrière le bar, au fond de la salle.

« C'est O.K. si j'affiche ça, Ed ? »

Ed, chauve, moustache poivre et sel, scruta le carton comme s'il y cherchait du porno et, finalement, parut approuver. « Si tu trouves une place, Ralph.

— Merci, Ed. » Il était content qu'Ed l'ait appelé par son nom. C'était la première fois. Curieux comme des petites choses de ce genre vous donnent de l'assurance. Ils en parlaient souvent à la Planque : il faut soigner son *ego,* il faut croire à *soi-même.* Très important. Grâce à cette fierté toute neuve, il n'hésita pas à fixer l'affiche de Cassie, adroitement et sans perte de temps, par-dessus une feuille de graffiti qui avait suffisamment amusé la clientèle, à son avis. Il salua à la ronde en sortant.

Avant de grimper l'escalier de la Planque, il jeta un coup d'œil à la boîte aux lettres qu'on n'avait plus besoin d'ouvrir depuis que la serrure avait été cassée. Deux enveloppes. L'une, à sa grande surprise, lui était adressée : il reconnut l'écriture haute mais anguleuse de son père, qui se servait toujours d'un stylo à encre, dédaignant les pointes et les feutres. En haut, il trouva Ben et Georgie, l'un à la guitare, l'autre au piano ; il annonça le succès de sa mission d'affichage et passa à la cuisine. Il allait les rejoindre et répéter avec eux bien sûr, mais il pouvait prendre cinq minutes pour lire sa lettre. Il y avait peut-être un chèque dans cette belle enveloppe blanche. Pas de timbre. Son père avait déposé la lettre lui-même. Ralph s'en était aperçu tout de suite, mais d'y penser maintenant — ou était-ce autre chose ? — les doigts lui en tremblaient.

Il n'y avait pas de chèque. La date, mercredi — hier — puis :

Mon cher Ralph,

Il est très tard, mais j'ai besoin de t'écrire ces quelques mots pour expliquer mon attitude : tu considères sûrement que j'ai tort, tu me trouves peut-être cruel ou tout simplement obtus. Aussi tu seras sans doute soulagé d'apprendre que j'ai décidé de ne plus m'ingérer dans tes affaires, de ne plus essayer de t'influencer. Chacun a le droit de faire sa vie comme il l'entend, les oiseaux doivent abandonner le nid et prendre leur vol. C'est ce que j'ai fait quand j'ai quitté mes parents (j'avais exactement ton âge) pour aller tenter ma chance à Chicago et ensuite à New York. Tu as le droit d'en faire autant, et je conçois que ce qui me paraît mauvais et dangereux est peut-être justement ce qui te convient. C'est possible. En tout cas tu es un homme, tu dois pouvoir agir à ton gré, librement.

J'espère que ces explications pourront détendre l'atmosphère et nous permettre de mieux nous entendre, car je me rends bien compte qu'il doit être pénible d'avoir à supporter constamment la « réprobation parentale », même si en général tu essayes de t'en moquer.

Naturellement, tu sais qu'en cas de besoin, si tu étais malade, je serais là. Tu n'es pas seul au monde, Ralph. Tu es libre, ce n'est pas la même chose.

Je t'embrasse

Steve

P.S. Je sais que l'absence de ta mère n'a rien arrangé et que tu en as souffert. C'est une chose que je regrette amèrement et dont je souffre aussi. Mais nous devons bien comprendre, toi et moi, que nous ne sommes pas les seuls dans cette situation.

Ralph se sentit étrangement, profondément affecté. Son père le rejetait. Ce qu'il évoquait dans le post-scriptum, ils étaient revenus dessus souvent, en quelques mots chaque fois, mais souvent. Le divorce, les *torts* de sa mère, « l'autre », etc. Steve n'avait pas voulu ce divorce, malgré la présence de Bert, lequel devait disparaître de la circulation bientôt comme prévu. Ralph n'ignorait pas avoir déçu aussi sa mère. Mais s'il avait de la peine, maintenant, ce n'était pas à cause de ces considérations : c'était parce que son père se débarrassait de lui, poliment, en lui disant qu'il avait les mêmes droits. Alors qu'il n'avait même pas vingt et un ans... Il se rappela cependant que les jeunes n'étaient sans doute plus mineurs depuis qu'ils avaient le droit de voter à dix-huit ans.

« Des *lettres* d'amour dans — le — sable... » Georgie entra en chantonnant dans la cuisine et s'interrompit : « Tu as des ennuis ? »

Ralph essaya de feindre l'insouciance. « Non. C'est une lettre de mon père. Il ne veut rien me donner. Pas un rond.

— Ça ne doit pas t'étonner. » Georgie se versa une tasse de café froid et avala un reste de pommes chips à même le sac de cellophane. « Allez, Ralphie, on y va ? On travaille une demi-heure en prenant d'abord *Airport Bird.* »

Ralph sortit sa clarinette qu'il avait soigneusement rangée sous un lit, comme d'habitude, avant d'aller poser l'affiche. Il fallait soulever le lit et attirer l'étui avec le pied, mais au moins l'instrument était en sécurité là-dessous : on ne risquait pas de le voler ni de marcher dessus. L'enregistrement allait coûter soixante-quinze dollars. Mike, le type du studio du Bronx, plaçait leurs disques dans des boutiques spécialisées qui vendaient au rabais des disques pop et qui, d'après lui, essayaient de pousser les jeunes formations. Jusque-là *les Plastics* n'avaient rien touché, mais au moins leurs créations étaient gravées, enregistrées : il y avait déjà deux disques à la Planque. Ils se mirent au travail, avec Cassie cette fois. Comme il était plus de six heures, ils avaient allumé les spots, trois roses, deux bleus, des blancs. Un jour, quelqu'un avait dit que cet éclairage consommait trop de courant, mais il donnait de l'ambiance ; et d'ailleurs, une fois la musique bien en train, qui diable s'inquiétait de la note d'électricité ? Ralph s'appliqua à jouer avec beaucoup de justesse et d'exactitude, pour se laisser aller seulement dans le finale de *Fried Chicks,* leur cinquième morceau, le dernier de la face à graver dimanche.

Mais c'est à son père qu'il pensait presque constamment et il n'arrivait pas à chasser cette obsession. Bizarre, il se sentait vraiment contrarié. D'habitude il aurait dit aux copains : « J'ai les nerfs en boule, je suis un peu à côté de mes pompes », mais ce soir il ne dit rien, même à la pause, vers neuf heures, quand ils se retrouvèrent à la cuisine où Cassie tournait la sauce des spaghettis. Georgie descendit acheter une laitue et une grande bouteille de vin italien. « Il n'y a pas de viande, annonça Cassie, mais la sauce sera très bonne quand même. » Ralph pensa à son père, qui croyait qu'ils se nourrissaient mal !

Et si on l'invitait à la fête ? Pourquoi pas ? Si Steve voulait bien venir, il verrait une maison tenue, des murs propres, il verrait qu'ils ne se comportaient pas comme une bande de singes. Il s'imaginait sûrement qu'ils ne distinguaient même plus les jours de la semaine, qu'ils vivaient tous aux crochets de leurs parents (faux : Georgie et Ben donnaient des leçons de piano et de guitare), et qu'ils ne se changeaient jamais, alors que la moitié du temps la baignoire était pleine de linge à tremper, et que Cassie savait très bien repasser.

« Hé, qu'est-ce que vous diriez... » lança-t-il à pleine voix, mais on avait remis la hi-fi, et Georgie venait de raconter une blague qui faisait rire tout le monde, c'est-à-dire leur bande plus deux nouveaux venus, un type et une fille qui avaient dû arriver avec Georgie quand il avait remonté le vin et la laitue. Ralph essaya encore : « Hé, Cass ! J'ai envie d'inviter mon père samedi soir. D'accord ? »

Elle sourit, avec un petit haussement d'épaules qui ressemblait au joli geste qu'elle avait en dansant. « Pourquoi pas ? »

Ralph se sentit heureux et même fier. Ses parents auraient-ils ouvert leur porte aussi aisément à ses copains ? Bon Dieu non, sûrement pas. Alors, dans quel camp se trouvaient la tolérance, l'esprit chrétien, la charité, toute cette salade ?

« Cette *salade !* On n'en veut plus. Nous, on remplace tout par *l'amour.* » Personne n'écoutait, personne n'entendit, mais cela n'avait pas d'importance. Il avait délivré son message. « Dé-li-vré », cria-t-il en fonçant sur le téléphone. Il regarda sa montre. Dix heures moins vingt. Il composa le numéro de son père.

Pas de réponse. Ralph en fut vivement déçu.

Il rappela au long de la soirée, de demi-heure en demi-heure. A minuit, toute la Planque, où trois autres copains étaient arrivés, savait qui il essayait d'appeler, et pourquoi. Ben déclara qu'il allait inviter son oncle : ses parents habitaient dans le nord de l'Etat, mais il avait un oncle à Brooklyn. Finalement, un peu après une heure du matin, Ralph réussit à obtenir son père et se mit en devoir de présenter l'invitation : « Samedi soir, à partir de vingt et une heures...

— Ah, une petite fête ? Mais... oui, Ralph, je te remercie. Je suis content que tu aies appelé, parce que j'étais un peu embêté après avoir déposé cette lettre. Le ton était singulièrement grave, sinon attristé.

— Non... ce n'est pas... Merci, P'pa. Ça m'a fait plaisir. » Ralph s'écoutait prononcer machinalement des mots dénués de sens, mais d'une voix très polie. Après avoir raccroché, il eut une étrange impression d'irréalité, comme s'il n'avait fait qu'imaginer la conversation. Pourtant, c'était bien la voix de son père, il avait bien dit qu'il viendrait, il n'y avait aucun doute.

En attendant le samedi, Ralph retrouva l'excitation de son enfance, lorsque l'approche de Noël transfigurait les jours, les chargeait de joie et de magie. Ben eut une idée géniale : le plat principal, pas cher et facile à faire, serait une épaisse soupe de pommes de terre garnie de fines tranches de saucisses, avec du persil à ajouter dans les bols, les gobelets ou les assiettes. Cassie, préposée à sa confection, promit d'y mettre beaucoup d'ail et d'y préparer un bouillon à base d'os de jambon. En outre, elle s'occupait de la décoration avec Georgie. Une amie lui avait donné plusieurs mètres de vieux films qui donnèrent vraiment un air de fête à la pièce, une fois entortillés, tendus d'un coin à l'autre et attachés au centre à l'aide d'une grande écharpe rouge.

« Attention aux allumettes, dit Cassie le soir de la fête. Vous savez ce qui arrive quand la cellulose prend feu... »

Sur le gaz, la soupe mijotait discrètement dans deux

grandes marmites (dont l'une était prêtée par une invitée), le persil était prêt, et il y avait tout juste six canettes de bière au frigo, deux bonbonnes de vin d'Italie et six baguettes de pain italien. Après tout, les gens étaient censés apporter leur boisson. Sur la table à tréteaux on avait posé une boîte à chaussures portant l'inscription TRONC POUR LES PAUVRES. Georgie la trouva mal placée, trop près de la porte : n'importe qui pouvait s'en emparer et disparaître dans l'escalier avant qu'on s'en aperçoive. Mais le tronc resta où il était : comme personne ne pouvait entrer sans payer les trois dollars, Cassie et Ben déclarèrent qu'il serait ridicule d'ouvrir la porte et de courir quelque part, dans la petite chambre par exemple, pour aller ranger trois billets dans la boîte.

Les amplis furent poussés à fond et les gens commencèrent à arriver par petits groupes. On empila des vestes, des manteaux et même des souliers sur le lit de la chambre, puis sur le plancher près de la table à tréteaux. Sur les grands lits, Cassie avait mis bout à bout sa planche à repasser et une table de bridge repliée, pour y disposer des jattes emplies de bretzels, de chips, de pop-corn et d'olives.

Des olives ! Des vertes et des noires ! C'est Ralph qui les avait achetées, pour ajouter une note d'élégance. Elles lui avaient coûté près de dix dollars. Il avait mis une chemise propre, son jean le moins sale, il avait même donné un coup de chiffon à ses bottes, et se sentait très nerveux, comme s'il était le seul reponsable de la soirée. Il guettait constamment la porte, en s'attendant à voir entrer son père. A chaque fois qu'apparaissaient de nouvelles têtes, qu'il reconnaissait quelquefois vaguement, il se trouvait à la fois soulagé et un peu fiévreux. Il était près de vingt-trois heures. Son père avait-il changé d'avis ?

« Tu m'as pas oublié,é,ééé » hurlait une voix d'homme dans les baffles.

Il jeta son gobelet de mauvais vin avec dégoût. Pourquoi boire ce truc ? Il aimait mieux la bière...

Même l'oncle de Ben était arrivé. Ralph l'aperçut, debout au pied des lits, un gobelet de carton à la main, d'autant plus visible que sa veste de tweed et son foulard blanc se détachaient sur le bleu uniforme des jeans. Il se demanda s'il l'avait déjà rencontré et se dirigea vers lui en zigzaguant parmi les danseurs frénétiques.

« Hello, cria-t-il, je parie que vous êtes l'oncle de Ben !

— Exactement. Je m'appelle Hughey. »

Ralph se demandant s'il avait bien entendu (Hughey ? Louey ?) hurla son nom en retour, se balança sur ses hauts talons, et jeta un nouveau coup d'œil à la porte. Il était impossible de parler, mais quelle importance ? Ils restèrent un moment à vociférer face à face, puis un type en cuir noir et chapeau de cow-boy, complètement bourré, intervint, au grand soulagement de Ralph, pour faire la conversation à l'oncle. Ralph se retourna en riant et, quand il regarda la porte une fois de plus, son père arrivait.

Steve fit un sourire amusé à la fille (qui était-ce ? Longue chevelure blonde, robe noire) qui lui demandait les trois dollars d'entrée, et déposa un billet dans le tronc pour les pauvres, probablement un billet de dix, au moins de cinq. Ralph avala sa salive, se sentit tout à coup parfaitement cool, et plongea dans le flot des danseurs pour aller accueillir son père.

Ils se serrèrent les mains, incapables d'entendre un mot de ce qu'ils disaient. Steve paraissait s'excuser en montrant sa cravate. Ralph crut comprendre qu'il était question d'un dîner avec un confrère ou un client. Puis, en contournant prudemment les danseurs, il escorta son père jusqu'à la cuisine, où on trouverait peut-être une bière, ou du moins du café soluble. Vaguement, mais obstinément, avec une sorte de conviction têtue, il pensait que la cuisine, par le seul fait d'exister en tant que cuisine, démontrerait à son père la dignité de leur habitat. Malheureusement la cuisine était bondée, comme si la moitié des invités s'étaient réfugiés dans cette annexe de l'établissement pour pouvoir se tenir droits sans bouger même s'ils étaient aussi tassés que dans le métro à une heure de pointe.

« C'est mon père, cria Ralph, non sans orgueil. Il y a de la bière ?

— De la bière ? Tu rigoles ou quoi ? » fit un type en agitant une canette vide. « Tu peux te la mettre où je pense », répondit Ralph, mais personne n'entendit. Il se jeta, comme à la mêlée, entre deux filles qu'il faillit renverser et qui se contentèrent de glousser. Mal à l'aise à cause de la présence de son père planté sur le seuil et, aussi, à cause de la mine étonnée des gens qui remarquaient cette incongruité, il découvrit cependant ce qu'il cherchait : la précieuse réserve de Ben derrière le frigo, où restait une unique bière tiède. Il se promit de la remplacer le lendemain avant que Ben se mette en colère. Il trouva un décapsuleur, mais pas de gobelet, et il tendit fièrement la bouteille à son père : « Voilà, une bière ! » dit-il.

Ils retournèrent dans la grande pièce, continuellement séparés par la danse, la bousculade, les cris, malgré les efforts de Ralph pour se rapprocher de son père — qui pour le moment se tenait devant le buffet étalé sur les lits. Quelqu'un (Georgie probablement) avait composé une œuvre d'art à l'aide d'une banane et de deux oranges entourées de raisin noir ; on pouvait y voir, au choix, un canon dressé sur son affût ou un phallus. Ce symbole figurait ostensiblement au beau milieu de la planche à repasser ; Ralph surprit le regard de son père, à l'instant où il se détournait.

Les voix électroniques, à peine humaines, produisaient des syllabes inintelligibles qui pour Ralph formaient invinciblement des sortes de mots et de phrases. Mais tout à l'heure, dans la bande qui passait à ce moment-là, il y aurait pire, si du moins on appelait « pire » un couplet porno. En attendant, Ralph observait son père qui promenait à la ronde un regard inquiet, presque effrayé, ferma les yeux plusieurs fois et, pour finir, se retourna brusquement comme pour fuir le spectacle. Pour lui, se dit Ralph, ces gens sont l'ennemi.

Au diable ces deux pédales qui se bécotaient en dansant avec lenteur sur un rock rapide ! Evidemment, des tas de garçons et de filles en faisaient autant, mais son père devait trouver ça plus normal. Soudain, on entendit de grands rires et des cris excités : une guirlande de pellicule s'était enflammée et achevait de se consumer dans un angle, près du plafond. L'écharpe rouge pendait et les autres films, tiraillés en tous sens, disparurent dans la foule des danseurs.

Ralph avait aperçu Cassie. Il alla la prendre par la main pour l'entraîner vers son père ; il avait l'intention de la présenter comme « la gouvernante de la maison ». Du moins ce terme respectable, un peu humoristique peut-être, s'imposait à lui. Tout à coup, un garçon s'écroula à leurs pieds, entraînant dans sa chute un couple qui se releva aussitôt. Il resta par terre, inconscient. C'était un type maigre, vêtu d'un pantalon noir, d'une veste rouge, d'une chemise blanche à boutons de manchette. Quelqu'un l'empoigna par les pieds et, en hurlant « laissez passer ! », le traîna jusqu'à la table où restait un peu d'espace libre. Ralph put avancer en tenant toujours Cassie par la main.

« Mon père, *Steve ! Cassie !* » cria-t-il.

Steve s'inclina légèrement et dit très fort « Bonsoir », mais Cassie n'eut pas l'air d'entendre. Les yeux au plafond, elle semblait très fatiguée. Elle portait un chemisier blanc à grand col amidonné avec un beau pantalon noir, et se tenait bien droite sur ses talons aiguille ; pourtant, Ralph voyait qu'elle était épuisée et elle avait sûrement dû s'offrir une prise.

« C'est elle *qui fait la cuisine ;* hurla Ralph en soutenant fermement Cassie. *Aujourd'hui, avec tout ce travail, elle sent la fatigue.*

— Non, dit Cassie, pas la fatigue ! C'est un rectangle. Pas un carré, un rectangle. Comme... »

Elle chercha le mot. Ralph la secoua un peu, tandis que son père tendait l'oreille. Cette secousse parut l'ébranler tout entière, mais elle poursuivit, en regardant toujours le plafond : « ... déjà hier dans le *lavabo.* Il est partout. Pendant que je me lavais les *cheveux.* C'est un écran de télé qui diminue, qui rapetisse, je te jure. C'est même une *fenêtre,* Ralphie, tu vois ce que je veux dire ? En *argent.*

— Sûr ! dit sèchement Ralph, les dents serrées. Elle

voyageait. Qu'avait-elle bien pu avaler ? Tout à l'heure, elle allait parler de mantra en décrivant sa vision. Oui, Cassie, c'est *super.* » Et il lui secoua encore le bras en riant.

— Et puis, ça respire, ajouta-t-elle d'un ton persuasif. Ça monte et ça descend dans le lavabo...

— Tu veux dire l'eau ? Bien sûr, l'eau descend.

— Ça monte et ça descend. »

Un sourire sur les lèvres, Ralph la rapatria vers la cuisine, loin de Steve, loin des danseurs qui l'auraient bousculée. Cassie marchait très bien toute seule, seulement elle était ailleurs, dans un autre monde. Ralph prit un joint que quelqu'un lui tendait, aspira profondément une longue bouffée, puis voulut faire demi-tour pour retourner à la salle de séjour et se cogna le front au chambranle.

Dis-moi wouah wouah que tu n'aimes que moi
Dis-le dis-le-moi wouah wouah

Il essaya de revenir vers son père et à cet instant précis ses forces l'abandonnèrent, sans doute parce qu'il crut voir Steve faire un signe d'adieu. Et dire qu'il voulait lui présenter Ben et Georgie ! Mais c'était impossible dans cette cohue.

Oui, son père était parti. Par-dessus les têtes, Ralph ne put voir que le haut de la porte qui se refermait. Très bien... Il avait mal aux oreilles, il se sentait devenir sourd. On lui cria quelque chose dont il n'entendit pas un mot. Il pensa retourner à la cuisine, mais il se dit qu'il y aurait plus de place dans la petite chambre, et qu'il pourrait s'isoler une minute. Toutefois, quand il poussa la porte entrouverte, il vit des gens, au moins deux mecs et une nana, qui se roulaient sur le lit. Il recula en titubant et ferma la porte.

Plus tard, un coup dans la jambe le réveilla en sursaut. Au-dessus de lui, une fille lui souriait. Il était sur le plancher, le long du lit. La musique battait à tout rompre ; rien n'avait changé. Il se releva et crut un instant que le lit, le couvre-lit vert, les bols vides, l'étalage phallique se précipitaient sur lui, mais tout se calma et Ralph se sentit parfaitement d'aplomb.

Ben serrait Cassie contre lui, ils oscillaient en dansant. Puis ce fut au tour de Georgie de la prendre dans ses bras. C'était une poupée blonde en noir et blanc qu'ils tenaient entre eux deux, et Ralph devinait qu'elle ne tiendrait pas debout s'ils la lâchaient. Il se sentit supérieur (ce petit somme, ou ce passage à vide, avait dû lui faire du bien), sur un autre plan que les autres.

« Ça plane sur un autre plan. Tout est une question de plans », murmura-t-il. Il aurait voulu le dire à quelqu'un mais autour de lui les gens semblaient tous très occupés. Il pensa à son père. Nom de Dieu, son père était venu, ce soir. Il était venu à la fête. Et puis il était parti mécontent. Ralph revit le visage tendu de son père, sa pâleur, son air gêné. Ça n'avait pas marché.

Soudain, il eut envie de vomir, à cause du vin sûrement. Il courut à la salle de bains et y trouva un type et une fille appuyés au lavabo. Alors, brusquement pris de colère, il leur cria de sortir ; il s'entendait crier et continua jusqu'à ce qu'ils s'en aillent lentement, l'air stupéfait. Aussitôt, il tira le verrou. Le besoin de vomir était passé.

D'une voix calme, il articula : « Je suis sur un autre plan. » Maintenant il allait parfaitement bien. Il se sentait sûr de lui, plein d'énergie, sérieux. « Je suis un être de volonté. » Il ouvrit l'armoire à pharmacie au-dessus du lavabo, y prit ce qu'il cherchait : le rasoir communautaire. « Un être... de volonté. »

Ensuite, il y eut plusieurs secondes de survol géographique. Autrefois, il avait voyagé en avion avec ses parents (papa-maman, oh oui) au-dessus du désert entre Dallas et Albuquerque. On voyait des taches violettes semblables à des lacs, des lacs asséchés ou à peine remplis, et des gorges, peut-être sans eau, qui ondulaient comme des serpents. De petits canyons. Des couleurs splendides : de l'ocre, du vert. Et maintenant du rouge. Le rasoir tranchait les rivières en crue et remontait tout rouge. Quel jeu de couleurs ! Quel jeu ! Dangereux peut-être, mais si excitant. Et absolument indolore. *Pas la moindre douleur...*

Il se réveilla, la bouche sèche. Il était couché sur le dos et, quand il essaya de bouger, il crut un instant qu'il était ligoté ou qu'on lui avait passé des menottes. *La police ?* Mais il vit les énormes pansements d'où ses doigts dépassaient à peine et qui lui enveloppaient les bras presque jusqu'aux coudes ; ses mains semblaient peser une tonne, il avait du mal à les soulever. Autour de lui, il devina une dizaine de lits dans une pièce éclairée par la lumière bleue d'une veilleuse au-dessus de la porte.

« Qu'est-ce que c'est ? Je *rêve ?* » Il avait parlé tout haut d'une voix apeurée, chevrotante. Il parcourut la pièce du regard, les yeux écarquillés. Tout à coup, il reconnut des odeurs de médicaments, de désinfectants. Il était à l'hôpital, aucun doute. Que s'était-il passé ? Il essaya de bouger et constata avec soulagement qu'il pouvait remuer les jambes. Est-ce qu'on s'était battu à la Planque ? Il ne se souvenait d'aucune bagarre. Où était-il ? Dans quel hôpital ? Assommé (on avait dû lui donner des calmants), il se sentait pourtant de plus en plus nerveux, surtout en s'apercevant qu'il n'y avait auprès de son lit ni lampe ni bouton de sonnerie.

Alors il se mit à crier : « Hé ! Il y a quelqu'un ? Hé !... »

Quelques grognements montèrent des lits voisins, puis la porte s'ouvrit et une forme blanche entra sans bruit.

« Hé », répéta Ralph, un peu plus bas.

« Voulez-vous rester tranquille ! » dit la fille, qui tenait une lampe de poche fine comme un crayon.

« Où on est, ici ? »

Elle lui donna un nom d'hôpital et un numéro de rue et, comme il voulait savoir la date, précisa : « Dimanche soir. Il est minuit. »

La fête avait eu lieu samedi... Et c'est aujourd'hui, dimanche, qu'ils avaient rendez-vous au Bronx ! Où étaient les autres ? « Faut que je téléphone à mes copains », déclara-t-il à l'infirmière en se débattant parce qu'elle lui tâtait le cou ; elle voulait prendre son pouls, mais il crut un instant qu'elle cherchait à l'étrangler.

« Non, on ne peut pas téléphoner à cette heure-ci. Deux

personnes sont venues dans l'après-midi, mais vous dormiez, on leur a dit que vous ne deviez pas être dérangé.

— Et combien de temps vais-je *rester* ici ?

— Encore deux jours, probablement. Vous avez perdu beaucoup de sang, on vous a fait des transfusions. Il en faudra peut-être une autre. Et vous étiez en état de choc. Tenez, prenez ça. Sans lâcher la petite lampe de poche, elle lui tendit un verre d'eau et offrit de l'autre main une pilule.

— Qu'est-ce que c'est... ?

— Prenez ! Vous vous sentirez mieux. »

Ralph avala le médicament en fermant les yeux. Quand il les rouvrit, l'infirmière passait déjà la porte. En quelques secondes la mémoire lui revint : il s'était ouvert les veines. A ce souvenir, il eut une bouffée de honte. Stupide... Il pensa à tous les ennuis qu'il avait dû causer. Le sang sur les carreaux de la salle de bains, au milieu de tous ces gens... Et son père qui était venu à la fête ! C'est bien à cause de cela que Ralph avait été si déprimé, si déçu et qu'il avait éprouvé une sorte de honte. Mais pourquoi de la honte ? Honte de quoi ? Il sentit son cœur battre plus fort dans un mouvement de défi belliqueux. Il avait donné une fête avec ses copains. Voilà tout...

Le remède lui fit l'effet d'une musique intense. Il entendit des cymbales électroniques sur un fond de tambours graves et lointains. Puis il s'endormit.

Ralph sortit le mardi au milieu de la journée. Ben et Cassie, venus le chercher, le ramenèrent princièrement en taxi. Les gens de l'hôpital avaient fait toute une histoire à cause de la facture, qui se montait à plus de cinq cents dollars ; Ralph leur avait donné l'adresse et le numéro de téléphone de son père, mais celui-ci était absent ; quant au téléphone du bureau, il aurait fallu savoir le numéro par cœur. Ben et Cassie avaient acheté de la bière et, à peine arrivé à la Planque, Ben ressortit pour aller chercher des sandwiches. Georgie n'était pas là : il donnait une leçon de piano. Quel bonheur de revenir à la maison, de se laisser dorloter par Cassie, douce, compréhensive, qui le faisait étendre, lui ôtait ses chaussures, lui glissait des coussins sous la tête...

« Tu n'as pas été le seul, dit-elle. Il y a deux types qui sont tombés dans les pommes, ils ne se sont pas réveillés avant dimanche *après-midi.* On a cru qu'on ne s'en débarrasserait jamais. Mais devine combien on a gagné : Trois cent soixante-deux dollars ! Tu te rends compte ? »

Merveilleux, mais cet argent était pour le loyer, et non pour l'hôpital. Or, avec la facture, Ralph avait reçu un papier qui ressemblait à une condamnation ou en tout cas à une méchante menace. Il fallait payer avant telle date, c'était une question de jours. Ralph devait absolument voir son père.

Celui-ci répondit au téléphone, ce même soir, vers vingt heures. Ralph avait dormi, il se sentait en forme, paré pour un accueil plus ou moins froid, prêt à entendre : « Franchement, Ralph, je ne tiens pas à te revoir. Tu es un adulte », etc. Ou encore : « Cette soirée chez toi m'a ouvert les yeux. »

A sa grande surprise, il entendit une voix calme, aimable. Mais oui Ralph pouvait venir, ce soir s'il voulait, mais si possible avant vingt-deux heures.

Il se rasa, se lava de son mieux. Puis il choisit une large veste en skaï, en espérant que les manches dissimuleraient les pansements.

« Bonne chance, Ralphie, dit Cassie en l'embrassant sur la joue. On est content que tu sois là. Et tu sais, on peut graver le disque n'importe quand. »

« Fais gaffe, dit Ben. Ne va pas tourner de l'œil. »

A ces mots, Ralph pensa à quelques traces brunes qu'il avait remarquées dans les coins de la salle de bains. Les carreaux avaient dû être pleins de sang : ses copains n'avaient pas encore réussi à tout nettoyer. Il attrapa le bus, trouva une place assise et essaya de respirer lentement, profondément, selon la méthode zen.

Son père avait le visage barré par un pansement collé au sparadrap. Il lui tint la porte ouverte et fit un signe de tête : « Entre, Ralph.

— Qu'est-ce qui t'est arrivé ?

— Une histoire stupide... Comique. Dans le salon, il dévisagea Ralph avec un bon sourire. Il avait, comme l'autre jour, ses chaussures d'intérieur, et on voyait un livre sur le fauteuil. Un petit accident en revenant de ta soirée. Un accident stupide. J'ai pris un virage trop serré à gauche et je suis entré en plein dans une autre voiture. Dans la 3e Avenue. C'est entièrement de ma faute. Je me suis cogné dans le pare-brise ; résultat : le nez cassé. Il eut un rire silencieux qui lui secoua les épaules.

— Toute ma sympathie ! Et les flics... Ralph avait pensé aussitôt à la conduite en état d'ivresse, mais comment imaginer son père dans une telle situation ?

— Bien sûr, ils m'ont fait passer le test. Rassure-toi, j'étais au-dessous du seuil. Non, ç'a été de l'inattention pure et simple. Tu veux une bière, Ralph ? » Sans attendre la réponse, il se dirigea vers la cuisine.

Ralph était ému. Pour que son père provoque un accident aussi imbécile, il avait fallu, évidemment, qu'il soit terriblement affecté par la soirée, ou plutôt par tout ce qu'il y avait vu. Il prit la boîte de bière. « Merci, P'pa.

— Et ça ? Son père avait aperçu le pansement au poignet droit et cherché aussitôt l'autre poignet que la vaste manche de plastique bleu ne cachait pas non plus entièrement.

— Ah oui, moi aussi j'ai eu un petit accident, à la maison. Rien de grave. » Ralph avala une gorgée de bière et sentit son visage s'échauffer. Rien de grave ? Alors que faisait-il ici ? Il était venu à cause d'une facture d'hôpital de cinq cents dollars... Il regarda son père dans les yeux, vit ses lèvres serrées. Son père avait compris ce que signifiaient les pansements.

« Tu as fait ça l'autre nuit ?

— Oui.

— Ils t'ont mis à l'hôpital, je pense ? J'ai essayé de t'appeler hier. J'ai eu quelqu'un, une voix d'homme, qui m'a répondu bêtement je ne sais quoi. »

La gorge serrée, Ralph prit une autre gorgée de bière. « On ne m'en a pas parlé...

— Tu as peut-être besoin d'argent pour payer l'hôpital ?

— Ben oui, justement, P'pa. C'est vrai... Ils ont même été plutôt salauds à l'hôpital, c'est-à-dire, ils insistent vachement... » Mais Ralph se disait que tout était de sa faute, la facture, les poignets tailladés. Et tout cela pour rien. Il ne regardait plus vraiment son père, il contemplait la laine blanche du pull, les boutons de cuir marron. Ce nez cassé, c'était aussi un accident, n'est-ce pas ? Egalement gratuit. « J'étais énervé... », commença-t-il, puis il haussa les épaules, le regard toujours rivé sur le pull. Son père aussi avait perdu le nord, non ? Ces choses-là devaient arriver à tout le monde.

« D'accord, je paye », dit Steve d'un ton sec, presque méprisant, comme s'il voulait se débarrasser d'un maître chanteur sans oser vraiment l'insulter. Telle fut du moins l'impression de Ralph, et plus encore quand son père ajouta :

« Après tout, tu es mon fils. Steve ouvrit le secrétaire, prit son chéquier. Combien, Ralph ?

— Un peu plus de cinq cents.

— Bon, six cents, pas plus. Et il signa le chèque sans se rasseoir.

— Merci, P'pa. Je suis désolé, dit Ralph en prenant le chèque.

— Peut-on dire que c'est la dernière fois ? Ça vaudrait mieux.

— Je te jure que...

— Pour être très franc, je n'ai que du mépris pour ta façon de vivre. »

Stupéfait, Ralph regarda son père, comme hypnotisé par ses yeux bleus. Son pansement sur le nez aurait pu les faire rire tous les deux en d'autres circonstances ; or, il évoquait en l'occurrence un masque à gaz ou quelque harnachement de combat, et n'avait rien de drôle. Ralph se sentit vaincu.

« J'ai essayé de l'admettre, j'ai essayé de comprendre, en tout cas... »

Ralph resta silencieux un moment. Oui, son père avait essayé, c'était vrai. Il sentait battre ses veines à un poignet. Furtivement, il regarda le pansement. Non, pas d'hémorragie ou du moins le sang n'avait pas traversé. Il recula gauchement comme s'il voulait s'en aller. « Oui, je sais... Excuse-moi, P'pa. »

Son père fit un signe de tête. Ce n'était pas un signe d'approbation, mais d'impuissance, de résignation, de fatigue. « Ne reviens pas, si tu peux l'éviter. »

Ralph se mordit la lèvre. Il aurait voulu parler. Les mots ne venaient pas. On le traitait comme un clochard, on lui faisait comprendre de ne pas revenir mendier. Et il restait planté là, muet, incapable même de laisser monter la colère qu'il ressentait. Oui. Il eut envie de crier « oui » pour s'approuver, pour s'affirmer de toutes ses forces, et c'est à peine s'il ouvrit la bouche. Puis il fit demi-tour et marcha à grands pas vers le vestibule, sortit, referma vivement la porte, mais sans la claquer.

Le combat continuerait, Ralph le savait.

Verre brisé porte malheur

Titre original de la nouvelle :
BROKEN GLASS
Traduite par GEORGES FRADIER

ANDREW Cooperman était de bonne humeur ce mercredi matin, car il avait un rendez-vous. Il devait aller prendre Kate Wynant chez elle un peu après dix heures, pour l'accompagner au supermarché. Tous deux s'y rendaient une fois par semaine, en évitant le samedi à cause de la cohue, et ils faisaient leurs achats ensemble parce qu'il était impossible, désormais, d'acheter à la livre ou à la demi-douzaine : il fallait investir dans trois kilos d'oignons ou cinq kilos de pommes de terre comme si l'on avait un régiment à nourrir. Or Andrew vivait seul, et Kate également. Il avait perdu Sarah, sa femme, depuis bientôt six ans, et Al, le mari de Kate, ancien chef de train du métro, était mort d'une broncho-pneumonie un an avant Sarah. Les deux ménages avaient eu de bonnes relations de voisinage et d'amitié pendant plus de trente ans. Les Wynant étaient sans enfant, alors qu'Andrew et Sarah avaient un fils, marié et père de famille, qui avait d'abord vécu dans le New Jersey avant de s'installer, dix ans auparavant, très loin, à Dallas. Un brave garçon, cet Eddie — mais peu porté sur la correspondance ; il écrivait deux fois par an à peu près, Noël inclus. Andrew s'avouait qu'il se sentait seul quelquefois.

Il devait admettre aussi que c'était absurde, cette gaieté à l'idée d'un rendez-vous avec la vieille Kate, laquelle très probablement lui réservait une nouvelle histoire terrifiante de son crû, quelques comptes rendus d'événements « abominables » ou vraiment « pas humains » survenus dans leur quartier de Brooklyn. Elle passait la moitié de son temps au téléphone. Elle appelait ou on l'appelait. Elle savait tout ce qui se passait. Certainement, le quartier s'était dégradé, c'était le moins qu'on puisse dire. On voyait arriver des sous-prolétaires, avec les ribambelles de gosses qui allaient avec. Autrefois, c'était un beau quartier, constitué en majorité de maisons particulières bien entretenues, avec des arbres, des haies et, aux portes, des heurtoirs de cuivre astiqués pour faire joli. Chacun se connaissait, les voisins s'entraidaient pour pelleter la neige, s'invitaient aux noces, aux anniversaires. Bien sûr, la population devenue plus nombreuse, les propriétaires disparaissant peu à peu, il avait fallu diviser les maisons en appartements, impossible de faire autrement. Andrew et Sarah avaient toujours habité le même appartement, mais ils avaient connu les propriétaires, les Knes, qui étaient plus âgés qu'eux et avaient disparu depuis fort longtemps. A présent, Andrew savait tout juste le nom du propriétaire des quatre appartements, il était même incapable de dire à quoi il ressemblait... Andrew perdait le fil de ses pensées. Il regarda sa montre : dix heures — et se demanda s'il n'avait rien oublié. L'argent, les clefs — l'essentiel, toujours — plus la liste des emplettes. Oui, il avait tout.

Contre la porte d'entrée, il y avait un grand coffre bourré de livres et de vieux magazines. C'était là une idée de Kate : avoir, en sus de trois serrures, plus un verrou et une chaîne, un ou deux objets lourds pressés contre la porte. N'importe qui, à présent, pouvait ouvrir des serrures et même scier une chaîne en un clin d'œil, affirmait-elle, mais si, ensuite, ils devaient repousser une lourde masse, cela donnerait à Andrew le temps de téléphoner. Evidemment, elle pouvait citer le cas d'une ou deux personnes dont la vie avait été peut-être sauvée et qui, en tout cas, avaient encore leurs biens, grâce à cette précaution. Andrew tira le coffre, juste ce qu'il fallait pour ouvrir les serrures, entrebâiller la porte et se glisser dehors. Puis il referma à double tour. Au bas de sa liste était noté un achat bien agréable : une plaque de verre rectangulaire, dont il avait pris les mesures. C'est qu'Andrew était un bon encadreur. Quelquefois, les voisins, par exemple les Vernon ou les Schroeder, lui confiaient des photos ou des dessins ; naturellement, il ne demandait rien pour ce travail, juste le prix des fournitures. Avec l'encadrement, l'aquarelle était sa principale occupation. Il en avait deux cartons, qui représentaient des vues du quartier, le parc, les maisons, des paysages en somme. Il les montrait à Kate quand elle voulait voir ses derniers essais. Il en avait encadré deux ou trois, qui étaient accrochées aux murs de l'appartement. Souvent, il faisait un tri dans les cartons et jetait ce qu'il ne jugeait pas bon. Inutile de tout conserver, comme font beaucoup de vieilles personnes.

Andrew avait collé sur un papier neuf sa photo préférée de Sarah, acheté un cadre d'occasion en bel érable madré et l'avait nettoyé à fond. Ce soir, il fixerait le verre, tendrait du papier kraft au revers, et accrocherait le tout dans le salon. Autrefois, Andrew était typographe chez l'imprimeur d'un journal de Brooklyn. Il aimait la précision. Depuis l'âge de dix-sept ans, il avait vécu dans le vacarme désordonné mais rassurant — les bing, plouf, cloc — des grosses machines. Quelquefois, en rêve, il les entendait encore, il sentait leur odeur d'huile. Pourtant, quand il avait pris sa retraite, quinze ans auparavant, on avait modernisé les presses et elles faisaient beaucoup moins de bruit.

« C'est vous, Andrew ? fit d'en haut la voix perçante de Kate quelques secondes après qu'il eut sonné.

— Oui, Kate.

— Je descends tout de suite. »

Brusquement, derrière Andrew, la porte d'entrée s'ouvrit à la volée et deux, non, trois enfants le bousculèrent ; l'un d'eux avait une clef. Ils entrèrent tout en poussant des hurlements. C'était un Noir et deux Blancs, remarqua Andrew. Il y avait un autre appartement au premier étage, sur le palier de Kate.

Kate ouvrit, à peine moins massive que la porte. Son

visage rubicond était encadré par la fourrure noire de son col, ses mains grassouillettes serraient un sac à provisions en plastique bleu posé sur un chariot à deux roues encore fermé et tout plat. Avec une émotion inaccoutumée, elle chuchota : « Quelle matinée ! Ethel vous a téléphoné ? Elle vous a dit pour les Schroeder ?

— Non. » Ethel était une voisine, qui usait et abusait également du téléphone. Les Schroeder ont encore été cambriolés, pensa Andrew.

Kate descendit les marches du perron, reprit haleine, et agrippa la manche d'Andrew. « On les a trouvés chez eux ce matin, morts tous les deux. Somnifères. Ils ont laissé une lettre. C'est *un double suicide !*

Non ! fit Andrew, bouleversé. Mais pourquoi ?

— Ils ont écrit... Kate regarda à droite et à gauche comme si elle était entourée d'espions... qu'ils ne supporteraient pas d'être volés une fois de plus. Qu'ils étaient trop malheureux. Ils avaient été cambriolés deux ou trois fois, vous savez...

— C'est affreux. Andrew eut l'impression que la nouvelle n'avait pas encore pris tout son sens pour lui.

— Deux fois, rien que pendant les six derniers mois. Vous vous en souvenez. Et Herman qui souffrait tellement de son dos depuis qu'il avait été attaqué dans la rue... C'était quand ? En décembre ? En tout cas, il faisait froid.

— C'est vrai. » Herman Schroeder prenait le soleil sur un banc, non loin de chez lui. (Kate le lui avait déconseillé, Andrew s'en souvenait, parce que, quand il fait froid, il y a peu de gens dehors), lorsque deux jeunes voleurs lui avaient pris son argent, sa montre et son pardessus. Ce n'était pas tellement la perte, mais le choc, qui avait été pénible, d'autant plus que les types l'avaient laissé assis sur le pavé. Quoi qu'il en soit, les bancs étaient de vrais pièges pour les personnes âgées. Autrefois tous y allaient, dans ce square, pour jouer aux dames ou aux échecs, mais c'était fini. Andrew se rappelait Herman assis au soleil avec sa pipe blanche, en train de lire son journal. Fini, disparu. Des gens bien, les Schroeder, voisins depuis des dizaines d'années, comme Kate. Maintenant, la nouvelle se pénétrait de toute sa signification. « Ils se sont tués... » Kate et lui avançaient en direction de la grande avenue et du supermarché.

« Ils n'avaient pas les moyens de déménager. C'est Minnie qui me l'a dit il y a bien deux ans de ça. » Kate ralentissait déjà l'allure pour ménager sa voûte plantaire défectueuse.

De l'autre côté de la rue, Andrew vit la silhouette rassurante de deux solides agents de police qui balançaient leurs bâtons, et en même temps il remarqua quatre jeunes « hispanos », portoricains ou autres, qui avançaient vers Kate et lui en se bousculant et en baragouinant en espagnol. L'un deux avait un regard vide de drogué — ou bien était-ce une fausse impression ? Un autre jeta une phrase ordurière et poussa son voisin qui rebondit sur Andrew, lequel faillit tomber sur Kate. Andrew reprit son équilibre et toucha le bras de Kate pour s'excuser, mais sans mot dire, comme s'ils observaient respectueusement quelques minutes de silence en souvenir de Herman et Minnie Schroeder, tout en cheminant vers le supermarché.

Andrew dit qu'il devait acheter une plaque de verre, et pénétra dans la quincaillerie près du coin de la rue. Il savait que Kate serait contente de le suivre et de regarder les appareils ménagers. Il dicta les dimensions à un jeune homme qui les nota sur un bout de papier.

« Dans un quart d'heure environ, dit le jeune homme.

— Je repasserai un petit peu plus tard : je vais au supermarché. Merci. » Andrew alla retrouva Kate. La boutique étincelait de bouilloires chromées, grille-pain, appareils électriques en tous genres.

Au supermarché, ils se séparèrent comme d'habitude. Ils étaient convenus qu'Andrew achetait les provisions de base, pain, café, pommes de terre, tandis que Kate se chargeait de la viande et choisissait fruits et légumes. Andrew pensait aux Schroeder. Combien de fois, avec Kate, il avait vu ici la petite silhouette de Minnie, souvent enveloppée d'un manteau mauve, qui faisait ses courses seule le matin en semaine. Ils s'arrêtaient toujours une minute pour bavarder, échanger les nouvelles. Herman n'avait jamais renoncé à ses promenades, mais bien sûr il ne les faisait qu'en plein jour. Pourtant même à ce moment-là... « Ils s'attaquent aux personnes âgées, parce qu'ils savent qu'on ne peut ni courir ni se défendre », comme disait Kate. En s'emparant d'une boîte de douze œufs, Andrew essaya d'imaginer Minnie et Herman (peut-être couchés sur leur lit tout habillés) chez eux, où il était allé plusieurs fois. *Morts.* Ils ne pouvaient plus supporter l'anxiété. Il se demanda si on avait le droit d'être si pessimiste, si désespéré. Mais avait-on le droit de poser la question ? Ils étaient sans doute trop las pour tenir plus longtemps. Sûrement, pensa Andrew, il faut comprendre et pardonner.

Les doigts de la caissière voletaient sur le clavier à une vitesse stupéfiante. Andrew ne prit pas la peine de vérifier du regard tous les chiffres comme le faisait Kate, il le savait.

Elle avait déjà payé et attendait près des portes vitrées. Ils rangèrent quelques sacs d'Andrew dans le Caddie. Il leur restait encore à chacun un sac à porter.

« J'ai acheté un beau gâteau, dit Kate. On pourrait y goûter chez moi, si vous voulez.

— Bonne idée, fit Andrew. Chez Kate, ils grimpèrent deux fois à l'étage pour transporter tous les sacs, chacun à son tour montant la garde en bas dans l'entrée. On ne savait jamais qui pouvait entrer en coup de vent, avec une clef même, et ressortir aussi vite en emportant le butin. Kate était convaincue que certains mômes avaient des passe-partout. Elle fit du Nescafé et réchauffa le gâteau au four. Puis elle déclara, comme Andrew s'y attendait :

« Ce gâteau me rappelle celui de la pauvre Minnie, mais le sien était bien meilleur. Ah, je vais les regretter, Andy... »

Ils étaient assis à la table ovale dans le séjour ; le partage de leurs provisions était fait, mais pas les comptes.

Andrew opina solennellement. « J'espère que je ne serai pas obligé de partir comme *ça.*

— Vous avez été cambriolé seulement deux fois, n'est-ce pas ? Moi, quatre. Qu'est-ce qu'il me reste ? » En lançant cette question emphatique, elle renversa la tête et parcourut du regard les murs, le buffet surmonté d'un vase vert (Andy se souvenait bien du plateau et de la théière d'argent qui étaient là trois ans plus tôt), et la vieille télé d'occasion qui remplaçait (depuis quatre ans maintenant, ou même plus ?) le superbe récepteur tout neuf dont elle était si fière. Andrew ne savait que dire. Oui, bien sûr, elle avait été cambriolée, mais malgré tout son appartement avait l'air plus soigné, plus confortable que le sien. « C'est plus dur pour l'homme qui perd sa femme que le contraire », avait déclaré Kate peu après la mort de Sarah. Peut-être bien. Les femmes s'y prennent mieux pour les détails, pour arranger une maison. En même temps il se rappela à l'ordre (comme tous les jours depuis la mort de Sarah) : pas question de s'apitoyer sur son sort, ce serait le commencement de la fin, ce serait même honteux. Seulement, l'idée, l'image des Schroeder lui apparut plus nettement, là, entre une gorgée de café et une bouchée du gâteau à la cannelle. Ils avaient environ soixante-seize ans tous les deux, songea-t-il. Pas vraiment vieux, n'est-ce pas ? Andrew en aurait quatre-vingt-un le mois prochain.

— Comment les a-t-on trouvés ?

— Qui ?

— Les Schroeder.

— Oh ! Je crois que c'est une voisine qui habite sur le même palier... Elle a frappé plusieurs fois, puis elle a appelé l'homme chargé de l'entretien ou quelqu'un d'autre, parce que dans cet immeuble il ne loge pas sur place. Elle a dû dire qu'elle était inquiète de ne pas les avoir vus depuis plusieurs jours. Ils étaient là depuis au moins quatre jours, c'est Ethel qui le dit, parce qu'elle a entendu un interne qui le disait à quelqu'un. »

A la cuisine, Andrew fit les comptes de son mieux, attentif aux deux tickets de caisse, aux deux pains enveloppés séparément d'un papier paraffiné, aux kilos de pommes de terre. Kate aimait bien qu'il fasse les calculs. Il arriva à un montant de près de dix-huit dollars pour Kate, un peu plus pour lui, car il n'était pas sûr du prix d'un article. Il remplit deux sacs à emporter.

« Ils ne sont pas humains, disait Kate agitée d'une indignation ou d'une colère qui secouait jusqu'à l'ourlet un peu élimé de sa jupe. Vous avez vu l'article dans *Time* il y a un mois ou deux ? »

Oui, il se le rappelait. Kate lui avait passé le magazine après l'avoir terminé, comme elle faisait souvent. Un article d'une page et demie qui décrivait un quartier, pas exactement le leur, mais qui lui ressemblait beaucoup. On y parlait des gens qui se barricadaient la nuit, qui n'osaient pas sortir après le coucher du soleil pour faire une course ou aller chez des amis. Des bandes d'adolescents vagabonds, noirs ou hispanos à quatre-vingt-dix-sept pour cent (*Time* donnait ce chiffre), emprisonnaient les gens dans leurs propres appartements, les suivaient quand ils allaient à la banque toucher leurs pensions, pour les assommer et les voler chez eux...

« Quand des gens civilisés comme les Schroeder en sont réduits à se tuer pour échapper... Incapable de trouver les mots, Kate s'assit et donna une tape à sa perruque de blonde roussâtre pour s'assurer qu'elle était bien en place. La police peut pas protéger suffisamment. Il faudrait qu'ils soient partout, c'est impossible.

— Mais rappelez-vous, fit Andrew, tout heureux de se souvenir d'un détail réconfortant, dans le même article il y avait la photo d'une grande fille noire en train d'escorter des personnes d'un certain âge, comme vous et moi, qui allaient faire leur marché. Ou qui revenaient de la banque, je ne sais plus. »

Nerveusement, Kate picora une noix de pécan. « Bon, c'est *un* exemple, c'est *une photo.* Ça irait s'il y avait cinquante jeunes, honnêtes comme celle-là, pour accompagner *tout le monde...* »

Andrew songea qu'il ferait mieux de prendre congé : Kate pouvait continuer encore une demi-heure ainsi. « Merci, Kate, le café et le gâteau étaient délicieux.

— Appelez-moi ce soir. Je ne suis pas tranquille, Andy, je sais pas pourquoi. Surtout aujourd'hui... »

Il fit signe que oui. « A quelle heure ? » C'était comme s'il fixait un nouveau rendez-vous, et c'en était un, en un sens. Il aimait avoir des choses à prévoir, des petites obligations. « Juste avant vingt heures. A moins cinq, ça va ? Parce qu'il y a une émission à la télé que je voudrais regarder à huit heures pile. »

Andrew s'en alla, et il était déjà chez lui, ses sacs vidés, les provisions rangées à la cuisine, quand il s'aperçut qu'il avait oublié la plaque de verre. Quelle sottise ! C'est l'âge, pensa Andrew, avec un sourire. Il enfila sa veste, rouvrit les serrures, les referma. Pour ce surcroît de corvées, il ne pouvait s'en prendre qu'à lui-même. Il se mit en route en direction de la grande avenue, à son allure lente, le pied droit un peu en retard sur l'autre.

« Bonjour Andy, dit une femme âgée, son chien blanc attaché au cabas à roulettes qu'elle poussait, bourré de provisions.

— Bonjour... », répondit Andrew, sans pouvoir se rappeler son nom. Ah, oui, Helen ! Trop tard. Helen Vernon.

Il entra à la quincaillerie, demanda sa plaque de verre. Deux dollars, quatre-vingt-huit cents. Le verre était très bien enveloppé dans du papier kraft, avec des bandes de scotch. Andrew s'en retourna, la plaque sous le bras, content à l'idée de passer une bonne soirée à bricoler dans la petite pièce qui servait autrefois de lingerie à Sarah et où il avait toujours eu son établi, un battant de porte posé sur des tréteaux. Le ciel s'était dégagé. Andrew aperçut un hélicoptère qui tirait une banderole avec quelque chose d'écrit dessus qu'il ne put pas lire. Un tourbillon de fumée monta d'un jardin : on brûlait des brindilles. Il y avait du printemps dans l'air.

Il entendit des pas derrière lui, assez rapides ; instinctivement il s'écarta vers la droite pour qu'on puisse le dépasser du côté de la chaussée, et il reçut un choc violent au bras gauche, qui tenait la plaque de verre. Projeté de côté, il perdit l'équilibre, entendit le verre claquer sur le trottoir et, en même temps, sentit un craquement dans sa hanche droite.

Il vit des jambes en blue-jean, perçut un halètement au moment où on tirait en arrière le col de sa veste dont un bouton lui sauta sous le nez, et il eut les bras brusquement immobilisés. Quand on lui enleva son chapeau, il s'attendit à un coup sur le crâne, mais non, une main noire arrachait le portefeuille de la poche intérieure de la veste. Andrew ferma les yeux, et les rouvrit aussitôt pour apercevoir deux grands pieds chaussés de baskets, de longues jambes bleues, un blouson en jean, une silhouette qui s'éloignait rapidement et disparaissait au coin de la première rue à droite.

Quelques secondes plus tard, presque immédiatement, en fait, une femme qui le suivait se pencha sur lui. « J'ai tout vu », dit-elle.

Elle essayait de l'aider à se relever. Il se mit à genoux, gêné par la veste qui lui paralysait toujours les bras. La femme (elle avait un foulard bleu autour de la tête, et avait posé son sac à provisions sur le trottoir) lui tint le bras tout en tirant sur son col pour lui remettre sa veste sur les épaules. Il saisit la main qu'elle lui tendait et se remit sur ses pieds.

« Merci. Merci beaucoup, dit-il.

— Vous croyez que ça va aller ? » Elle semblait avoir la quarantaine et le regardait d'un air anxieux. On apercevait des bigoudis sous son foulard.

Andrew se sentit soulagé de constater qu'il tenait debout sans souffrir. Il avait eu peur d'avoir le fémur cassé. Il répéta « Merci » et se rendit compte qu'il était tout étourdi.

« Ces brutes ! Si seulement je voyais un flic... Elle inspecta la rue, renonça pour le moment. Je veux être sûre que vous rentrez bien chez vous. Où habitez-vous ? Vous voulez un taxi ?

— Non, non, j'habite tout près. »

Ils se mirent en marche. La brave femme lui avait pris le bras. Elle poursuivit son discours :

« ... évidemment les flics, on n'en trouve jamais quand on en a besoin... un des vieux, dans mon immeuble, la semaine dernière... Non mais, est-ce qu'ils s'imaginent qu'ils vont nous prendre notre quartier ? Qu'est-ce qu'ils se croient ? Et puis, quand on y pense, qu'est-ce qu'ils réclament ? Des salles de jeux, ils en ont déjà, des indemnités de chômage, l'aide sociale, ils ont tout, on leur donne même un salaire rien que pour aller dans une école technique... Des bibliothèques ! Vous les voyez à la bibliothèque ? Vous parlez, ils aiment mieux passer leur temps à voler... Ces espèces de singes, ils pensent que le peu qu'on a, on l'a gagné à ne rien faire ?... Moi, j'ai mon fils, il dit qu'on devrait se balader avec des revolvers comme à San Francisco. Ou à Los Angeles, je ne sais plus... Vous vous rendez compte ? On n'a pas encore vu un flic. »

« C'est ici, dit Andrew devant un petit immeuble en briques rouges et béton crème. La femme offrit de l'aider à monter l'escalier, mais il déclara qu'il se débrouillerait.

— A propos, combien il vous a pris ? »

Andrew réfléchit. « Pas plus de dix dollars, je crois... » Il s'arrêta, et reprit : « Seulement il y avait tous mes papiers. Je vais écrire pour faire remplacer mes cartes, j'ai les numéros... »

« Si vous me disiez votre nom, j'irais déposer à la police. Je l'ai vu, ce grand type...

— Non, non. Merci », dit Andrew d'un ton assez ferme, comme s'il craignait que la déposition ne lui attire quelque ennui.

« Bon, prenez bien soin de vous. Allez, au revoir. » La femme s'en alla dans la direction d'où ils étaient venus.

Andrew gravit son escalier, tira les clefs de la poche de son pantalon, entra, referma porte et serrures, et se mit lentement à préparer du thé. Rien de tel que le thé après une commotion. Il fallait admettre qu'il avait eu une commotion. Même si c'était la deuxième ou la troisième fois, dont la dernière il y avait plus d'un an... Mais là, en plein jour, en plein midi ! Il versa deux cuillerées de sucre dans sa tasse et s'assit à la table de la cuisine. Au moins, les provisions étaient là, en sécurité. Sa hanche ne lui faisait pas trop mal, juste une petite douleur comme s'il s'était cogné. Et s'il s'était cassé le col du fémur ? S'il avait été immobilisé, incapable de marcher pendant deux, trois mois, qu'il eût dû compter sur Kate pour faire ses courses ? Ça, ç'aurait été la catastrophe ! Il eut envie de remercier le destin.

Il se fit un sandwich au beurre de cacahuète, n'en mangea que la moitié, et s'aperçut soudain qu'il avait besoin de s'étendre. Il ôta ses souliers et se coucha sur le divan du séjour en tirant à lui la petite couverture que Sarah avait faite au crochet. Il lui sembla qu'il sommeillait depuis quelques secondes quand le téléphone sonna. Kate, probablement.

C'était Kate, qui annonçait que l'enterrement des Schroeder aurait lieu samedi à onze heures et demandait si Andrew voulait y aller parce qu'il y avait un petit car que plusieurs voisins avaient l'intention de prendre pour se rendre au cimetière.

« Mais oui... Sûrement, dit Andrew ; il lui semblait que c'était un devoir d'amitié, un témoignage de respect dont il aimerait s'acquitter.

— Bravo ! Je sonnerai chez vous vers dix heures et quart samedi, puisque vous êtes dans la direction. Comment ça va ? Ce soir il y a un documentaire à la télé qui vous intéresserait peut-être. A neuf heures, c'est pas trop tard ? Ça dure jusqu'à dix, mais... on pourrait très bien se rencontrer à mi-chemin et plus ou moins se raccompagner, à moins que ce soit un peu bête de prendre des risques rien que pour une émission à la télé. »

Ce serait bête en effet, pensa Andrew, mais sans rien dire.

« Andy, vous êtes là ? Vous vous sentez bien ?

— Enfin, si vous voulez savoir, répondit Andrew, je viens juste d'être attaqué, renversé sur...

— Quoi ? Pourquoi ne le disiez-vous pas tout de suite ? J'en étais sûre, qu'il arriverait quelque chose. Ils vous ont battu ?

— C'était un gars tout seul. Non, ça va bien, Kate.

— Lequel c'était ? Vous l'avez vu ? Vous l'avez bien regardé ?

— Oh oui ! Un grand Noir avec du roux dans les cheveux.

— Il me semble que je le connais. Je ne suis pas sûre... Mais alors vous étiez ressorti ?

— Oui, j'avais oublié la plaque de verre. »

Ils décidèrent qu'Andrew ne devait pas ressortir après la tombée de la nuit, car la foudre peut tomber deux fois au même endroit.

Ensuite Andrew retourna au sofa où il avait toujours aimé faire la sieste, bien qu'il fût défoncé. Il se mit bientôt à somnoler, mais sans trouver le repos. Il se sentait triste parce qu'il n'avait pas envie de ressortir et que ce soir il n'aurait pas sa plaque de verre pour encadrer la photo de Sarah. Et tous ces éclats de verre sur le trottoir, qu'il avait été trop bouleversé pour ramasser... Si un gamin les prenait pour s'en servir contre les passants ? Andrew se tortilla sur le sofa. Généralement ils ont des couteaux, c'est plus facile à manier. La première fois qu'il avait été attaqué, quand ils lui avaient volé son portefeuille en cuir (depuis, il achetait des portefeuilles en plastique) c'était par deux adolescents. Il était tombé assis sur le trottoir et le plus jeune lui pointait un couteau à hauteur des yeux pendant que l'autre lui subtilisait le portefeuille. Sur le palier, il entendit des cliquetis de serrures, des claquements de verrou : Mme Wilkie sortait.

Demain, il irait acheter une autre plaque de verre, et le soir ou même l'après-midi, il aurait le plaisir d'accrocher la photo, et de voir le doux visage souriant de Sarah telle qu'elle était à vingt-cinq ans, ou plutôt vingt-six (Eddie avait à peu près deux ans), dans sa robe d'été décolletée avec des volants et parée du collier de corail qu'il lui avait offert. Il se sentit vieux. Toutes ces années ! Se sentir vieux, pensa-t-il, ce doit être sentir la fatigue. C'est sans doute inévitable. En un sens il avait eu la chance d'être en meilleure santé que la plupart, sans rhumatismes, sans les petites infirmités habituelles. Ce qui le déprimait, il s'en rendait compte, c'était l'idée du cimetière, de la mort prochaine. La mort, ce ne serait peut-être qu'un instant, peut-être sans aucune souffrance, mais quand même c'était un mystère. Etait-ce comme un évanouissement ? Andrew trouvait encore la vie assez intéressante pour vouloir continuer. Samedi, il irait à l'enterrement de Herman et Minnie Schroeder, et dans quelques années, dans très peu d'années peut-être, des voisins, des voisines comme Kate et Helen Vernon iraient à son enterrement. Kate, par exemple, parlerait de lui pendant quelques mois, dirait peut-être qu'elle le regrettait, et puis les gens ne parleraient plus de lui du tout, comme cela arriverait pour les Schroeder. Qu'était-ce que la vie ? A quoi rimait-elle ? Pour témoigner qu'un homme a vécu, même le plus humble, il devrait rester autre chose que des vieux meubles, quelques dollars à la banque, des vieux livres, des vieilles photos... *Poussière, tu retourneras en poussière...* Andrew se tourna sur le côté. Sa hanche se mit à lui faire mal, mais il ne bougea pas, trop fatigué qu'il était pour changer de position. Bien sûr, il y avait son fils Eddie, et Andy, son petit-fils qui était déjà un homme de vingt-huit ans. Mais ce que demandait Andrew c'était quelque chose de personnel, d'individuel : qu'est-ce qu'il valait, lui, comme être humain ?

Ainsi Andrew n'alla pas chez Kate ce soir-là. Il dîna d'un plat de macaroni au fromage (pas surgelé, c'était meilleur marché de le préparer soi-même) et d'une salade verte. Après le dîner, il ouvrit un tiroir du buffet de cuisine et, de derrière le ramasse-couverts en plastique, tira sa petite réserve d'argent, de peur de se trouver demain sans le sou au beau milieu de la rue. Il prit quatre billets d'un dollar, ce qui laissait un billet de cinq dans le tiroir, et les glissa dans une poche de son pantalon. Ensuite, il écrivit deux lettres pour déclarer le vol de ses cartes à la banque et à la Sécurité sociale.

Le lendemain, par une belle matinée ensoleillée, Andrew retourna à la quincaillerie commander sa plaque de verre de 60 cm sur 45. Il avait pensé que le jeune homme dirait « Cassé ? » ou quelque chose de ce genre, Andrew ferait un sourire pour acquiescer, mais le jeune homme était trop occupé pour dire autre chose que « Dans un quart d'heure ».

Un quart d'heure dans une quincaillerie, c'était vite passé pour Andrew : il se mit à flâner parmi les marteaux et les pinces, les couteaux à éplucher, les cafetières à plaque chauffante, les patères pour salle de bains, les sacs de terreau et d'humus enrichi, les grils à charbon de bois de toutes les tailles. Puis le jeune homme revint avec le verre tout enveloppé dans un emballage identique à celui de la veille. Andrew paya deux dollars et quatre-vingt-huit cents à la fille de la caisse, et il se dit qu'il allait encadrer la photo avant le déjeuner. Peut-être que la photo l'inciterait à appeler Kate pour l'inviter à prendre le thé. Elle aimait bien le thé avec de solides petits sandwiches au jambon et à la mayonnaise, par exemple, suivi d'un gâteau. Il pourrait aller acheter tout cela après le déjeuner.

Andrew se trouvait à plusieurs centaines de mètres de chez lui quand il vit venir dans sa direction le jeune Noir avec le même blouson, les mains dans les poches de derrière, sifflant, chaloupant comme un matelot.

Andrew se raidit. Est-ce que le type le reconnaissait ? Mais le garçon ne le regardait même pas. Cheveux crépus, noirs aux reflets auburn, au moins 1,80 m, oui c'était bien lui. Qu'est-ce qu'il s'est acheté avec mes dix dollars ?, se demanda Andrew, en remarquant comme des étoiles brillantes sur le blouson bleu déboutonné, apparemment des capsules de bouteilles cousues du haut en bas. Qui allait-il voler, sur-le-champ ou plus tard ? Ces pensées, ces impressions, le traversèrent en un éclair et soudain il eut dans son regard les grands yeux tavelés du garçon, des yeux durs mais où rien n'indiquait qu'il le reconnaissait. Le type avançait tout droit, certain qu'Andrew lui céderait le pas. Il balançait les bras maintenant, il était peut-être prêt à les lancer en avant pour faire peur à Andrew. Peut-être voulait-il le percuter.

De sa main droite Andrew se mit à serrer fortement le bas de son paquet, dont il abaissa le coin comme une lance, et il ne s'écarta pas. Il continua tout simplement à avancer, alors que le garçon tendait les bras pour le pousser à bondir. Il se prépara au choc et vit la pointe du paquet percer la chemise bleu clair à côté des boutons blancs.

« Ouh ! »

Sous le coup, Andrew recula, mais sans perdre l'équilibre. « Hou-ou », le garçon se mit à gémir plus doucement en croisant les mains sur sa poitrine. « Salaud ! » Du sang filtrait entre ses doigts crispés.

Un homme surgit sur le trottoir derrière Andrew. Une femme munie d'un Caddie pareil à celui de Kate était arrivée dans l'autre sens, et hésitait, la bouche entrouverte.

« Il m'a planté ! » Le garçon pleurnichait d'une voix de fausset. Il était plié en deux, courbé sur une borne d'incendie.

L'homme portait des feuilles de carton sous le bras. Il semblait regarder avec curiosité, sans beaucoup d'intérêt. « Qu'est-ce qui s'est passé ? » Il s'adressait à Andrew. « Un autre mec ? »

« Il m'a planté ! »

Ni l'homme ni la femme ne lui prêtèrent attention.

« … trouver un médecin ? disait vaguement la femme.

— Ça vaudrait peut-être mieux », fit l'homme en s'en allant.

La femme émit une sorte de soupir, « Thi-i-i », et fit deux pas de côté, évidemment désireuse de prendre le large. « C'est comme ça qu'ils vivent, dit-elle avec un geste emphatique de la main. Et puis quelquefois c'est eux qui écopent, voilà ! » Elle s'éloigna, très pressée, mais se retourna pour dire : « Si je vois un agent… », sans s'arrêter.

Le garçon regarda Andrew et murmura quelque chose d'un ton menaçant. Ses copains arrivaient, deux ou trois. Andrew se mit en marche. Il entendit des pas feutrés, des bruits de pieds qui traversaient la rue, il vit une des silhouettes esquiver une voiture. Un coin de la plaque de verre pendait dans le papier. Il lui avait fait une vraie entaille, au type. Il pensa à des viols dans le quartier (on n'en parlait pas toujours dans les journaux, Kate et lui l'avaient bien remarqué). Quelquefois, la fille recevait une estafilade à la figure, pour l'empêcher de crier, en plus de l'outrage du viol. Il sentit que son cœur battait très fort, de colère, de peur aussi. Il avait fait exprès de frapper à son tour. Oui, parfaitement. La police pouvait venir, et l'interpeller, et l'accuser. C'est peut-être ce qui arriverait. Peut-être bien.

Il fallut qu'il dépose son paquet et tourne les clefs dans ses trois serrures pour qu'il remarque le sang qui lui coulait sur les doigts de la main droite. Et tout un coin du papier kraft en était trempé. Il entra et referma la porte en laissant des gouttes de sang tomber sur le paquet maintenant posé à plat sur le plancher. Alors, soigneusement, en tenant bien son poignet droit en l'air pour ne pas salir la moquette, il courut à la cuisine, plus proche que la salle de bains. Il fit couler de l'eau froide sur sa main. Les coupures n'étaient pas bien graves, il n'y aurait pas besoin de recoudre, un peu de Tricostéril suffirait. Il repoussa le coffre de livres et de magazines contre la porte.

Vers quatorze heures, Andrew se sentit mieux : il avait passé un mauvais moment autour de midi. D'abord un de ses doigts n'arrêtait pas de saigner, puis Andrew avait déjeuné un peu et, saisi de fatigue, s'était étendu sur le sofa du séjour. Aussitôt après quatorze heures, il mit sa veste et ressortit pour acheter une plaque de verre. Cette fois, le jeune homme (qui connaissait vaguement Andrew pour lui avoir déjà vendu du verre auparavant) fit une remarque, en souriant un peu, et Andrew, sans avoir compris toute la phrase, répondit : « Oui... J'ai deux ou trois cadres à faire de la même dimension. » De nouveau il attendit et, quand il eut sa plaque de verre, se dirigea vers la grande avenue où il y avait une pâtisserie, entre l'entrée du métro et la bibliothèque publique. Il regretta de ne pas avoir pris ses livres. Non qu'il fût en retard pour les rendre, mais il les avait lus, il aurait pu les échanger. A la pâtisserie, il acheta un gros moka au chocolat glacé de blanc et des gâteaux secs dorés sur les bords. Puis il retourna chez lui par son itinéraire habituel, en passant par l'endroit où il avait rencontré le garçon le matin, mais sans regarder sur sa gauche, où il aurait peut-être vu des taches de sang. Il ne regarda nulle part, mais il imaginait, en fait il était sûr, que les copains du garçon le guettaient. Désormais il serait encore plus risqué de sortir dans la rue.

Chez lui, il eut l'impression de prendre aussi un petit risque en téléphonant à Kate avant d'avoir encadré la photographie, car la photo encadrée faisait partie de la cérémonie. Kate était chez elle. Elle affirma qu'elle serait ravie de venir vers seize heures.

Andrew se mit au travail. Il avait enveloppé sa main droite dans un torchon propre, ce qui le rendait un peu maladroit, mais il s'appliqua. Une trace de sang en forme de croissant vint souiller le papier marron soigneusement collé au dos du cadre, mais il était impossible d'y remédier. Ce n'est qu'après avoir fixé les deux anneaux et y avoir passé le fil de laiton qu'il changea son pansement, en laissant le Tricostéril en place. De la main gauche, il enfonça un clou dans le mur. Puis il suspendit la photo encadrée.

C'était parfaitement réussi. D'un doigt, il redressa délicatement le cadre. Sarah illuminait la salle de séjour, la transformait entièrement. Elle lui souriait, la tête légèrement de profil mais le regard dirigé vers l'objectif. Il crut l'entendre appeler : « Andy. » Il lui sourit aussi et, pendant quelques secondes, il se sentit jeune, comme s'il respirait l'air vif des collines. Le thé, maintenant. Andrew sortit les tasses, les soucoupes, les assiettes en faisant attention à ne pas en prendre des ébréchées. Le sucre, un petit pot de lait... Quand la sonnette retentit, tout était prêt. Il avait déjà allumé le gaz sous la bouilloire.

« Salut, Andy. Comment vous sentez-vous ? » Kate était un peu essoufflée d'avoir monté un étage.

Andrew tenait sa main droite derrière son dos. « Pas trop mal, merci, Kate. Et vous ? » Il referma la porte à clef.

« Bah-h-h-... » Kate ouvrait son manteau sur sa vaste poitrine tout en opérant un demi-tour, selon son habitude, pour inspecter la salle de séjour. Elle repéra aussitôt le nouvel ornement du mur. « Oh, ce que c'est joli ! s'exclama-t-elle en se rapprochant. Sarah est ravissante sur cette photo ! Et ce bois ! De l'érable moucheté ! »

Andrew avait frotté le cadre à la cire. Il rougit de satisfaction. Kate se mit à évoquer des souvenirs, de l'époque où ils étaient jeunes, où ils faisaient des bons repas tous les quatre à Noël et aux fêtes, et où ils allaient quelquefois dans un restaurant polonais (fermé depuis longtemps). Les couples de tous âges y dansaient gravement entre les plats. Comme c'était amusant... Pourtant, Andrew n'avait pas encore versé le thé lorsque Kate remarqua sa main.

« Je me suis coupé en encadrant la photo, dit Andrew. Une maladresse. Ce n'est rien. » S'il avouait la vérité, Kate dirait quelque chose d'alarmant, il ne savait quoi exactement, mais il s'agirait de représailles de la bande, et peut-être de toutes les bandes de vagabonds — il y en avait trois, une hispano, une noire, une mixte avec un Blanc ou deux. Kate insisterait sans doute pour qu'il reste à la maison pendant quelques jours, et proposerait de lui faire ses courses.

« Vous êtes sûr qu'on ne devrait pas examiner votre coupure pendant que je suis là ? demanda Kate en enfournant une bouchée de gâteau au chocolat. Je vous ferais un bon pansement. C'est impossible d'une main, n'est-ce pas ? Vous avez de l'antiseptique ? De l'alcool ?

— Kate, allons, allons ! »

Elle ajouta quelques questions sur ses papiers. Avait-il écrit pour demander ses nouvelles cartes ? Mais oui. Il refit chauffer de l'eau.

Avant de partir, Kate insista pour changer le pansement et lui en mettre un propre. « Ce serait trop bête de rester toute la nuit avec un pansement humide », affirma-t-elle. Elle avait lavé les tasses pour qu'Andrew ne se mouille plus les mains.

Andrew la laissa défaire le pansement avec des ciseaux. Quand elle vit les quatre doigts tailladés, elle resta ébahie.

« Bon, ce n'est pas arrivé de la façon dont je l'ai raconté, expliqua Andrew. Je... Ce matin, j'ai revu le même grand type qui venait sur moi, juste pour me faire peur et m'obliger à lui céder le pas, comme d'habitude, je suppose. Seulement, je n'ai pas bougé, je l'ai laissé avancer sur le verre... juste la pointe. » C'était clair, maintenant. Ils se tenaient en face l'un de l'autre devant l'évier. Andrew épia le visage de Kate, y cherchant quelque signe d'étonnement, de compréhension, peut-être de sympathie.

« Et vous lui avez fait mal ? Je veux dire, vous l'avez blessé ?

— Oui. Il fonçait sur moi pour me faire peur. Vous savez comment ils font, il n'a pas dévié d'un pouce. Or, ce n'était pas des œufs que j'avais sous le bras, voilà ! J'ai vu qu'il saignait de la poitrine. » Andrew raconta ensuite qu'un homme et une femme s'étaient arrêtés et avaient peut-être trouvé un médecin quelque part, mais que lui était rentré tranquillement à la maison. Il se rendit compte qu'il se vantait un peu, comme un gamin qui a accompli un exploit. En fait, il devait bien se l'avouer : il espérait qu'il avait fait une vilaine entaille à son agresseur, et une blessure comme ça à l'estomac pouvait être fatale, pensa-t-il.

« Je m'étonne que vous soyez rentré sain et sauf. Et ses copains ?

— Il était seul », répondit Andrew en évitant le regard de Kate. Il n'allait pas dire qu'il croyait que deux ou trois de ses copains l'avaient vu. De toute manière le type parlerait aux autres.

Kate avait d'autres questions. A son avis, est-ce que le vaurien était gravement blessé ? Andrew répondit qu'il ne savait pas. Il ajouta qu'il avait simplement voulu défendre le droit que tout le monde a de marcher sur le trottoir sans être obligé de sauter comme un lapin pour obéir à de petits loubards.

Cependant, le visage grassouillet et tout plissé de Kate n'avait pas l'air rassuré. Elle parla de lui mettre de la pénicilline sur les doigts, mais elle craignait d'enlever le Tricostéril. Puis, ayant annoncé qu'elle téléphonerait dans la soirée, vers vingt et une heures, pour avoir des nouvelles, elle s'en alla.

Comme Andrew s'y attendait, Kate avait dit qu'il ferait bien de ne pas sortir pendant quelques jours, qu'il n'aurait qu'à lui demander au téléphone ce dont il aurait besoin, et qu'elle l'apporterait. Il n'avait pas discuté. Pas question, pourtant, de se comporter comme un semi-invalide et de dépendre de Kate.

Le lendemain matin, Andrew trouva dans sa boîte une lettre d'Eddie, son fils. C'était une agréable surprise. Il la lut presque tout entière dans l'entrée de l'immeuble. Eddie allait bien, sa femme aussi, ils devaient louer une maison sur la côte en Caroline du Sud pendant un mois cet été, et est-ce qu'Andrew voudrait y passer une semaine, ou quinze jours avec eux en juin ? Tout de suite, Andrew se demanda si c'était sérieux, s'ils l'invitaient sérieusement... Il aurait le temps de réfléchir, de lire attentivement la lettre dactylographiée d'Eddie, en rentrant. Pour l'instant, il avait besoin de prendre l'air et d'acheter du fromage blanc et un pot de mayonnaise. Il se proposait de faire ces emplettes à la boutique de comestibles plutôt qu'au supermarché.

Andrew fit ses achats sur l'avenue. Il regagnait son appartement, après avoir salué deux personnes du voisinage, quand il entendit courir derrière lui. Il obliqua sur la droite pour laisser la personne le doubler du côté de la chaussée. C'est alors qu'il reçut un coup violent derrière la tête, juste au-dessus de la nuque. Il s'effondra immédiatement, comme paralysé. Il était à genoux sur le trottoir quand le deuxième coup l'atteignit. Une sorte de bas sembla tournoyer par-dessus son épaule gauche. Il reçut le coup sur la tempe dans un craquement de tremblement de terre, ou une explosion de dynamite, ou une explosion d'obus. Puis ce fut le bruit mou de semelles de caoutchouc s'éloignant à toute vitesse. Une joue contre le béton du trottoir, Andrew eut son champ de vision envahi par du gris, et le bourdonnement qui lui emplit le crâne couvrit les autres bruits. Il avait envie de vomir, mais il ne le put. Il prit conscience que des souliers l'entouraient, des bas de pantalons, des chevilles féminines, des voix perdues dans un océan épais, des pas à la dérive. Ils s'étaient vengés, et il n'y pouvait plus rien. Cela devait arriver. Il savait qu'il était en train de mourir, il savait que si des gens essayaient de le transporter, et c'est ce qu'ils faisaient, cela ne changerait rien. Ici ou ailleurs, on mourait. Il eut conscience d'émettre un soupir de résignation pareil à une vague de paix qui retombait sur lui. Il eut conscience de la justice, de l'absence de ressentiment, conscience de la valeur de ce qu'il avait fait toute sa vie, et hier encore, en frappant ce faible coup au nom du quartier. Kate raconterait aux voisins. Kate irait à l'enterrement. Mais tout cela était sans importance par rapport à ce grand événement : le moment de mourir, de cesser. Justice, vengeance, gestes quelconques, quel intérêt ? Puis vint l'instant où il fut incapable de penser, et il éprouva une sensation de merveilleux équilibre.

Une exclamation ou un ordre clamé par l'un de ceux qui le soulevaient resta pour Andrew inintelligible, comme s'il était émis dans une langue étrangère.

TABLE DES MATIÈRES

Achevé d'imprimer en mai 1981
sur presse CAMERON,
dans les ateliers de la S.E.P.C.
à Saint-Amand-Montrond (Cher)
pour le compte des Éditions Calmann-Lévy
3, rue Auber, Paris 9ᵉ

N° d'édit. 10838. — N° d'imp. 901/509.
Dépôt légal : 2e trimestre 1981.

41,25